은퇴의 정석

지은이 문진수

대안 금융을 고민하는 독립 연구소 '사회적금융연구원' 원장. 대학에서 철학과 행정학을 공부했고 지금은 인문학을 배우고 있다. 학원 강사, 대기업 간부, 보험 판매원, 중소기업 임원, 사회적 기업 대표, 비영리 재단 활동가, 공공 기관 상임이사 등 다양한 섹터를 넘나들며 경계인으로 살았다.

특별한 능력도 비상한 재주도 없는 사람이기에 '할 수 있는 일을 하자'는 마음으로, 발밑의 작은 것들을 살피며 산을 오르고 있다. 주요 저서로 《돈의 반란》《은퇴 절벽》《우리가 몰랐던 진짜 금융 이야기》 등이 있다.

은퇴의 정석

ⓒ 문진수, 2024

초판 1쇄 인쇄 2024년 6월 18일 | **초판 1쇄 발행** 2024년 6월 28일

지은이 문진수
펴낸이 이상훈
인문사회팀 최진우 김지하
마케팅 김한성 조재성 박신영 김효진 김애린 오민정

펴낸곳 ㈜한겨레엔 www.hanibook.co.kr
등록 2006년 1월 4일 제313-2006-00003호
주소 서울시 마포구 창전로 70(신수동) 화수목빌딩 5층
전화 02-6383-1602~3
팩스 02-6383-1610
대표메일 book@hanien.co.kr
ISBN 979-11-7213-072-5 03190

은퇴의 정석

◆ 당신의 후반부 인생을 지탱해 줄 4개의 기둥 ◆

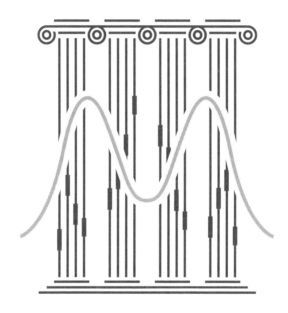

문진수 지음

일러두기

1. 은퇴隱退의 개념은 '맡은 직책에서 물러나서 한가롭게 지내는 것'이라는 사전적 정의를 그대로 따랐다.

2. 중년中年은 40~60세 나이를 뜻하는 것으로 썼다.

3. 장년長年 또는 시니어는 60~70세 나이를 뜻하는 것으로 썼다.

4. 노년老年은 70세 이상의 나이를, 노후老後는 노년 이후 시기를 뜻하는 것으로 썼다.

5. 노인老人은 법적으로 65세 이상의 연령대에 도달한 이들을 지칭하나, 책에서는 노년의 나이에 도달한 사람을 뜻하는 것으로 썼다.

내 은퇴는 다를 거라는 착각

선 위에 4개의 점이 있다. 인생 후반부에 만나는 퇴직, 정년, 은퇴, 수명이라는 이름의 변곡점이다. 평균적인 삶을 사는 이들은 언젠가 한 번 이 점을 통과하게 된다. 이제 이 점들에 숫자를 대입해 보자. 여기서 숫자란 대한민국의 평균 연령을 말한다.

주된 일자리에서 퇴직하는 나이 : 평균 49.3세(2022년 기준)

정년 : 60세

은퇴 평균 연령 : 72.3세(2018년 기준)

평균 기대 수명 : 82.7세(2022년 기준, 남녀 전체)

주목해서 봐야 할 지점은 점과 점 사이의 간격이다. 퇴직(49.3세)

퇴직   정년   은퇴   수명

10.7년   12.3년   10.4년

47 48 49 50 51 52 53 54 55 56 57 58 59 60 61 62 63 64 65 66 67 68 69 70 71 72 73 74 75 76 77 78 79 80 81 82 83 84

<그림 0-1> 인생 후반부의 변곡점들

에서 정년(60세)까지는 10.7년, 정년에서 은퇴(72.3세)까지는 12.3년, 은퇴에서 수명(80.6세)까지는 10.4년이 소요된다. 평균 수명을 기준으로 되짚어 보면 정년부터 수명까지는 22.7년, 퇴직부터 수명까지는 33.4년이라는 계산이 나온다. 주된 일자리에서 물러난 이후 30년 이상, 사회적 정년을 맞이한 후 자연으로 돌아갈 때까지 20년 이상의 긴 시간이 남아 있다는 뜻이다.

시계를 50년 전으로 돌려 보자. 1970년에 우리나라 사람의 기대 수명은 62.3세였다(남성은 58.7세, 여성은 65.8세였다).[*] 지금보다 수명이 20년 이상 짧았다. 70세가 넘으면 장수를 축하하는 잔치를 열었고, 환갑을 맞기 전에 은퇴하는 이가 대다수였다. 은퇴의 사전적 정의, 즉 '일에서 손을 떼고 한가롭게 지내는 것'이라는 말이 부합하던 때였다. 황혼기의 시간이 짧았다.

지금은 다르다. 과거보다 인생 후반부의 흐름과 궤적이 훨씬 복잡해졌다. 기대 수명이 늘어난 탓이다.

이제 이 숫자들을 가지고 인생 곡선life cycle을 그려 보자. 〈그림

---

[*] 〈2022년 생명표〉, 통계청, 2023.

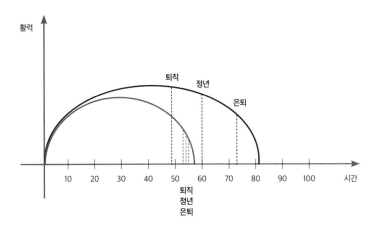

활력

퇴직   정년

은퇴

10   20   30   40   50   60   70   80   90   100   시간

퇴직
정년
은퇴

<그림 0-2> 1970년과 2022년의 인생 곡선

0-2〉는 1970년과 2022년 한국 남성들의 평균적인 인생 사이클을 그린 것이다. 파란색이 50년 전, 검정색이 지금이다. 가로축은 시간의 흐름이고 세로축은 생명력 또는 활력vitality을 의미한다. 생로병사로 이어지는 생명의 순환 혹은 봄부터 겨울까지의 계절 변화를 연상하면 된다.

많은 사람이 종 모양의 포물선을 인생 곡선이라고 생각한다. 하지만 이 곡선은 잘못됐다. 삶의 궤적은 이 모양처럼 흘러가지 않는다. 이 그림을 염두하고 인생을 걸으면 당신은 큰 위험에 직면하게 될지 모른다. 인생 후반부에 남겨진 긴 시간을 허투루 낭비하게 된다.

후반부는 전반부의 부록이 아니다. 오히려 그 반대에 가깝다. 전반부는 후반부를 위한 예행연습rehersal으로 보는 게 맞다.

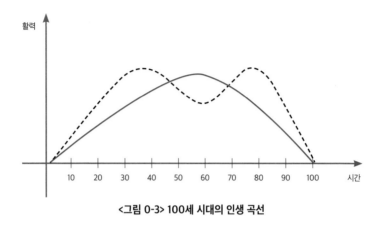

<그림 0-3> 100세 시대의 인생 곡선

〈그림 0-3〉이 평균 수명 100세 시대의 '진짜' 인생 곡선이다. 점
선으로 표시된 사이클이다. 봉우리가 1개가 아니라 2개다. 단봉낙
타가 아니라 쌍봉낙타의 모습을 닮았다. 60세를 기점으로 내리막
길에 접어드는 것이 아니라 새로운 오르막이 시작된다. 나이에 대
한 해석이 바뀐다. 50대의 10년은 산 정상을 향해 내달릴 때가 아
니라 두 번째 인생을 준비해야 할 때라는 뜻이다.

당신의 머릿속엔 아마도 파란 불빛이 반짝이고 있을 가능성이 크
다. 정년이 지나면 무대에서 객석으로 자리를 옮겨야 한다는 생각,
내리막길이 시작되었다는 의식이 똬리를 틀고 있을 것이다. 하지
만 이 책을 다 읽고 나면 당신의 생각이 틀렸음을 알고 마음을 고쳐
먹을지 모른다. 점선을 따라갈 것인가, 실선을 따라갈 것인가. 어떤
길을 선택하는가에 따라 삶의 모양과 질감은 바뀌게 될 것이다.

많은 이가 은퇴 후의 삶을 걱정한다. 정확히 말하면, 인생 후반

부를 '어떻게 살아갈 것인가'에 대한 고민이 크다. 30년 가까운 세월의 강을 무사히 건너려면 준비가 잘되어 있어야 하는데 그렇지 못하다고 느끼기 때문일 것이다.

노후 준비라는 말을 들으면 사람들은 조건 반사처럼 돈을 먼저 떠올린다. 개인의 삶을 개인이 책임져야 하는 각자도생各自圖生의 세상에서 살아남으려면 무엇보다 돈이 있어야 한다. 노년의 빈곤은 곧 재앙이다.

이곳이 어디인가. 잘사는 국가들만 모인 집단(OECD)에서 노인 빈곤율과 자살률이 으뜸인 나라다. 노인 10명 중 4명이 빈곤에 시달리고 있고, 스스로 생을 마감하는 이가 한 해에만 3000명이 넘는다. 부자 나라가 아니어도 노인들이 편안한 노후를 보내는 국가는 많다. 하지만 우리나라의 중장년은 정년이 지난 후에도 한참 동안 노동 시장을 떠나지 못한다. 먹고사는 문제가 절박하기 때문이다.

2016년, 은퇴에 관한 책《은퇴 절벽》을 썼을 때 독자들이 가장 크게 호응했던 문구는 '은퇴 문제를 해결하는 비법은 은퇴하지 않는 것'이라는 표현이었다. 우리 시대의 불안한 은퇴를 역설적으로 표현한 것인데 이 명제는 여전히 유효한 것 같다. 가족을 부양하기 위해 반평생을 일에 파묻혀 살았으면서도 다시 노구를 이끌고 돈벌이에 나서야 하는, 대한민국 시니어들의 슬픈 자화상이다.

현재 우리나라의 법적 노인(65세 이상)은 약 950만 명으로, 2025년에 1000만 명을 넘어설 것으로 예측된다. 길에서 마주치는 사람 5명 중 1명이 노인이다. 우리는 지금 세계에서 고령화 속도가 가장 빠르고 합계 출산율은 가장 낮은 나라에 살고 있다. '저출산+고령화'가 빚어내는 미래상은 어두운 잿빛이다. 국가가 사회 안전망을 만들어 당신의 미래를 편안하게 해 줄 거라는 기대는 접는 게 좋다.

나는 예순 고개를 막 넘어선 장년의 남성이다. 흔히 '마처 세대(부모를 봉양하는 마지막 세대이고, 자식에게 버림받는 처음 세대라는 뜻)'라 불리는 1차 베이비붐 세대의 끝자락에 태어나 대학 졸업 후 사회에 진출했고 영리와 비영리, 공공 영역을 거치며 30년 넘게 조직 생활을 했다. 이따금 직장 후배들로부터 안부 전화가 온다. '잘 지내고 계시느냐?'는 질문을 받을 때마다 주저하게 된다. 명확히 답변할 말이 떠오르지 않아서다.

잘 지낸다는 건 무엇을 의미하는 걸까? 잘 모르겠다. 주변을 돌아봐도 모범 사례를 찾기가 쉽지 않다. 노후 위험을 경고하는 글과 영상이 넘쳐나지만 대부분 단편적 정보와 지식뿐이다. 퇴직에서 수명에 이르는, 30년이 넘는 긴 시간대를 '어떻게 설계하고 그려 갈 것인가?'에 대한 담론은 잘 보이지 않는다. 그마저도 온통 돈 이야기뿐이다. 기승전+돈. 자금을 넉넉히 마련하지 않으면 노후가 위태로울 거라는, 뻔한 레토릭rhetoric의 반복이다.

노후의 삶에서 경제력의 중요성은 아무리 강조해도 지나침이 없다. 하지만 삶을 오직 '돈의 문제'로 치환하는 건 무척 위험한 발상이다. 인생이라는 그릇에는 돈 이외에도 담을 게 많다. 한 번뿐인 생애를 돈에 결박되어 살다 가는 건 너무 비루하다. 처한 상황은 다르겠지만 세상 소풍이 끝나는 날까지 허락된 시간을 가치 있고 의미 있는 것들로 채워 가야 한다고 생각한다.

'무엇을 어떻게 준비하면 이 여정을 잘 마무리할 수 있을까'에 대한 답을 찾고 싶었다. 앞서 길을 걷고 있는 이들을 만나 이야기를 들어 보자. 그들의 삶 속에 이 문제를 풀 '열쇠'가 숨겨져 있지 않을까? 그런 생각으로 퇴직과 정년, 은퇴의 변곡점을 지난 이들을 만나는 여정이 시작됐다. 이 글은 지난 2년 동안 100여 명의 사람들과의 만남을 통해 확인하고 배운 것에 대한 기록이다.

이른 나이에 직장에서 쫓겨난 사람들, 정년을 넘어 은퇴했거나 곧 은퇴를 앞둔 이들, 정년 후에도 여전히 밥벌이 노동을 하는 사람들, 일에서 완전히 손을 떼고 자기 계발과 취미 생활로 소일하는 이들, 하루빨리 은퇴하기를 소망하는 이들, 칠순이 지났지만 당분간 은퇴할 계획이 없다고 말하는 이들, 직장인, 공무원, 의사, 자영업자, 프리랜서 등 다양한 직업과 부류의 사람들을 만났다.

세대 기준으로 보면 1차 베이비붐 세대(1955~1964년 출생)에 속한 이가 대다수고, 일부는 2차 베이비붐 세대(1965~1974년 출생)에 속한 이들도 있다. 잘 알려진 것처럼 베이비붐 세대는 경제 부흥으로 많은 부부가 아이를 가지면서 등장한 세대를 일컫는다. 유례없는 경제 성장으로 많은 혜택을 누렸지만 자녀들의 사회 진출이 지체되면서 부모 봉양과 자식 부양, 노후 살림까지 삼중고를 안고 사는 세대이기도 하다. 필자도 그중 한 명이다.

이 글은 연구를 목적으로 기획한 보고서가 아니다. 따라서 준거 집단의 구성이나 분석이 엄밀한 통계적 함의를 갖지 못한다. 최대한 사실에 입각하고자 하였으나 사실을 기초로 한 연역과 추론, 나아가 글쓴이의 주관적 관점이 투영되어 있음을 미리 밝혀 둔다. 내용에 대한 이견이 제기될 수 있고 다른 관점으로 해석될 여지도 있을 것으로 짐작한다.

부족한 점이 많음을 알면서도 책을 집필코자 한 이유는 이미 반환점을 돈 베이비붐 세대와 멀지 않은 시점에 후반부를 시작할 아래 세대들에게 조금이라도 도움을 주기 위해서다. 퇴직과 정년, 은퇴로 대표되는 변곡점을 지나 '인생 후반부를 잘 살아가려면 어떻게 해야 하는가?'가 이 글의 주제다. 이른바 좋은 삶well-being을 결정짓는 '요소'와 '조건'이 무엇인지를 살펴보고자 함이다.

좋은 삶이란 무엇일까? 간단히 정의하긴 힘든 개념이다. 영어 사전에는 '행복, 만족감과 같은 긍정적인 감정을 경험하고, 잠재력을 개발하며, 자신의 삶을 일정 정도 통제할 수 있고, 목적의식을 갖고, 긍정적인 관계를 경험하는 것'이라고 적혀 있다. 누군가는 행복을, 누군가는 만족감을, 또 다른 누군가는 보람과 성취를 먼저 꼽을 것 같다.

미국 심리학자 캐럴 리프Carol Ryff는 좋은 삶을 구성하는 6가지 요소로 자기 수용, 개인의 성장, 자율성, 숙련, 만족스러운 관계, 삶의 목적을 제시한다.* 있는 그 자체의 자신을 받아들이고, 재능을 발

---

* 다니엘 골먼, 리처드 J. 데이비드슨, 미산, 김은미 옮김, 《명상하는 뇌》, 김영사, 2022.

자기 수용 (self acceptance) 있는 그대로의 자신을 받아들임.	개인의 성장 (personal growth) 재능을 발휘해 성장, 발전해 감.	자율성 (autonomy) 독립적인 사고와 행동을 지향함.
숙련 (mastery) 삶의 복잡성에 유연하게 대처함.	만족스러운 관계 (satisfying relationship) 건강한 인간관계를 유지해 감.	삶의 목적 (life purpose) 삶의 의미를 더해 줄 목표와 신념을 가짐.

<그림 0-4> 좋은 삶의 6가지 요소

현해 성장하며, 독립적인 사고와 행동을 지향하고, 삶의 복잡성에 유연하게 대처하며, 건강한 인간관계를 유지하고, 삶의 의미와 방향 감각을 느끼게 해 주는 목표와 신념을 가져야 한다는 뜻이다.

영국 신新경제재단New Economic Foundation의 실증 연구*에 따르면 가까운 이들과 소통하고, 활동적으로 움직이고, 세상에 관심을 기울이고, 배우고, 베푸는 것이 좋은 삶을 살아가는 비결이라고 한다.** 어느 곳에서 살고 있는가에 따라, 어떤 세계관을 가지고 있는가에 따라 '좋은 삶'을 바라보는 시선은 조금씩 차이가 있는 것 같다. 그럼에도 모두가 인정할 수 있는 공통분모를 찾아 기준을 삼고자 했다.

이 책은 총 3개의 모둠으로 구성되어 있다. 1장은 서론이다. 생애 주기 곡선이 어떻게 변하고 있는지, 정년과 은퇴를 바라보는 시

* 〈five ways to well-being〉, NEF, 2008.
** 원문은 "connect, be active, take notice, keep learning, give"이다.

선은 어떠한지, 반환점을 통과한 선수들은 실제로 어떻게 살고 있는지, 후반부를 떠받치는 기둥은 무엇인지, 삶의 주인으로 살아가려면 어떤 마음가짐이 필요한지 등 삶의 전환기를 맞이하는 이들이 알아야 할 주제와 내용을 담았다.

2장은 본론이다. 돈, 건강, 놀이, 관계라는 4개의 '열쇳말'로 후반부 삶을 풀어 보려고 한다. 관찰과 만남을 통해 확인된 내용을 구체적인 사례 형식으로 실었다. 좋은 삶을 살려면 어떤 요소가 충족되어야 하는지, 이 요소들은 삶에 어떤 영향을 미치는지를 확인할 수 있을 것이다.

3장은 결론이다. 삶의 주인으로 살기를 바라는 독자에게 전하고 싶은 글쓴이의 제언을 담았다.

정년이 임박한 이들, 은퇴 후를 고민하는 4050세대를 염두하고 글을 썼다. 특별히 이 세대에 주목하려는 이유는 현재의 노후 준비 상태로 볼 때 이들이 6070세대가 겪고 있는 전철을 밟을 가능성이 대단히 높기 때문이다.

나아가 이 세대는 2030세대와 6070세대에 비해 상대적으로 형편이 낫다는 점에서, 정부의 정책 지원 대상에서 소외될 가능성 또한 크다. 경각심을 갖고 준비하지 않으면 큰 어려움에 직면할 수 있다는 뜻이다.

이 책이 출판되어 서점에 깔린다면 아마도 계발서의 범주에 포함되지 않을까 싶다. 인생을 살 만큼 산 이들에게 '계발'이라는 표현이 적절한 것인지 잘 모르겠다. 더 나은 삶, 행복한 노후, 건강한 은퇴 생활을 위한 참고서 정도로 바라봐 주면 고맙겠다. 이 볼품없는 글이 생애 후반부를 준비하는 이들에게 작은 보탬이 된다면 더 바랄 것이 없겠다. 모두의 건투를 빈다.

2024년 봄 어느 날
문진수

차례

1장

전환기의 길목에 서서

1

폭풍 속으로

어떤 사회든 제도와 관습, 통념이란 게 있어서 사람들은 대체로 이 기준을 따르게 된다. 나이 또는 구간에 따라 '꼬리표'가 붙는 생애 주기도 그러하다. 학령기가 되면 학교에 가고, 성인이 되면 부모 슬하를 떠나 독립하게 된다. 짝을 만나 가정을 이루고, 부모가 되고, 나이가 들면 은퇴해 노년기를 보내다가 세상을 떠난다. 모두가 이 주기에 맞춰 사는 건 아니지만 평균적인 사람들은 이 궤적을 크게 벗어나지 않고 삶을 꾸려 간다.

수명은 생애 주기에 어떤 영향을 미칠까? 〈그림 1-1〉은 우리나라 사람의 기대 여명을 나타낸 것이다. 50년 전과 지금을 비교

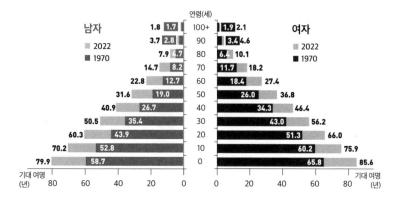

연령(세)

남자			100+			여자
	1.8	1.7	100+	1.9	2.1	
■ 2022	3.7	2.8	90	3.6	4.6	■ 2022
■ 1970	7.9	4.7	80	6.4	10.1	■ 1970
	14.7	8.2	70	11.7	18.2	
	22.8	12.7	60	18.4	27.4	
	31.6	19.0	50	26.0	36.8	
	40.9	26.7	40	34.3	46.4	
	50.5	35.4	30	43.0	56.2	
	60.3	43.9	20	51.3	66.0	
	70.2	52.8	10	60.2	75.9	
	79.9	58.7	0	65.8	85.6	

기대 여명 (년) 80 60 40 20 0   0 20 40 60 80 기대 여명 (년)

자료: 〈2022년 생명표〉, 통계청, 2023.

〈그림 1-1〉 성별 및 연령별 기대 여명

하면, 우리나라 남성의 기대 수명(출생 시 기대 여명 즉, 앞으로 더 생존할 수 있는 기댓값을 말한다)은 약 21년이 늘었다. 1970년에 태어난 남성의 기대 수명은 58.7세지만, 2022년에 태어난 남성의 기대 수명은 79.9세다. 1970년에 환갑을 맞은 남성은 12.7년을 더 살 것으로 기대됐지만, 2022년에 환갑을 맞은 남성은 22.8년을 더 생존할 가능성이 크다는 뜻이다.

두 사람의 인생 주기를 살펴보자. 1970년에 환갑을 맞은 남성 A씨(1910년생)와 2022년에 환갑을 맞은 남성 B씨(1962년생)다. 이미 고인故人이 된 남성 A씨의 1970년 당시 기대 수명은 72.7세였다. 환갑이 지난 후 약 10년간의 노년기를 보내고 세상을 떠났을 것이다. 정년제가 도입되기 전이고 수명이 짧았으므로 퇴직과 정년, 은퇴라는 변곡점을 60세 시점 전후에 통과했을 가능성이 크다.

1962년에 태어나 2022년에 환갑을 맞은 B씨는 22.8년을 더 생존하게 될 것으로 '기대'된다. 퇴직(50세 전후)과 정년(60세), 은퇴 평균 연령(70세 초반), 기대 수명(80세)에 이르기까지 약 10년 주기로 변곡점을 통과하는 걸 확인할 수 있다. 퇴직부터 수명까지 30년이 걸린다. A씨의 기대 수명(72.7세)과 B씨의 은퇴 연령(72.3세)이 비슷하다. 생애 후반부의 꼬리가 점점 늘어나고 있다.

기대 수명이 100세에 이르면 어떻게 될까? 앞의 두 사람처럼 은퇴에서 수명까지의 거리를 10년으로 가정할 경우, 은퇴 시점은 90세 전후가 된다. 향후 법적 정년이 65세로 늘어난다고 하더라도 수명까지 35년이라는 시간이 남아 있다. 퇴직 나이를 기준으로 삼으면 무려 50년이다. 50세가 두 번째 삶을 시작하는 반환점이 되는 셈이다. 막연한 가정이 아니다. 의료 기술의 발달과 충분한 영양 섭취로 인간 수명은 계속 늘어나고 있다.

2025년에서 2050년 사이, 기대 수명이 100세에 이르는 호모 헌드레드**homo hundred** 시대가 열릴 것이라는 보고서가 이미 제출되어 있다. 2020년 기준 지구에 사는 65세 이상 인구는 약 7억 3000만 명이며, 2050년에는 그 2배가 넘는 15억 명에 이르게 된다.[*] 생존 인류 6명 가운데 1명이 노인인 세상이다. 인류는 이제껏 한 번도 경험해 보지 못한 미지의 세계로 진입하고 있다.

---

[*] 〈World Population Aging 2020〉, UN, 2020.

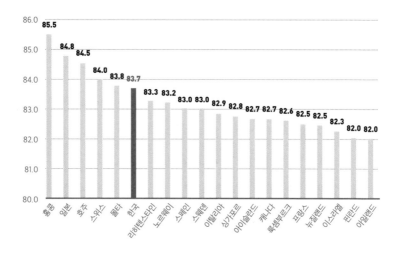

<그림 1-2> 기대 수명 상위 20개 나라(2021년 기준)

〈그림 1-2〉는 기대 수명 상위 20개 나라를 순서대로 나타낸 것이다.[*] 대부분 잘사는 나라들이다. 한국은 홍콩, 일본, 호주, 스위스, 몰타에 이어 세계에서 여섯 번째로 기대 수명이 긴 나라다. 기대 수명이 늘어난다는 건 좋은 일일까? 그럴 수도 있고, 아닐 수도 있다. 인간은 누구나 오래 살기를 바라므로 수명이 늘어나는 건 좋은 일이라 할 수 있다. 하지만 문제는 그렇게 간단치 않다.

장수하는 사람은 늘어나는데 출산율이 낮으면 나라 전체가 늙고 경제 활력이 급감한다. 기대 수명이 길어도 건강 수명healthy life expectancy이 짧으면 말년을 병마와 싸우면서 지내야 한다. 은퇴 전에

---

[*] 〈Human Development Report〉, UNDP, 2022.

축적한 재산으로 은퇴 이후의 시간을 버티지 못하면 파산의 위험에 직면하게 된다. 개인도, 국가도 오래 사는 것이 곧 축복은 아니다. 축복은커녕 재앙이 될 수 있다. 지금 우리나라가 딱 그러하다.

2024년 현재, 우리나라의 65세 이상 인구는 949만 9933명이다. 총인구의 18.4%를 차지한다. 2025년이 되면 1000만 명을 돌파해 20%를 넘어설 것이 확실시된다. 출산율은 거꾸로 움직이고 있다. 2023년 기준 합계 출산율은 0.72명으로, 세계에서 유례를 찾아보기 힘들 만큼 낮다. 2024년에는 '0.6명'대에 그칠 것이라는 충격적인 전망도 나오고 있다.

인구수도 줄어들 전망이다. 2024년의 예상 인구수는 5175만 명이다. 이때를 기점으로 인구가 줄기 시작해 2050년에 이르면 5000만 명 이하로 떨어지게 된다. 노인 인구가 전체의 40%(약 1900만 명)에 이르게 된다. [*] 중위 연령median age은 57.9세로 높아진다. 중위 연령이란 전체 인구를 연령순으로 배열했을 때 정중앙에 위치하는 사람의 나이를 말한다. 나라가 늙어 간다는 뜻이다.

생산성도 빠르게 추락하고 있다. 2020년을 기준으로 보면, 생산 가능 인구(15~64세) 100명이 38.7명의 비생산 연령층(0~14세와 65세 이상 인구의 합계)을 부양하고 있다. 2050년이 되면 생산 인구가 부양하는 인구가 95.8명으로 증가한다. 총부양비[**]가 100에 가까워진다

---

[*] 〈장래 인구 추계 시도편: 2020~2050년〉, 통계청, 2022.
[**] 생산 가능 인구 100명이 부담해야 하는 비생산 가능 인구의 수를 나타내는 비율로, '(만 14세 이하 인구+만 65세 이상 인구)÷만 15~64세 인구×100'으로 산정한다.

는 뜻이다. 다음 세대가 짊어져야 할 부담이 점점 풍선처럼 커지고 있다.

　세대 간 갈등도 증폭되고 있다. 청장년층을 대상으로 한 인식조사에 따르면, 노인과 대화가 통하지 않는다고 생각하는 비율은 87.6%, 노인과 청장년층 간 갈등이 심하다고 생각하는 비율이 80.4%에 이르는 것으로 나타났다. 노인 복지가 확대되면 청년층 부담이 늘어날 것으로 우려된다는 질문에 대해 77.8%가 동의했으며, 노인 일자리가 늘어나면 청년 일자리가 줄어들 것이 우려된다는 문항에도 55.4%가 '그렇다'라고 답했다.

　평균 수명은 늘고 있지만, 건강한 삶의 길이까지 늘어난 건 아니다. 우리나라 사람의 평균 수명과 건강 수명의 차이는 무척 큰 편이다. 건강 수명이란 기대 수명에서 몸이 아픈 시기를 뺀 기간을 말한다. 기대 수명이 80세고 건강 수명이 70세라면 뒤의 10년은 죽

자료: 〈노인 인권 종합 보고서〉, 국가인권위원회, 2018.

〈그림 1-3〉 노인 문제에 대한 청장년층의 인식과 우려

은 시간이나 마찬가지다. 아픈 몸을 돌보느라 남은 시간 대부분을 소진하게 될 것이기 때문이다.

〈그림 1-4〉는 한국인(남여 종합)의 기대 수명과 건강 수명의 차이를 나타낸 것이다.[*] 최소 15.2년에서 최대 18.3년까지 차이를 보인다. 평균값이 무려 17년이다. 2012년부터 차이가 벌어지다가 2020년에 조금 줄어든 걸 알 수 있다(줄어든 원인이 무엇 때문인지는 불확실하다). 2020년의 기대 수명은 83.5세이고, 건강 수명은 66.3세다. 66세부터 시름시름 앓다가 17년간 병마와 싸운 후 세상을 하직하게 된다는 뜻이다(어떤 계산법을 적용하느냐에 따라 결과와 해석이 달라진다는 견해도 있다).

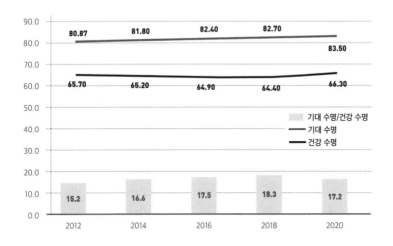

<그림 1-4> 기대 수명과 건강 수명의 차이

[*] 〈기대 수명 및 유병 기간 제외 기대 수명〉, 통계청, 2022.

후반부에 접어든 중장년과 시니어들의 삶은 어떨까? 결론부터 말하면, 매우 좋지 않다. 〈그림 1-5〉는 앞서 살펴본 기대 수명 상위 국가 중 OECD에 속한 나라들의 노인 빈곤율을 나타낸 것이다. 막대그래프가 기대 수명, 꺾은선그래프가 노인 빈곤율이다.[*] 중간에 뿔처럼 우뚝 솟아 있는 나라가 대한민국이다.

빈곤선poverty line 아래에 놓인 65세 이상 노인이 40%를 넘는다. 빈곤선이란 상대적 빈곤율 즉, 처분가능소득 기준으로 중위 소득(중간값)의 절반 아래에 속한 사람들을 말한다. 2024년 기준, 1인 가구의 중위 소득은 222만 8445원이다. 다시 말해, 혼자 사는 노인의

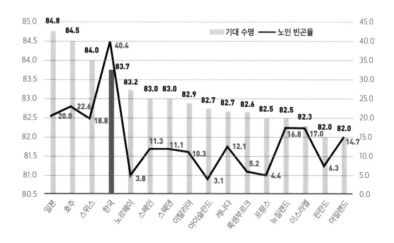

<그림 1-5> 기대 수명 상위 16개 나라의 노인 빈곤율

[*] 〈Pension at a glance 2023〉, OECD, 2023.

월 소득 수준이 111만 4222원 이하면 빈곤층이라 할 수 있다. 노인 10명 중 4명이 힘겨운 노후를 보내고 있다는 뜻이다.

튼튼한 사회 안전망을 갖춘 북유럽 국가들과는 비교 자체가 무의미하다. 노인 빈곤율이 상대적으로 높은 나라들(일본, 호주, 스위스)과 비교해도 2배 가까이 높다. 빈부 격차가 심한 미국의 노인 빈곤율도 22.8% 수준이다. 국내에서 조사된 각종 통계 자료가 이 사실을 입증하고 있다. 아래 내용은 2021년에 한국노인인력개발원에서 발표한 보고서• 내용(2019~2020년) 중 일부를 요약한 것이다.

- 65세 이상 인구의 연금 수급률은 48.1%다.
- 기초생활수급자 중 65세 이상 인구 비율은 35.2%에 이른다.
- 처분가능소득 기준으로 65세 이상 인구의 상대적 빈곤율 즉, 소득 수준이 중위 소득의 절반 이하(빈곤선)에 놓인 사람 수는 41.4%에 달한다.
- 65세 이상 인구 중 소비 생활에 만족한다고 답한 비율은 11.3%에 불과하다.
- 65세 이상 인구 중 본인이 하위층에 속해 있다고 답한 비율은 53.6%에 달한다.
- 65세 이상 인구 중 경제 활동 참가율은 35.3%에 달하며 매년 증가 추세에 있다.
- 55~79세 인구 중 55.3%가 취업 상태에 있다.

• 〈2020년 노인 일자리 및 사회활동 통계 동향〉, 한국노인인력개발원, 2021.

- 55~79세 인구 중 67.4%가 장래 취업을 희망하고 있는 것으로 나타났다.
- 60세 이상 취업자 중 45%가 비임금 근로자인 것으로 나타났다.
- 60세 이상 임금 근로자의 71%가 비정규직인 것으로 나타났다.

신호등은 온통 빨간색이다. 통계가 현실을 다 담아내진 못하지만 많은 것을 알려 준다. 이 수치들은 우리나라 중장년과 노년층이 어떻게 사는지를 압축적으로 보여 준다. 고령자 중 상당수가 빈곤한 상태에 놓여 있고, 퇴직과 정년 후에도 밥벌이를 계속하고 있음을 알 수 있다. 빈약한 노후 준비와 너무 오래 살 위험에 노출된 사람들은 무엇이든, 돈이 되는 일을 찾아 헤매고 있다.

산업화 세대와 베이비붐 세대가 다른 세대보다 상대적으로 많은 자산을 보유하고 있다고 하지만, 세대 내 자산 격차도 크다.* 자녀들의 사회 진출이 지체되거나 막히면서 아이들의 미래까지 고민해야 하는 처지에 놓인 이도 늘고 있다. 베이비붐 세대는 부모를 봉양하는 마지막 세대, 자식에게 버림받는 첫 세대가 아니라 '부모와 자식을 함께 부양하는 끝 세대'로 기록될지 모른다.

여기가 끝이 아니다. 지금의 출산율이 그대로 이어지거나 더 나빠진다면 빈곤 속에 방치된 노인은 지금보다 훨씬 더 늘어날 것이고, 그들 중 상당수가 스스로 삶을 놓아 버리는 비극적 선택을 하게 될 것이다. 디스토피아 세상이다. 우리는 지금 초고속으로 항해

---

* 사회학자 신진욱은 중년/노년층의 계층화가 공고해지기 시작한 건 '불평등이 총체적으로 심화하던 2000년대 초반부터'라고 진단한다.(《그런 세대는 없다》)

하는 배를 타고 거대한 폭풍의 한복판을 향해 질주하고 있다.

　노인 빈곤율 1위, 노인 자살률 1위 국가라는 불명예를 벗어날 길은 요원해 보인다. 인구 절벽의 위험을 알리는 경고음이 터져 나오고 있지만, 정부는 답을 찾지 못하고 갈팡질팡하고 있다. 노년기에 접어든 국민이 최소한의 삶의 질을 유지할 수 있도록 도와야 할 책임은 국가에 있다. 하지만 지금 이 나라는 침몰하는 배 위에서 탁자를 정리하려 할 뿐 근본적인 대책을 고민하지 않는다.

　당신이 지금 퇴직과 정년이라는 변곡점을 지나고 있다면, 가족의 생계를 책임지며 최선을 다해 살아왔다면, 국민의 책임과 의무를 다했고 국가에 세금을 열심히 낸 정직한 시민이라면, 그럼에도 앞에 놓인 긴 시간을 어떻게 살아가야 할지 막막한 상황이라면, 지금 겪고 있는 고난과 어려움은 당신 탓이 아니다. 비난의 화살을 자신에게 돌려서는 안 된다. 정부가 당신을 위해 무엇을 할 수 있는지를 물어야 한다.

　좋은 부모 밑에서 태어난 행운아가 아니라면 경제 활동을 하는 동안 축적한 돈으로 이후의 삶을 살아야 한다. 그런데 돈을 벌 수 있는 기간이 짧아지고 돈을 벌지 않고 사는 기간이 길어지면 적자 인생을 피할 수 없다. 이는 '누가 더 열심히 살았는가?'라는 기준으로 판단할 사안이 아니다. 구조의 문제이고, 시대의 문제이다. 지금 우리가 처하고 있는 현실이 정확히 그러하다.

　주된 일자리에서 퇴직하는 시기는 당겨지고 있고 평균 수명은 늘어나고 있다. 돈 버는 기간이 줄어들고 살아갈 날이 늘어날 때 노후 파산을 피할 방법은 은퇴 시기를 늦추는 것뿐이다. 어떻게든 돈을 벌어야 한다. 생의 반환점을 넘어선 이들 대다수가 늦은 나이까지 노동 시장을 떠나지 못하는 이유다. 하지만 이들이 마주하는 일자리의 현실은 암울하기만 하다.

〈그림 1-6〉은 정부의 '노인 일자리 창출 추진 건수(2022년)'를 나타낸 것이다. 총 8개의 사업 중 '공익 활동형'이 약 62만 건으로, 전체의 71%를 차지한다. 공익 활동형은 65세 이상인 사람 중 소득 하위 70% 이하만 참여할 수 있는 노인 돌봄, 학교 급식 자원봉사, 초등학교 교통 도우미, 도서관 봉사, 잡초 뽑기 등 단순 환경 미화, 공공시설 봉사 등의 사업으로 하루 3시간씩 한 달에 30시간 이상 근무가 보장되어 월 27만 원을 받는다. 정부가 노인 빈곤 문제를 어떻게 바라보고 있는지를 상징적으로 보여 준다.

이 사업에 문제가 있다는 뜻이 아니다. 월 소득 수준이 100만 원 남짓한 40% 빈곤층에게 27만 원은 큰돈이다. 공익 활동과 노인 일자리를 연계하는 사업은 더 확대되어야 한다. 문제는 이 사업만 두드러지게 활성화되어 있고 다른 사업은 지지부진하다는 점이다. 큰 그림이 보이지 않는다. 언 발에 오줌 누는 격이고, 침몰하는 배 위에서 탁자를 정리하는 꼴이다.

베이비붐 세대의 경험과 전문성을 살려 국가 발전에 도움이 되는 일자리를 창출하려면 이런 볼품없는 수준의 대응이 아니라 크고 담대한 규모의 뉴딜new deal 정책이 추진되어야 한다. 탄소 중립을 지향점으로 삼고 녹색 경제의 기반을 구축하는 국가적 차원의

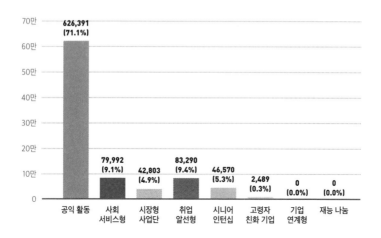

자료: 〈노인 일자리 창출 건수(추진 실적)〉, 통계청, 2023.

<그림 1-6> 2022년 노인 일자리 창출 추진 건수

그린 프로젝트green project 같은 것 말이다. 사회적 정년을 맞기 전에 중장년층을 대상으로 한 다양한 재교육 프로그램을 가동해야 한다.

주민 등록 나이가 60에 도달했다는 이유만으로 해마다 80만 명 넘는 이들이 폐기 처분되고 있다. 생물학적 나이가 젊어도, 현역보다 나은 지식과 경험을 갖추고 있어도 마찬가지다. 이들은 계속 일하기를 바란다. 일할 의지가 있지만 놀고 있는 중장년층이 늘어나는 건 마땅한 일자리가 없다는 뜻이다. 55~64세 연령층 중 퇴직 후 미취업 상태인 중장년 비율은 27.9%(2014년)에서 38.8%(2022년)로 계속 증가하는 추세다.[*]

---

[*] 〈중고령자의 주된 일자리 은퇴 후 경제 활동 변화와 특성〉, 한국노인인력개발원, 2023.

초저출산+초고령화라는 시한폭탄이 우리 사회를 잿더미로 만들기 전에 문제를 해결할 방안을 찾아야 한다. 막연한 가정이 아니다. 곧 우리에게 닥칠 예정된 미래다. 그 사이, 이 땅의 중장년들은 어떻게 살아가야 할까? 안타깝지만, 각자가 살길을 도모할 수밖에 없다. 국가가 당신의 노후를 지켜 주리라는 기대는 하지 않는 게 좋을 것이다. 그런데 주변을 둘러봐도 방향을 알려 주는 이정표가 없다. 어디로 가야 하는가. 지도와 나침반이 필요하다.

2

달라진 인생 곡선

사람은 잘 변하지 않는다. 자신이 믿는 신념을 바꾸려 하지 않고, 익숙한 행동과 습관을 반복하는 경향이 있다. 외부 환경이 변했는데도 과거에 했던 행동을 그대로 유지하거나 강화하는 경향을 일컬어 '활동적 타성active inertia'이라고 한다. 강력한 경쟁 상대가 나타나 생존을 위협받는 상황에 직면하면 사람들은 어떤 반응을 보일까?

시대의 흐름을 읽고 변화에 능동적으로 대응하기보다 지금까지 해 왔던 방식을 고수하면서 더 열심히 일하는 길을 택한다. 그리고 이 어리석은 일관성은 비극적 결말로 끝나기 쉽다. 전통적인 접근법의 유효 기간이 끝났다는 사실을 깨닫지 못한 탓이다. 이 함정에서 벗어나려면 고정관념을 깨고 변화의 파도를 타고 가야 한다. 지금 이 땅의 중장년층 다수가 이 함정에 빠져 있다. 인생 곡선이 바뀌었다는 사실을 인지하지 못하고 있다.

〈그림 1-7〉은 필자가 생각하는 새 인생 지도다. 앞서 서문에서 살펴본 생애 주기에 숫자를 넣은 것이다. 20세부터 10년(A)간 준비해 첫 번째 인생(B)을 살고, 50세부터 다시 10년(C)의 준비를 거쳐 두 번째 인생(D)을 산 다음 은퇴하는 시나리오다. 전반부와 후반부의 주기는 같다. 10년의 준비와 20년의 실행으로 이루어진 두 덩어리의 삶이다.

이 그림을 보여 주었을 때 사람들의 반응은 엇갈렸다. 합리적인 접근법이라고 판단하는 이가 있었고, 현실성이 없다고 보는 이가 있었다. 전문직들은 자신의 인생 지도와 비슷하다고 답했고, 정년

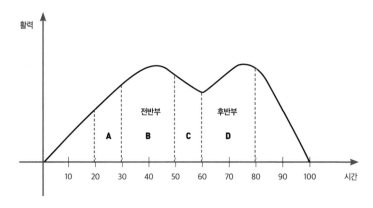

<그림 1-7> 새로운 인생 곡선과 변곡점

이 있는 업에 종사하는 이는 80세까지 일해야 한다는 사실에 부정적인 반응을 보였다. 모두가 동의하는 점이 하나 있었는데, 전통적인 인생 곡선은 바뀌어야 한다는 것에 대해 공감했다.

이제 지도를 찬찬히 살펴보도록 하자. 이 지도가 알려 주는 핵심 주제는 삶에 2개의 주기, 2개의 봉우리가 존재한다는 사실이다. 첫 번째 봉우리의 이름은 '성공'이다. 성공의 모습은 저마다 다르지만 인간은 누구나 성공적인 삶을 살길 원한다. 전반부 내내 당신은 성공 사다리의 더 높은 곳에 올라서기 위해 달려왔을 것이다.

전반부의 인생 주기는 이 공식과 정확히 일치한다. 현재 평균 퇴직 연령은 49.3세이고, 정년은 60세다. 이 생애 주기에서, 중요한 변곡점이 되는 나이는 20세와 50세다. 20대를 어떻게 보내는가에 따라 전반부의 삶이 결정되는 것처럼, 50대의 10년을 어떻게 쓰는가에 따라 후반부의 삶은 달라질 것이다. 달인의 경지에 이르게 한다는 1만 시간의 법칙이 작동되는 기간으로 봐도 된다(매일 4시간씩 10년간 꾸준히 한 가지 일에 몰입하면 1만 시간에 도달하게 된다).

두 번째 봉우리는 따로 이름표가 없다. 어릴 적부터 꿈꾸었던 소망 혹은 죽기 전에 꼭 이루고 싶은 바람이 봉우리의 이름이다. 꿈을 '실현'하기 위한 산행이다. 어떤 이에겐 '생존'일 수도 있다. 바라는 건 아니지만, 험난한 세상에서 살아남기 위한 힘겨운 노동을 이어 가야 할지 모른다. 지금 65세 이상 나이에 도달한 노인의 40%가 이 그룹에 속한다.

봉우리를 오르지 않으면 무슨 일이 일어나는가. 전자(실현)는 인생을 낭비하는 잘못을 저지르게 될 것이고, 후자(생존)는 비참한 노후를 맞이하게 될 것이다. 어느 쪽에 속하든 좋은 삶을 살려면 봉우리를 올라야 한다. 특히 지금 40대와 50대의 시간대를 통과하고 있다면 이 지도를 잘 간직하기를 바란다. 후반부의 산행이 힘겨운 생존 게임이 아니라 즐거운 나들이가 되려면 지금부터 준비가 필요하다.

이 지도에 따르면 50대는 사다리의 더 높은 곳에 오르기 위해 자신을 갈아 넣을 때가 아니라 전반전의 경험을 토대로 후반전 경기를 어떻게 뛸 것인지를 고민해야 할 때다. 남은 절반의 인생 항로를 설계하고, 인맥과 경험을 축적하고, 건강 수명을 늘리기 위해 신체를 단련하는 시기라는 뜻이 된다. 걸음의 방향과 속도가 바뀐다. 지금까지 알고 있던 경기의 규칙과는 사뭇 다르다.

'80세에 은퇴하는 건 너무 늦는 게 아닌가?'라고 생각할지 모르지만, 그렇지 않다. 두 번째 봉우리는 첫 번째와 다르다. 후반부는 돈과 명예, 권력을 좇는 게임이 아니다. 좋은 삶이 목표다. 충분히 좋은 삶을 살고 있다면 오히려 은퇴 시기를 늦추려 할 것이다. 생존을 위해 어쩔 수 없이 품을 팔아야 하는 이도 마찬가지다. 각자 처한 상황은 다르겠지만 자신이 소망하는 봉우리를 오르는 것이 중요하다.

봉우리가 2개라니, 낯설게 느껴지는 이가 많을 것이다. 이 생애 곡선을 따라 걷는 사람은 전환기에 접어든 이들 중 채 1할이 안 될 것으로 판단된다. 현재 지구에 살고 있는 전체 낙타 개체 가운데 쌍봉낙타의 비중이 10%라는 사실과 묘하게 닮았다(단봉낙타는 사막 지역에 많이 거주하고, 쌍봉낙타는 주로 높은 산악 지대에 분포한다. 몽골 낙타로 불리는 쌍봉낙타는 단봉낙타에 비해 속도는 느리지만 극한 상황에서도 견딜 수 있는 힘을 가진 것으로 알려져 있다). 그렇다면 나머지 90%는? 기존에 알던 익숙한 경로를 따라서 걷는다. 단봉낙타의 삶을 산다.

M씨(62세)는 최근 전 직장 OB 모임에 갔다가 충격을 받았다. 오래전에 직장을 떠난 입사 동기들의 모습이 달라 보여서다. 그는 상장 기업의 임원 출신이다. 열심히 일한 덕분에 동기보다 일찍 승진했고 별(이사)도 달았다. 지금은 퇴임하고 조용히 은퇴 생활을 즐기고 있다. 부자는 아니지만, 돈을 벌어야 할 만큼 경제적으로 쪼들리는 상황은 아니다.

동기 중에는 이런저런 이유로 40대 후반에서 50대 초반에 회사를 떠난 이들이 있었는데, 모임에서 만나 보니 다들 활기차게 살고 있었다. 일부는 개인 사업을, 일부는 전문가 자격증을 취득해 일하고 있었다. 이들의 공통점은 정년이 없다는 것이었고, 은퇴 시점은 천천히 생각할 계획이라며 여유 있는 태도를 보였다. 그는 자신이 초라하게 느껴졌다.

모임에서 만난 친구들은 과거에는 자기보다 실력이나 열정이 부족한 부류였다. 그는 아침부터 밤까지 회사에 충성했고, 평사원으로 입사해 임원 자리까지 올랐으니 성공한 삶이라고 자부하고 있었다. 하지만 퇴임 후 일자리를 알아보면서 높은 자리에 오른 경력이 디딤돌이 아니라 오히려 걸림돌로 작용한다는 걸 알게 되었다.

은퇴한 중장년이 일할 만한 자리는 대체로 '낮은' 곳인데 그의 '높은' 경력 때문에 채용을 주저하는 곳이 많았다. 그는 더는 구직 활동을 하지 않는다. 대학 동기 중에도 은퇴 전에 '잘나갔던' 친구들은 대부분 놀고 있고, 중간에 다른 길을 선택한 친구들은 지금까지 현역으로 일하는 경우가 더 많다고 한다. 그는 자신이 선택한 길이 과연 옳았는지 의심이 든다고 말했다.

이 전직 임원은 분명 대세를 따랐을 것이다. 미래를 알 수 없는 불안한 독립보다 안전한 직장에서 정년을 맞는 것이 최선이라 믿었을 것이다. 일찍 회사를 떠난 이들이 반드시 성공하리란 보장도 없다. 하지만 그는 지금 일자리를 탐색하는 은퇴자가 되었고, 은퇴 시점을 본인 의지대로 정할 수 있는 동기들을 부러운 시선으로 바라보고 있다.

이 이야기의 핵심은 '결과적으로 누구의 선택이 더 나았는가'가 아니다. 이 임원은 '그때는 맞았지만 지금은 틀린' 혹은 '지금은 맞지만 그때는 틀린' 부조화를 겪고 있다. 시대가 변한 것이다. 변화의 폭이 클수록 이런 부조화가 나타날 경우의 수는 증가하기 마련이다. 그러므로 활동적 타성에 갇혀 사는 건 위험하다. 과거의 틀로 오늘을 재단해선 안 된다. 미래에 초점을 맞추고 현재를 해석할 수 있는 눈과 지혜가 필요하다.

평범한 급여 생활자들은 은퇴 전에 최대한 많은 식량을 배에 실어야 한다고 믿는다. 생애 소득lifetime income, 그러니까 평생 벌 수 있는 소득의 총량 관점에서 바라보면 이런 시각은 지극히 합리적이다. 사회적 정년보다 이른 시점에 주된 직장에서 밀려나는 퇴직자는 말할 것도 없고, 운 좋게 정년까지 일하는 이들도 경제 활동 기간에 모은 돈으로 기대 수명까지 버티기 힘들다는 것을 안다.

따라서 '어떻게든 한 푼이라도 더 벌어야 한다'라는 강박에 빠지게 된다. 평균 이상의 삶의 질을 유지할 수 있는 이들조차 부족하다고 생각한다. '은퇴하려면 최소 10억 원이 있어야 한다'라는 금융회사의 공포 마케팅이 기승을 부리는 이유이기도 하다. 이 시도는 유의미한 성과를 창출하고 있을까? 안타깝지만 성적표는 그리 좋아 보이지 않는다. 아니, 낙제점에 가까운 이들이 많다.

〈그림 1-8〉은 40세 이상 연령층의 노후 준비 정도를 나타낸 것

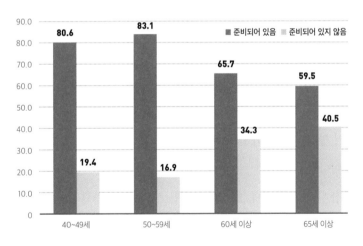

자료: 2023년 사회 조사 결과, 통계청, 2023.

〈그림 1-8〉 연령대별 노후 준비 정도

이다. 40대는 80.6%, 50대는 83.1%가 '준비하고 있음'이라고 응답했다. 60세 이상의 34.3%, 65세 이상의 40.5%가 '준비되어 있지 않음'으로 응답한 것과 비교해 보면 상대적으로 준비가 잘 이루어지고 있는 것으로 보인다. 하지만 구체적인 내용을 들여다보면 준비 정도가 매우 부실하다는 것을 알 수 있다.

'준비하고 있음'으로 응답한 40대의 약 60%, 50대의 약 65%가 준비 방법으로 국민연금을 선택했다. 이 질문은 단수 응답이다. 그러니까 국민연금 외에 다른 노후 준비는 하지 않고 있다는 말과 같다. 2023년 기준, 국민연금의 소득 대체율은 42.5%다. 만약 연금을 납부했던 기간의 월평균 소득이 400만 원이라면 월 168만 원을, 350만 원이라면 월 147만 원을 받게 된다는 의미다.

2024년도 기준, 2인 가구 중위 소득은 368만 2609원이다. 가구당 소득이 기준 중위 소득의 절반(184만 1304원) 이하면 차상위 계층으로 분류되어 정부 지원 대상에 포함된다. 다른 소득원이 없고 보유한 재산이 기준 이하면 생계·의료·주거·교육 측면에서 국가의 도움을 받을 수 있다. 다시 말해, 결혼한 부부가 함께 사는 40대와 50대의 상당수가 가까운 미래에 빈곤층으로 편입될 가능성이 높다는 뜻이다.

이 잠재적 위험에서 벗어날 방법은 무엇일까? 반환점을 돌기 전에, 남은 절반의 거리를 뛸 준비를 마치면 된다. 봉우리를 2개로 잡고 인생 계획을 짜는 것이다. 쌍봉낙타의 후예는 배에 물고기를 얼마나 실을 것인가를 고민하지 않는다. 바다에서 고기를 낚는 법을 알고 있기 때문이다. 단봉낙타들이 불안한 마음으로 식량 창고를 점검할 때, 이들은 물고기가 다니는 어로魚路를 따라 배를 몰아간다.

전반부를 마치기 전에 준비를 끝내야 한다. 후반부에 이르러 준비에 착수하는 건 너무 늦다. 노인 빈곤율 40%가 그 증거다. 산업화 세대(1940~1954년생)와 1차 베이비붐 세대(1955~1964년생)는 이 전환에 실패했다. 식량 창고는 비어 있고, 물고기를 낚는 법도 제대로 학습하지 못했다. 냉정한 눈으로 이 흐름을 직시하지 못한다면 6070세대의 오늘이 4050세대의 미래가 될 것이다.

물론 이 전환 과정이 만만치는 않을 것이다. 미래를 읽을 수 있는 통찰력이 있어야 하고, 계획된 준비가 따라 주어야 한다. 하지만 당신이 예상했던 대로 미래가 전개되지 않는다 하더라도, 실선을 따라간 단봉낙타들의 후반부에 비하면 훨씬 나은 삶을 살아가게 될 것이다. 그동안 들인 땀과 노력이 당신을 전반부와 다른 사람으로 바꾸어 놓았을 것이기 때문이다.

G씨(59세)는 10년 경력의 누수 탐지 전문가다. 오래된 아파트 배관에 문제가 생겨 물이 새거나 막히면 누수 진원지를 찾아내 수리하는 일을 한다. 연식이 오래된 아파트가 대규모로 밀집해 있는 수도권의 한 특례시에서 주로 활동한다. 그는 인근에서 맥가이버 아저씨로 통한다. 프리랜서로 일하지만 전문 업체보다 가격도 저렴하고 실력이 출중하다는 입소문이 나면서 얻은 별명이다. AS 기간도 3년이다.

이 직업을 갖기 전 그는 건설 회사의 사무직으로 근무했다. 타이를 메고 사무실에서 컴퓨터를 보고 일하는 '화이트칼라' 출신이다. 40대 후반에 늦은 나이까지 길게 일할 수 있는 업을 찾다가 아파트 공화국인 나라에서 하자 보수만큼 지속 가능한 일은 없을 것으로 판단해 과감히 사표를 던지고 '블루칼라'로 전향했다.

멀쩡한 직업을 그만두고 '노가다'를 한다고 했을 때 주변의 반대가 심했다고 한다. 지금은 모두 탁월한 선택이었다고 그를 칭찬한다. 수입도 좋은 데다가 경륜이 쌓일수록 빛을 발하는 기술직이어서 부러움을 받고 있다. 수요는 넘치는데 전문가가 많지 않아 성수기에는 정신없이 바쁘다고 한다. 인공지능으로도 해결하기 힘든 일이라 장래가 밝은데, 이 일을 하려는 젊은이들은 거의 없다고 한다.

현장이 곧 집무 공간이어서 사무실은 따로 없다. 시간이 날 때 그는 집 옆에 붙은 개인 공방에서 시간을 보낸다. 그는 목공이 취미다. 집에서 쓰는 크고 작은 가구와 소품은 그가 직접 제작했다. 어렸을 때부터 손으로 만지고 수리하는 걸 좋아했다고 한다. 그는 적성이 무엇인지를 알고, 남들이 가지 않은 길을 택해 만족스러운 삶을 살고 있다.

생애 주기가 변하고 있다. 단봉에서 쌍봉으로 인생 곡선이 바뀌고 있다. 아버지 세대와 삼촌 세대가 살았던 때와는 다른 세상이 펼쳐지고 있다. 경기의 규칙이 바뀌면 운영 방식을 달리해야 하는 것처럼, 마라톤을 완주하는 방법을 새롭게 고민해야 할 때다. 익숙한 경로에 머물 것인가, 새 길을 개척해 갈 것인가. 우리는 지금 갈림길에 서 있다.

두 번째 봉우리를 오르려면 50대를 잘 보내야 한다. 눈앞에 보이는 작은 이익에 매달리지 말고 긴 안목에서 무엇이 더 중요한지를 살펴봐야 한다. 자신을 계발하고, 체력을 기르고, 세상의 변화를 읽는 일에 시간을 쓸 필요가 있다. 10년은 결코 짧은 세월이 아니다. 천천히 가도 되지만 시동은 빨리 거는 것이 좋다. 지금 우리는 인생 곡선이 극적으로 바뀌는 전환기를 살아가고 있다.

3

은퇴할 수 없는 나라

"나이를 먹는 것이 두렵지 않은가?" 배우 한석규는 오래전 한 방송국과의 인터뷰에서 이런 질문을 받고는 "오히려 그 반대다. 배우는 나이 먹는 걸 기다리는 직업이다"라고 말한 적이 있다.[*] 나이를 먹어도 그 연배에 어울리는 연기를 할 수 있으니 늙는 걸 두려워할 이유가 없다는 뜻이다. 어느 직업이든 전성기가 지나면 퇴물 취급을 받기 마련인데, 일반적인 통념을 뒤집는 말이어서 무척 인상적으로 들렸다.

[*] 손석희, 한석규 대담, 〈JTBC 뉴스룸〉, JTBC, 2014년 12월 12일.

직업의 유효 기간은 '업'의 특성에 따라 달라진다. 운동선수의 직업 생명은 보통 40세가 되기 전에 끝나지만 의사는 늦은 나이까지 현역으로 일한다. 젊을수록 뛰어난 성과를 거둘 수 있는 직업이 있고, 경륜이 쌓일수록 빛을 발하는 직업이 있다. 하지만 어느 쪽이든 특정한 시점에 이르면 일을 그만두어야 하는 때가 오기 마련이다. 더는 업을 수행하기 힘든 상태에 이르렀을 때, 바로 정년停年이다.

정停은 머무른다는 뜻이다. 정년이란 머물러야 할 시기를 말한다. 정년에 도달했다는 건 이제 무대에서 내려올 때가 되었음을 의미한다. 정년제란, 직장에 머무를 수 있는 기한을 미리 정해 놓은 사회적 약속이라 할 수 있다. 물러나야 할 때를 스스로 정할 수 있는 업에 종사하는 이가 아니라면 이 규칙을 따라야 한다.

잘 알려진 것처럼 정년제는 산업 혁명이 낳은 산물이다. 공장제 기계 공업으로 대표되는 산업 혁명은 획일적이고 표준화된 노동이 필요했고, 공장주들은 느려 터진 늙은이보다 작업 속도가 빠른 젊은이를 고용하고 싶어 했다. 늙은 노동자를 공장에서 쫓아낼 방법이 없을까 고민하던 자본가들은 일정한 나이가 되면 보따리를 싸게 만드는 방법을 찾았다. 그렇게 창안된 것이 정년제다.

정년제가 도입되기 전 인류는 아주 늦은 나이까지 일했다. 동서양을 막론하고 몸이 아파 더는 활동하기가 어려워질 때까지 사람들은 일을 그만두지 않았다. 정년제가 도입되자 공장에서 쫓겨난 노동자들은 우리더러 굶어 죽으란 말이냐며 강하게 반발했다. 직장에서 강제 은퇴당한 이들의 노후를 해결해야 할 사회적 필요가 만들어진 것이다.

독일을 비롯한 유럽 국가에서 사회 보험social insurance 제도가 도입되기 시작한 역사적 배경이다. 정년이라는 출구가 곧 은퇴로 들어가는 입구인 새로운 경로가 만들어진 것이다. 그런데 이 경로가 잘 작동되려면 정년 이후의 삶이 보장되어야 한다. 사회적 정년을 지난 이들이 노후의 삶을 큰 걱정 없이 보낼 수 있는 사회적 장치가 전제되어야 한다는 말이다. 대표적인 장치가 연금pension이다.

그렇다면 우리나라의 연금 시스템은 얼마나 잘 작동하고 있을까? 〈그림 1-9〉는 앞서 살펴본 17개 장수 국가의 연금 지수pension index를 나타낸 것이다. 연금 지수는 각 나라의 연금 시스템을 적합성adequacy(40%), 지속 가능성sustainability(35%), 통합성integrity(25%) 측면에서 분석해 합산한 점수다. 80점 이상을 받으면 A등급, 75~80점은 B+등급, 65~75점은 B등급, 60~65점은 C+등급, 50~60점은 C등급, 35~50점은 D등급을 부여한다.

한국은 51.2점으로 C등급을 받았다. 적합성 39점(D), 지속 가능성 52.7점(C), 통합성 68.5점(B)을 가중치를 부여해 합한 점수다. 조사 대상 47개 나라 중 42위로, 가까스로 D등급을 면했다. 우리나라보다 점수가 낮은 나라(D등급)는 태국, 인도, 튀르키예, 필리핀, 아르헨티나뿐이다. 그림에서 확인할 수 있는 것처럼 기대 수명이 긴 나라 집단 중 점수가 가장 높은 곳은 아이슬란드(84.8점)이고, 우리나라가 꼴찌다.

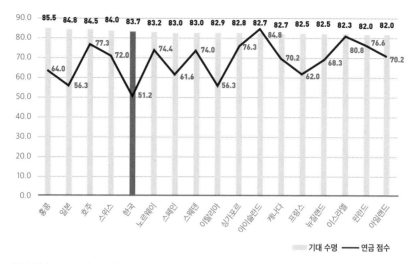

자료: 〈Global pension index 2023〉, Mercer CFA institute, 2023.

<그림 1-9> 기대 수명 상위 17개국의 연금 지수

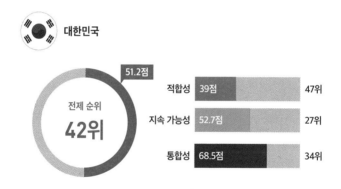

<그림 1-10> 한국의 연금 지수 순위

특히 문제가 되는 항목은 '적합성'이다. 연금 제도가 적절한 노후 소득을 제공해 주고 있는가를 판단하는 핵심 지표인데, 한국이 받

은 '39점'은 조사 대상 국가 중 최하위다(이 보고서는 '연금은 소득 보전을 얼마나 잘하고 있는가?'가 중요하다는 점을 들어, 이 지표가 핵심이라는 사실을 강조하고 있다). 한마디로 소득 대체율retirement income replacement rate이 형편없이 낮은 수준이라는 뜻이다. 47개 나라 가운데는 우리보다 못사는 국가도 상당수 포함되어 있다. 충격적인 내용이다.

이 조사는 2009년부터 이루어졌고 우리나라는 2012년부터 대상에 포함됐다. 2012~2023년까지 흐름을 살펴보면 점수가 미세하게 오르고 있음을 알 수 있다. 하지만 최저 43.8점(2013년), 최고 51.2점(2023년)으로 등락 폭이 좁다. 다른 나라도 마찬가지다. 〈그림 1-11〉에서 보는 것처럼, 우리보다 기대 수명이 긴 호주의 연금 지수도 70점 중반대에서 박스권을 이루고 있다. 연금 시스템을 단기간에

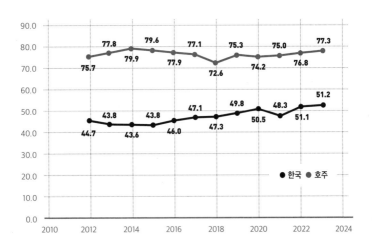

자료: 〈Global pension index 2023〉, Mercer CFA institute, 2023.

<그림 1-11> 한국과 호주의 연금 지수 추이

개선하기란 어렵다는 사실을 알려 준다(조사를 주관한 CFA 연구소는 한국에 대해, 빈곤층을 중심으로 공적 연금 지원을 강화할 것을 권고하고 있다).

실제 고령자들이 사는 모습을 살펴보면 연금 지수가 낮은 이유를 알 수 있다. 〈그림 1-12〉는 60세 이상 연령층의 생활비 충당 방법을 나타낸 것이다. 1위는 근로/사업 소득(43.9%)이다. 44%는 일을 해서 돈을 번다는 뜻이다. 2위는 연금/퇴직 급여(22%)이다. 연금으로 생활하는 사람은 20% 수준이다. 3위는 재산 소득(6.2%)으로 부동산 임대 소득이나 배당금으로 산다는 의미다. 4위는 예금/적금(3.6%)이다. 은행에 예치해 둔 돈의 원금과 이자를 받아 생활한다는 말이다.

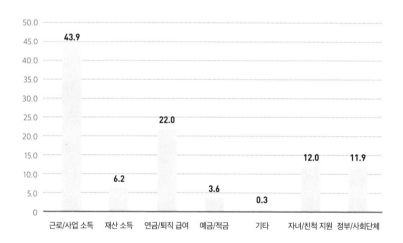

자료: 2023년 사회 조사 결과, 통계청, 2023.

<그림 1-12> 60대 이상 연령층의 생활비 조달 방법

A. 돈 걱정 없이 사는 사람: 10%

B. 연금 소득으로 사는 사람: 22%

C. 계속 돈을 벌어야 하는 사람: 44%

D. 외부의 도움을 받아야만 살 수 있는 사람: 24%

이 분포도가 지금 우리나라 60대 이상이 살아가는 '진짜' 모습이다. 경제적 측면에서 바라본 후반부의 계층 사다리class ladder다. 100명 중 10명은 돈에서 자유롭고, 22명은 연금으로 살고 있고, 44명은 계속해서 돈을 벌어야 하고, 24명은 가족이나 국가의 돌봄을 받아야 한다. 60대 이상 고령자의 68%가 노후 위험에 처해 있다는 말이다. 안전지대에 머무는 이들은 32%에 불과하다.

〈그림 1-13〉을 보면 연령대가 높아지면서 생활비 조달 방법이 변하는 걸 확인할 수 있다. 근로/사업 소득이 차지하는 비중은 나이가 들수록 줄어드는 반면에 재산 소득과 연금/퇴직 급여, 예금/적금, 외부 지원은 비례적으로 늘어나는 경향을 보인다. 소득을 창출할 기회가 줄어들면서 나타나는 현상이다. 근로/사업 소득으로 충당할 수 없는 생활비를 다른 방법으로 메우고 있다는 뜻이다.

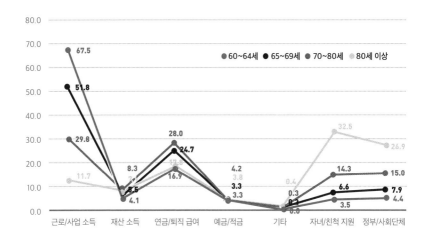

<그림 1-13> 60대 이상 연령대별 생활비 조달 방법

뒤로 갈수록 살림살이 형편은 점점 나빠진다. 풍선 효과balloon effect가 나타나면서 부족한 생활비를 자녀/친척 지원이나 정부/사회단체 도움으로 해결하고 있다. 주목할 점은 근로/사업 소득이 줄어드는 만큼 연금/퇴직 급여가 늘지 않는다는 사실이다. 이 비대칭이 현재 중장년과 시니어들이 처한 힘든 현실을 압축적으로 보여준다. 연금 시스템이 노후 생활의 안전판 역할을 하지 못하고 있다는 증거다.

지금까지 확인된 내용을 정리하면 이렇다.

· 우리는 세계에서 노후 빈곤율이 가장 높은 나라에서 살고 있다.
· 대한민국은 역사상 선례를 찾아보기 힘든 초저출산 세계 기록을 갱

신해 가고 있다.

- 기대 수명은 세계 6위에 오를 만큼 오래 사는 장수 국가다.
- 연금 시스템은 최하위권이고, 소득 대체율은 최하위다.
- 우리나라는 세계에서 가장 늦은 나이까지 일하는 국가 중 하나다.

현재 우리나라의 정년은 만 60세다. 2013년에 법률(2013년에 제정된《고용상 연령차별 금지 및 고령자 고용 촉진에 관한 법률》)이 제정되면서 정년을 60세 이상으로 정하도록 하고 있다. 나이 뒤에 '이상'이라는 꼬리표가 붙어 있지만 허울일 뿐이다. 주민 등록 나이가 60이 되면 다니던 직장을 그만두어야 한다. 그리고 정년을 맞은 이들의 36%만이 은퇴라는 다리를 건널 수 있다. 나머지는? 계속 돈을 벌어야만 한다.

사회적 정년을 지나 은퇴로 넘어가는 다리를 건널 신분을 얻는 사람은 동일 연령대의 4할이 채 안 된다. 이 경제적 신분상 지위는 죽을 때까지 바뀌지 않을 가능성이 크다. 정년이 일에서 벗어나는 출구가 아니라 정규직에서 비정규직으로 신분만 바꾸어 다시 노동 시장으로 들어가는 회전문인 나라. '은퇴하고 싶지만, 은퇴할 수 없는' 국가가 대한민국의 현주소다. 우리 시대의 은퇴란, 운 좋은 소수만이 누릴 수 있는 호사다.

정년을 늘리면 문제가 해결될까? 우리나라 봉급쟁이의 약 8할이 중소기업에서 근무하는데 이 기업들의 상당수가 정년제를 유지하지 않는다. 정년 연장의 혜택을 받는 대상이 대기업과 공공 부문 등 일부에 한정될 거란 뜻이다.[*] 기업주들은 어떤 생각일까? 200년 전 산업 혁명 시대의 공장주들과 똑같다. 정년 연장은 인건비 부담을 가중해 청년 채용에 악영향을 미칠 것이라며 엄포를 놓고 있다.

연금 소득을 늘릴 방법은 없을까? 현재로선 요원한 바람이다. 엄청난 규모의 재원이 확보되어야 하고 시간도 오래 걸릴 것이다. 현재 공적 연금의 수급률, 즉 연금을 받는 고령자는 해당 연령층의 절반이 안 된다. 100명 중 52명은 연금을 한 푼도 받지 못한다. 공적 연금 수급자도 일부 직역 연금 가입자(공무원, 군인, 교사 등)를 제외하면 생활비를 충당하기에 턱없이 부족한 수준이다.

해마다 80만 명이 넘는 이들이 정년을 맞이하고 약 85만 명이 법적 노인이 된다(55~59세의 평균값은 81만 4282명이고 60~64세의 평균값은 85만 4398명이다). 향후 5년의 흐름으로 보면 400만 명이 넘는 인구가 정년의 다리를 건너게 될 것이다. 먼저 다리를 건넌 이들은 후반부의 삶이 무척 고단할 것임을 인지하고 있었을까? 곧 다리를 건널 이들은 먼저 다리를 건넌 선배들의 약 7할이 끝을 알 수 없는 고해苦海의 바다에 빠져 허우적대고 있음을 알까?

우리 시대의 정년은 비자발적 실업이며 경력 단절일 뿐이다. 정년과 은퇴를 잇는 다리는 끊어졌다. 정년까지 모은 돈으로 수명이 다할 때까지 산다는 공식은 폐기된 지 오래다. 당신은 노르웨이도 아이슬란드도 아닌 대한민국에서 살고 있다. 아마도 이 사실을 깨

[*] 〈정년제도와 개선과제〉, 국회미래연구원, 2023.

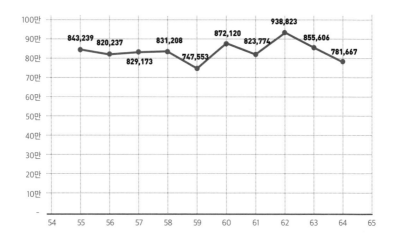

자료: 연령별 인구수, 통계청(2021년 기준)

<그림 1-14> 55~64세 연령대별 인구수

닫은 후에야 우리는 다음을 도모할 수 있을 것이고, 고난 속에서도
헤매지 않고 더 나은 미래를 향해 걸어갈 수 있을 것이다.

4

후반부를 지탱하는 4개의 기둥

〈그림 1-15〉는 60세 이상의 살림살이 형편을 나타낸 것이다. 돈의 관점에서 보면 32%는 여유롭고 68%는 쪼들린다. 44%는 계속 돈을 벌어야 하고 24%는 도움을 받아야 살 수 있다. 돈이 삶의 질을 결정하는 핵심 변수라고 믿는 사람은 이 통계를 보고 '행복한 32%와 불행한 68%'라고 말할 것이다. 이 말이 옳다면, 장년층과 노년층의 7할은 불행한 삶을 이어 가고 있다는 뜻이 된다.

돈이 전부가 아니라고 믿는 사람은 이 수치에 큰 의미를 부여하지 않을 것이다. 경제력과 행복은 상관관계가 없고 돈은 삶을 영위하는 수단일 뿐이라고 주장할 것이다. 이 주장이 타당성을 가지려

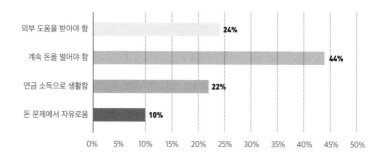

자료: 〈노인 인권 종합 보고서〉, 국가인권위원회, 2018.

〈그림 1-15〉 경제적 관점에서 바라본 60세 이상 연령층의 유형

면 삶의 질을 결정짓는 특별한 요소가 무엇인지를 밝혀야 한다. 이 부분은 무척 중요하다. 좋은 삶의 바탕이 되는 요소를 찾는 것이 좋은 삶을 정의하는 수사修辭보다 훨씬 더 큰 의미를 갖기 때문이다.

돈, 건강, 놀이, 관계

이 4가지가 필자가 찾은, 좋은 삶의 요소다. 경제력이 뒷받침되어야 하고, 건강이 전제되어야 하며, 자신만의 놀이가 있어야 하고, 주변 사람들과 좋은 인간관계를 유지해야 한다는 것. 후반부를 지탱하는 4개의 기둥이다. 중년기를 넘어선 100여 명의 사람을 만나고 관찰해서 얻은 결과물이다. 직관적으로도 충분히 수긍이 갈 것이다.

수레에 달린 4개의 바퀴처럼 이 요소들은 후반부 삶에 지대한 영향을 미친다. 건강을 잃으면 삶이 망가지고, 빈곤의 덫에 걸리면 삶의 질이 훼손된다. 놀이가 없는 삶은 건조한 사막처럼 황량하고, 인간관계가 나빠지면 섬처럼 고립된 존재로 남게 된다. 넷 중 하나라도 결핍되면 삶의 활력과 에너지가 떨어진다. 수레바퀴가 하나라도 없으면 나아갈 수 없는 것과 같은 이치다.

'건강'과 '돈'은 따로 부연할 필요가 없을 것 같다. 중년층 이상을 대상으로 한 설문 조사에서 언제나 중요도 1, 2위를 차지하는 항목이다. 건강을 잃으면 삶이 무너지고, 빈곤의 늪에 빠지면 생존을 위협받는다. 아프면서 오래 사는 건 축복이 아니라 재앙이다. 한국인의 건강 수명은 기대 수명보다 평균 17년 이상 짧다. 이 말은, 생의 말년을 병마와 싸우면서 힘들게 지낼 가능성이 높다는 뜻이다.

돈은 네 요소 중 가장 과대평가된 항목이다. 사람들은 '돈으로 살 수 없는 것'이 많다는 걸 알면서도 돈의 가치를 으뜸으로 삼고 숭배한다. 돈이 신격화된 세상에서 살고 있기 때문이다. 하지만 삶의 후반부로 갈수록 살 수 없는 것의 목록이 늘어난다. 결정적으로, 후반부를 지탱하는 3개의 기둥, 즉 건강(생명)과 놀이(기쁨) 그리고 반려자(사랑)는 돈으로 살 수 없는 것들이다.

'놀이'란 재미와 즐거움이 수반되는 행위를 말한다. 하면 즐겁고 그래서 계속하고 싶은 그 무엇이다. '왜 일이 아니고 놀이인가'라고 묻는다면, 일이 지닌 복잡성 때문이다. 어떤 일은 즐거움을 주지만 어떤 일은 괴로움을 동반한다. 우리는 일하기 위해 태어난 것도 아니고, 죽을 때까지 일에 파묻혀 살아야 할 운명도 아니다. 삶을 놀이play로 다 채울 수는 없지만, 일work과 노동labor으로 채울 이유도 없다.

일도 놀이가 될 수 있지만 재미가 동반되지 않는 일은 놀이가 아니다. 이렇게 말하면 손사래를 칠 사람도 있겠지만, 지금 중장년층의 대다수는 어린 시절부터 노동의 숭고함과 농업적 근면성을 내면화한, 일 중독자workaholic다. 이들의 정체성은 호모 라보란스Homo Laborans, 즉 일하는 인간이다. 이들의 의식 속 파놉티콘Panopticon [*]은 매서운 눈초리로 자신을 감시하며 주문을 외운다. '열심히 살자. 삶은 놀이가 아니다.'

산업화 세대와 베이비붐 세대의 인생 사전에는 놀이가 없다. 우리는 직/업이 곧 '나'이고 일이 곧 '삶'인 인생을 살아왔다. 놀이가 사라지면 그 자리를 일과 노동이 점령하게 된다. 놀이를 잃은 이들이 무료한 일상에서 벗어나기 위해 달려드는 탈출구가 바로 일이다. 이들은 일하는 것 이외에 다른 출구를 알지 못한다. 도화지의 남은 여백을 놀이로 채우는 법을 배우지 못한 탓이다.

일의 사전적 정의는 활동 체계activity system다. '꼭 해야 할 일이 있

---

[*] 감시자가 어느 방향에서든 수감된 죄수를 볼 수 있도록 만들어진 원형 감옥을 말한다. 영국의 법학자 제러미 벤담(Jeremy Bentham)이 설계한 것으로 알려져 있으며, 프랑스 철학자 미셸 푸코(Michel Foucault)가 《감시와 처벌》에서 언급했다.

다'라고 할 때의 일work과 '일자리를 찾고 있다'라고 할 때의 일labor
은 의미가 다르다. 하지만 우리 사회에서 일은 흔히 후자 즉, '생계
를 위한 노동'이라는 뜻으로 받아들여진다. 한편, 재미의 관점에서
일을 나누면, 재미있는 일과 재미없는 일로 구분할 수 있다. 재미
있는 일이 놀이고, 재미없는 일이 노동이다.

　놀이는 인간을 웃게 만든다(인간은 웃는 동물[아리스토텔레스]이며, 이는
인간에게서만 발견할 수 있는 특별한 생리 현상이다). 호모 루덴스Homo Ludens(네
덜란드 출신의 역사학자 요한 하위징아Johan Huizinga가 정식화한 개념으로, 같은 이름
의 책을 1938년에 출간한 바 있다), 인간은 태고 이래 놀이하는 존재였다.
인류는 오래전부터 놀이를 삶의 중요한 일부로 여기며 살아왔다.
어린 시절이 아름다운 장면으로 남아 있는 건 놀이가 함께했기 때
문이다. 흥겨운 놀이는 일상에서 쌓인 피로와 스트레스를 해소하
는 청량제 역할을 한다. 나이 들수록 놀이가 중요한 이유다.

　우리나라에 거주하는 외국인들이 한국인의 언어와 삶을 들여다
보면서 고개를 갸우뚱하는 표현 중 하나가 '열심히 살자!'라는 말이
다. '열심히 일하자!'라는 말은 수긍이 가지만 '열심히'와 '삶'은 서로
어울리는 조합이 아니라는 뜻이다. 옳은 지적이다. 이제 이 낡은
시대의 구호와 결별할 때다. 좋은 삶을 위한 인생 후반부의 구호는
'열심히 살자'가 아니라 '즐겁게 살자'가 되어야 한다.

　건강한 인간관계는 삶의 자양분이 된다. 특히 삶이라는 긴 여행
을 함께하는 반려자는 더없이 소중한 존재다. 반려자는 서로 어울
려 한 쌍이 되는 '짝'이다. 소통하고 교감하며 기댈 수 있는 상대다.

절친이나 반려동물도 반려자가 될 수 있지만 인간을 대신할 수는 없다. 경제학 용어를 빌면, 반려자는 보완재補完財는 있을지언정 대체재代替財는 없다(개나 고양이가 대표적인 보완재다. 개는 간호할 수 없고 고양이가 가려운 등을 긁어 주진 못한다).

'인간관계의 폭과 깊이를 어떻게 가져갈 것인가'라는 주제는 다양한 지향, 해석이 가능하다. 폭을 중요하게 보는 이가 있고, 깊이를 중시하는 이가 있다. 과거의 인연을 소중하게 여기는 이가 있고, 세상을 보는 관점이 비슷한 사람들 중심으로 관계를 이어 가야 한다고 믿는 이가 있다. 부부 사이에도 일정한 거리가 필요한 것처럼 후반부의 인간관계도 적정한 거리를 유지하는 게 좋다.

좋은 삶을 위한 최적의 조건은 무엇일까? 개념적으로 볼 때 네 요소의 점수가 평균 이상이고 요소 간 편차bias가 적을수록 좋다고 할 수 있다. 누가 '좋은' 삶을 살 가능성이 클까? 네 요소를 골고루 갖추고 있는 사람일 것이다. 누가 '좋지 않은' 삶을 살게 될까? 각 요소가 평균 이하이고 편차가 클수록 불리하다고 볼 수 있다.

비유하자면, 나무판자를 잇대어 만든 물통에 담기는 물의 양은 가장 높은 나무판이 아니라 가장 짧은 나무판의 높이에 의해 결정되는 것과 같다(최소량의 법칙law of minimum nutrient이라고 불린다). 비슷한 경제력을 가졌어도 놀이가 있는 사람이 훨씬 활력이 넘쳤고, 인간관계가 메마른 사람의 삶이 더 나빠 보였다. 돈이 많아도 건강이 나쁘면 삶의 질이 추락했고, 부자가 아니어도 놀이와 관계가 충만하면 좋은 삶을 살고 있었다.

실제로 점수를 산출하면 어떤 결과가 나올까? 각 요소를 독립 변수로 보고 돈, 건강, 놀이, 관계의 기준 점수를 각각 25점(총점 100점)으로 책정해 관찰 대상자(100명)들을 평가해 보았다. 돈은 노후 자금 준비 정도를, 건강은 본인이 느끼는 건강 상태와 관리 여부를, 놀이는 즐거움을 동반하는 행위가 이루어지는가를, 관계는 주변에 마음을 주고받을 수 있는 상대가 있는가를 살폈다.[*]

예상대로 '돈과 건강'은 후반부 삶의 질을 결정짓는 핵심 변수로 작용하고 있음을 확인할 수 있었다. 돈이 많다고 다 건강한 건 아니지만, 경제적 어려움이 건강에 나쁜 영향을 미치고 있는 걸로 관찰됐다. 재산의 많고 적음과 관계없이 대다수가 건강의 중요성을 인지하고 있었지만, 관리에 투입하는 시간은 차이가 컸다. 경제적으로 여유가 있는 사람이 건강 관리에 투입하는 시간이 훨씬 많았다.

돈과 건강은 '놀이'에 어떤 영향을 미칠까? 〈그림 1-16〉은 세 변수의 상관관계를 나타낸 것이다. 막대그래프가 돈과 건강의 평균값이고, 꺾은선은 놀이 점수이다. 평균값이 높다는 건 경제적으로 여유가 있고 건강하다는 뜻이다. 반대로 점수가 낮다는 건 빈곤하고 건강도 나쁘다는 의미다. 최대 25점에서 최소 5점까지 편차가 크다는 것을 알 수 있다.

'돈+건강' 평균값과 놀이를 비교해 보자. 일부 구역을 제외하면,

---

[*] 관찰 대상 집단의 구성을 통제하지 않았고, 평가 기준/방법이 주관적이라는 점에서 통계적 의미를 갖는다고 할 수는 없다. 질문지 및 평가 방법은 '부록' 참조.

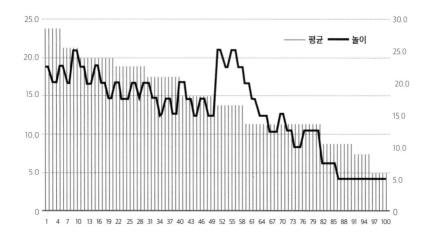

<그림 1-16> 관찰 대상 집단의 '돈+건강' 평균값과 놀이 점수

전체적으로 돈과 건강의 평균값에 비해 놀이 점수가 상대적으로 낮다. 놀이에 투입하는 시간이 부족하다는 뜻이다. 그림 중간에 봉우리가 우뚝 솟은 곳(!)이 보일 것이다. 놀이 점수가 평균값을 훨씬 웃돈다. 대관절 이들은 누구일까? 좋아하는 일, 즉 놀이에 시간과 에너지를 투입하는 사람들이다.

이들은 물질적 소유보다 삶의 의미와 즐거움을 좇는다. 돈을 벌기 위해 투입하는 시간을 아껴 더 가치 있다고 생각하는 일에 시간을 쓴다. 사회적으로 무능해서가 아니라, 의미 있는 삶을 위해 자발적 빈곤을 선택한 일종의 '돌연변이'라 할 수 있다. 기성 질서에 매몰되지 않고 삶의 분명한 지향점을 가진 특별한 집단. 좋은 삶이 돈+건강으로는 충분치 않음을 알려 주는, 전령사들messengers이다.

'관계'는 후반부 삶에 어떤 영향을 미칠까? 반려자가 있는 사람이 없는 사람보다, 마음을 나눌 벗이 있는 사람이 없는 사람보다, 친밀감을 높여 주는 교류 빈도가 높은 사람이 그렇지 않은 사람보다 더 좋은 삶을 살고 있었다. 배우자 없이 혼자 사는 경우도, 반려동물과 함께 사는 이가 그렇지 않은 이보다 정신적으로 더 건강해 보였다.

돈과 놀이가 서로 영향을 미치는 것과 달리, 관계는 다른 요소와 특별한 상관관계가 없는 것으로 나타났다. 경제적으로 윤택해도 관계가 나쁜 이가 있었고, 돈이 많지 않아도 관계의 질이 높은 이가 있었다. 놀이를 즐겨도 인간관계에 무관심한 이들이 있었고, 놀이를 매개로 만족스러운 관계를 이어 가는 이가 있었다. 관계 맺음을 해석하는 관점과 중요도에 따라 다양한 스펙트럼을 보였다.

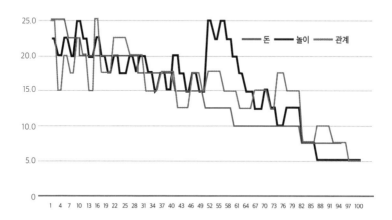

<그림 1-17> 관찰 대상 집단의 돈, 놀이, 관계 점수

돈, 건강, 놀이, 관계는 후반부 삶에 큰 영향을 미치는 요소들이다. 후반부에 이르러 이 요소들을 갖추려면 어려움이 뒤따를 것이다. 재산을 축적하기란 난망한 일이고, 건강은 하루아침에 좋아지지 않으며, 일중독에서 벗어나 자신만의 놀이를 갖기란 쉽지 않고, 관계 맺음이란 시간과 노력의 산물이기 때문이다. 씨를 뿌려야 거둘 수 있는 것처럼 축적의 시간이 필요하다.

생애 곡선이 바뀌고 있다. 낡은 인식의 틀에서 탈출해야 한다. 나는 지금 어디에 있고 어디를 향해 가고 있는지를 물어야 한다. 생각의 감옥에서 벗어나 용기 있게 자신의 길을 개척해 가는 이들만이 후반부의 삶을 온전히 살아갈 수 있을 것이다. 은퇴retirement란 차에서 내릴 때가 아니라 바퀴tire를 갈아re 끼울 때가 되었다는 뜻이다.

2장

정답과 오답 사이

정년과 은퇴를 잇는 다리

정년은 단절이다. 수입이 끊기고, 직업이 사라지고, 관계가 끊어진다. 수입이 끊긴다는 건 현재 가지고 있는 자산으로 잔여 수명까지 남은 시간을 어떻게든 버텨야 한다는 뜻이다. 직업이 없어지면 당신을 설명할 말이 사라진다. 실업자의 명함엔 새겨 넣을 내용이 없다. 그간 일을 통해 알게 된 지인들과의 인연은 먼지처럼 흩어진다.

회사 책상을 정리하면서 가져온 물건 중에 명함집이 있다면 상자 속에 그대로 두어도 무방하다. 그 명함에 적힌 전화번호를 누를 가능성은 거의 없을 테니까. 출근하지 않아도 되는 아침을 맞은 지

얼마 지나지 않아서 편지 한 통이 집으로 배달될 것이다. 직장에서 지역으로 가입자 신분이 바뀌었음을 알리는, 건강보험공단 안내문이다. 귀하는 직업을 잃었고, 당신의 오늘은 어제와 달라졌다.

은퇴는 해방이다. 마침내 당신은 하기 싫은 일을 억지로 하며 살아야 하는 속박에서 풀려났다. 지긋지긋한 밥벌이 노동으로부터, 인간들과의 관계에서 오는 소모적인 감정 노동과 스트레스에서 벗어났다. 마음 내키는 대로 시간을 요리할 수 있는 자유가 당신 앞에 펼쳐져 있다. 새벽부터 출근 준비로 부지런 떨지 않아도 되고, 골치 아픈 문제로 고심할 이유도 사라졌다.

사랑하는 가족들과 여행도 가고, 남들 출근하는 시간에 소파에 앉아 차도 마시고, 가끔 늘어지게 낮잠도 자면서 여유를 만끽해 보라. 당신은 그럴 자격이 충분하다. 오랜 세월 동안 아침부터 밤까지 당신은 가장의 책임을 다하기 위해 열심히 뛰어다녔고 가족에게 헌신했다. 이제 어느 회사의 간부, 어느 직장의 선배가 아니라 당신 자신으로 살아갈 기회가 주어진 것이다. 축하한다.

정년과 은퇴는 희비가 공존하는 변곡점이다. 단절과 해방이 교차하면서 묘한 파열음을 만든다. 이제껏 한 번도 경험해 보지 못한 낯선 공간이다. 목적지를 잃어버린 여행자처럼, 당신은 지금 사람들이 분주히 오가는 기차 정거장에 우두커니 서 있다. 어디로 갈 것인가? 무엇을 할 것인가? 누구와 함께할 것인가? 이 여행의 종착점은 어디인가?

인생 지도를 펼쳐 놓고 방향을 정해야 할 때다. 아니, 여행 가방을 들고 정거장에 나오기 전에 이 질문에 대한 답을 갖고 있어야 한다. 설령 당신이 찾은 답이 정답이 아닐지라도 어딘가를 향해 길을 나서야만 한다. 정거장에 계속 머무를 수는 없으므로. 다시 물어보자. 어디로 갈 것인가? 무엇을 할 것인가? 누구와 함께 여행을 떠날 것인가? 이 여행의 최종 목적지는 어디인가?

놀랍게도 우리 시대의 많은 중장년이 이 주제에 대한 고민과 성찰 없이 정년과 은퇴를 맞는다. 이상한 일이다. 마라톤의 반환점을 막 돌았을 뿐인데, 아직 가야 할 길이 먼 사람들이 후반부를 어떻게 보낼지에 대한 구상과 계획이 없다니. 왜 이런 일이 벌어지는 것일까? 이유는 간단하다. 후반부의 삶을 어떻게 보내면 되는지를 알려 주는 곳이 없기 때문이다. 우리는 지금 '출구만 있고 입구는 없는' 전환기를 살고 있다.

정년이라는 출구가 은퇴로 들어가는 입구였던 시절이 있었다. 사회적 정년이 곧 은퇴였고, 은퇴 후에는 특별히 하는 일 없이 소일하다가 얼마 후 삶을 마감하는, 평균 수명이 지금보다 짧았던 시절의 이야기다. 하지만 사정이 달라졌다. 우리 시대의 정년은 더는 은퇴로 들어가는 입구가 아니다. 정년과 은퇴 사이에는 거대한 틈새가 존재한다. 누구도 피하기 힘든, 후반부의 크레바스crevasse다.

정년과 은퇴를 잇는 다리가 끊어진 시대. 어떻게 하면 이 크레바스에 빠지지 않고 마라톤을 무사히 완주할 수 있을까? 후반부를 지탱해 주는 네 기둥을 튼튼하게 세우려면 어떤 설계와 공법이 필요할까? 지금부터 이 주제를 다루어 보려고 한다. 이 책의 본론이며,

먼저 길을 걸어간 이들을 거울삼아 배우고 깨달은 내용들이다.

그렇다고 여기서 제시하는 원칙과 기준들이 모두 정답이라고 단정할 수는 없다. 인생에 정답이 있을 리가 없다. 사람의 얼굴 모양새가 다른 것처럼 각자의 삶, 각자의 답이 존재할 뿐이다. 정답과 오답 사이 그 어디쯤에서 시행착오를 줄이는 노력이 필요할 때다. 뻔한 이야기들이라 여겨질지라도 숙고할 가치가 있는 주제들이니 찬찬히 음미해 보시기 바란다. 그럼 함께 여행을 떠나 보자.

2

얼마나 가지면 되냐는 질문

자본주의 사회에서 돈은 생존을 위한 필수재必須財다. 돈의 가치를 평가 절하하는 사람일수록 절박한 상황에 직면했던 경험이 없을 가능성이 크다. 일회용 기저귀를 씻어서 재활용하는 아기 엄마, 수술비가 없어서 가족을 떠나 보낼 수밖에 없는 가장, 가난과 질병의 질곡에 빠져 스스로 삶을 놓아 버리는 독거노인. 우리가 사는 세상에서 돈은 인간의 명줄을 쥐고 있는 신과 같다.

우리나라 중장년층과 노년층은 얼마나 벌고 있을까? 〈그림 2-1〉은 40세 이상 연령층의 월 소득(2021년 기준)을 나타낸 것이다. 왼쪽 막대가 평균 소득, 오른쪽 막대가 중위 소득이다. 40대와 50대는

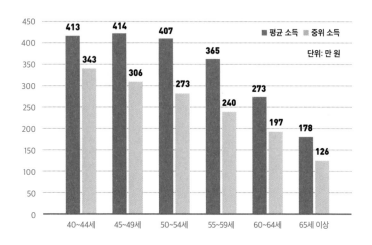

<그림 2-1> 남녀 평균 연령대별 소득 수준(통계청)

비교적 완만하게 줄어들다가 60세를 기점으로 평균 소득이 뚝 떨어지는 것을 알 수 있다. 법적 노인인 65세를 넘어서면 월 평균 소득은 178만 원, 중위 소득은 126만 원으로 낮아진다.

2021년 기준 1인 최저 생계비, 즉 기준 중위 소득은 182만 7831원이다. 65세 이상 연령층의 평균 소득이 최저 생계비에 미달한다. 홀로 사는 노인들의 살림살이가 매우 곤궁하다는 뜻이다. 2인 최저 생계비(308만 8079원) 기준으로 보자. 60세 이상 연령층의 평균 소득이 최저 생계비에 미달한다. 정년을 맞은 부부가 '평균적인' 삶의 질을 유지하지 못하고 있다는 뜻이다.

우리는 60대 이상 고령자의 64%가 노후 위험에 처해 있음을 확인했다. 24%는 독립적 생존이 어려운 처지고 44%는 계속해서 돈을 벌고 있다는 것도 안다. 결과적으로 고령자 집단의 계층 사다리가 상위 36%와 하위 64% 혹은 상위 10%와 하위 90%로 나뉜다는 것도. 연금 시스템의 소득 대체율이 세계에서 가장 형편없는 수준이라는 사실도 확인했다. 모든 통계 수치가 일관된 흐름을 보인다.

그러므로 고령층의 소득이 낮은 건 이상한 현상이 아니다. 무척 자연스러운 결과물일 따름이다. 하지만 현실은 너무 참혹하다. 어쩌다 이 지경에 이르게 된 걸까? 베이비붐 세대가 누구인가. 세계적으로 유례를 찾기 힘들 만큼 높은 경제 성장의 혜택을 받은 '운 좋은' 세대가 아닌가. 외환 위기의 고난을 겪긴 했지만 자산을 축적할 기회가 어느 세대보다 많지 않았던가.

노후 빈곤의 사회 경제적 원인을 파헤치는 것이 이 책의 주제는 아니지만 궁금한 대목이 아닐 수 없다. 노후 위험에서 벗어난 상위 10%를 뒤져 보면 이 의문을 풀 단서가 있지 않을까? 금수저로 태어났거나 사업에 성공해 돈을 많이 벌었거나 뛰어난 재테크 수완을 발휘해 목돈을 쥐었거나 고소득 전문직이 아닌, 평범한 월급쟁이로 살다가 은퇴한 사람들을 살펴보면 숨겨진 비기祕器가 있지 않을까?

1965년생인 J씨는 공기업에 다니고 있는데 곧 정년을 앞두고 있다. 아내도 민간 기업의 임원으로 일하고 있다. 슬하에 자식은 없고 가족 구성원은 부부와 반려견 두 마리다. 처음부터 아이를 낳지 않기로 한 것은 아니다. 노력을 많이 기울였지만 실패했고 아내가 마흔을 넘기면서 꿈을 접었다고 한다. 당시에는 결혼한 부부가 아이를 낳지 않는 것을 특이하게 바라보는 시선이 많아서 힘들었고, 부모님에게 죄를 짓는 것 같기도 했다.

자식 농사를 짓지 않으니 두 사람의 수입 중 생활비를 제외한 돈이 통장에 차곡차곡 쌓여 갔다. 30대 후반부터 부부 합산 수입이 1억 원이 넘었다고 하니 상당한 수준의 재력을 쌓았을 것으로 보인다. 결혼한 직장 여성이 출산과 경력 단절을 걱정할 때 아내는 회사 일에 충실했고 능력을 인정받아 유리 천장을 뚫고 임원 자리에 올랐다.

부부는 강남에 아파트를 소유하고 있고 제주도에도 별장을 가지고 있다. 은퇴 후에는 서울과 제주를 오가며 생활할 계획이다. 주말에는 부부가 같이 골프를 치거나 맛집 탐방을 주로 한다. 직장 동료나 학교 선후배와는 교류가 많지 않은 편이지만, 자식 없이 사는 비슷한 처지의 부부들과는 친근한 관계를 맺고 있다. 마음이 잘 맞고 경제적으로 여유가 많아서 부부 동반으로 자주 어울린다.

나이가 더 들어 독립적 생활이 힘들어지면 부부는 실버타운에 들어가 여생을 보낼 계획이다. 유산을 남겨 줄 자식이 없으니 가진 재산을 정리하면 죽을 때까지 큰 걱정 없이 편안히 지낼 수 있을 것이라 보고 있다. 이 부부의 버킷 리스트에는 사람들이 부러워할 만한 꿈의 목록이 가득하다. 자식을 낳지 않은 대신 이들은 노후의 평화와 안정을 얻었다.

만약 이 부부가 아이를 낳았다면 어떤 미래가 펼쳐졌을까? 양가

부모님에게 손주를 안아 보는 기쁨을 드렸을 것이고, 자식이 부모에게 주는 특별한 사랑에 흠뻑 취해 살았을 것이다. 반면, 아내는 육아와 직장 중 하나를 택해야 하는 갈림길에서 고민했을 것이고, 자식의 미래를 위해 경력 단절을 기꺼이 수용했을지 모른다. 수입은 반토막이 났을 것이고 살림살이는 쉽지 않았을 것이다.

그 와중에도 맹모삼천지교를 단행하며 고품질의 사교육을 받게 하려고 수입의 많은 부분을 쏟아부었을 것이고 아내는 어떻게든 한 푼이라도 더 벌기 위해 재취업 전선에 뛰어들었을지 모른다. 부부의 소망대로 아이가 좋은 대학에 들어간다고 하더라도 부모 역할이 끝나는 건 아니다. 취업, 결혼, 출가 등 새끼 캥거루가 독립할 때까지 넘어야 할 많은 관문이 기다리고 있다.

숨겨진 비밀은 없었다. 한 가지 발견한 것이 있다면 아이를 낳은 부부와 그렇지 않은 부부의 차이가 두드러졌다는 사실이다. 비슷한 조건에서 출발한 두 쌍의 부부 중 자식을 낳고 기른 부부는 하위 64%에 포함되어 있었고, 딩크**DINK, Double Income No Kids**족으로 산 부부는 예외 없이 상위 10%에 들어 있었다. 둘의 차이를 결정짓는 분기점은 '출산'이었다.

자식 농사가 노후 빈곤의 원인이라면 안정된 노후를 보장받을 수 있는 지름길은 유전자를 남기지 않는 것이다. 저출산은 노후 위험을 피하기 위한 젊은 세대의 합리적 선택에 따른 결과다. 그런데 이 선택이 사회적 조류가 되면 국가는 거대한 재앙을 맞게 된다. 개인에게 최선인 것이 사회 전체적으로는 나쁜 결과를 낳는, 구성의 오류fallacy of composition가 발생한다(대표적으로 저축을 들 수 있다. 저축은 개인을 부유하게 만들지만 모든 사람이 저축만 하게 되면 사회 전체의 부는 오히려 감소하는 결과를 낳는다). 지금 대한민국이 이 역설의 함정에 빠져 있다.

아이를 낳아 기르는 40대와 50대들은 어떤 미래를 살게 될까? 6070세대가 걷고 있는 길을 답습할 가능성이 커 보인다. 베이비붐 세대가 지금 겪고 있는 현실이 이들의 미래상이다. 이렇게 판단하는 근거가 있다. 〈그림 2-2〉는 4050세대의 노후 준비 상태를 나타낸 것이다. 금융 회사에 돈을 묻어 둔 소수 부자와 직역 연금 가입자들을 제외한 나머지 6할은 국민연금이 유일한 준비 수단이다.

국민연금의 소득 대체율이 오르지 않는 한 같은 운명을 맞게 될 것이라는 뜻이다. 소득 대체율이 높아질 가능성은 없을까? 현재로선 희박해 보인다. '더 내고 덜 받을 것인가, 덜 내고 덜 받을 것인가'의 선택만 남아 있다고 보면 된다. 어느 경우든 '덜 내고 더 받는 방식'으로 바뀔 가능성은 제로(0)에 가깝다. 결국 4050세대의 6할은 천천히 끓는 물속의 개구리 신세다.

2030세대가 혼인과 출산에 부정적인 데는 이유가 있다. 어린 시절부터 지켜본 부모, 삼촌, 이모 세대의 고단한 삶을 답습하는 것이 두렵기 때문이다. 이는 출산 장려금 따위로 해결될 사안이 아니다. 젊은 세대가 짝을 맺고 아이를 낳게 하려면, 혼인과 출산의 결과가 노후 빈곤으로 귀결되는 고리를 끊어야 한다. 아이를 낳고 길러도 편안한 노후를 보낼 수 있다는 확신을 주어야 한다.

저출산 문제를 해결하기 위해 천문학적인 예산을 투입해도 출산

자료: 2023년 사회 조사 결과, 통계청, 2023.

<그림 2-2> 40대 및 50대 노후 준비 방법

율이 오르기는커녕 오히려 감소하는 근본 원인이 이 지점에 있다. 어떻게 하면 이 상황에서 벗어날 수 있을까? 어려운 문제다. '아이 한 명을 낳을 때마다 노후 연금 100만 원을 지급한다!'와 같은 획기적인 정책이 나와 주기 전에는 해법을 찾기 힘들 것이다. 단군 이래 최대 규모의 사회 개혁이 따라 주어야 하는 국가 의제다.

많은 중장년층이 '얼마나 가지고 있으면 되는가?'라고 묻는다. 불안한 노후를 걱정하며 던지는 질문일 것이다. 상위 36%의 경우 크게 걱정할 필요가 없다. 하지만 당신이 하위 64%에 속해 있고, 자녀를 키우고 있으며, 국민연금 외에 다른 준비 수단이 없다면 사회적 정년을 맞는 시점에 축적한 재산으로 안정적인 노후를 보내기는 어려울 것이다.

그러므로 노후 빈곤을 피하려면 어떻게든 36도 선 위쪽에 자리를 잡거나, 전생에 나라를 구해 복권에 당첨되는 복을 기대할 수밖에 없다. 그러므로 이 질문은 잘못됐다. '얼마나how much'라는 관점으로는 이 문제를 해결할 답을 찾을 수 없다. 대신 '어떻게 하면 이 질곡에서 헤어날 수 있는가?'라고 물어야 한다. 후반부 가정 경제 살림살이를 '어떻게' 가져가야 하는지 알아보도록 하자.

• 후반부 살림살이 준칙 •

가계 재정, 즉 가정 경제 살림살이의 운영 원리는 단순하다. 수입과 지출의 균형을 맞추는 것이 근간이다. 수입보다 지출이 적으면 저축할 여력이 생기고, 지출이 수입을 초과하면 빚이 생긴다. 전자가 흑자, 후자가 적자 재정이다. 전반부의 경제생활은 '벌고 쓴 다음 남으면 저축하고 모자라면 충당하는' 방식이었다. 이를 식으로 나타내면 다음과 같다.

수입-지출＝저축/부채

하지만 후반부에는 이 방식을 적용할 수 없다. 수입이 끊기거나 줄어들기 때문이다. 벌고 쓸 수 없으니 '쓰고 채우는' 방식을 적용하면 되지 않느냐고 생각할지 모르겠다. 하지만 이는 좋은 접근법이 아니다. 인간은 태생적으로 손실에 대한 두려움과 공포를 지니고 있다. 이익을 얻는 것보다 손실을 줄이는 데 집중하려는 성향을 보인다(행동경제학에서는 이를 손실 회피 성향loss aversion이라고 부른다).

수입이 끊어졌다는 건 지금 가진 재산만으로 살아야 한다는 뜻이다. 살아갈 날은 많이 남았는데 재산이 계속 줄어들면 두려움이 생긴다. '쓰고 채우는' 방식은 이 공포심을 더욱 자극한다. 경제적인 여유가 있음에도, 일자리를 찾아 나서거나 씀씀이 수준을 낮추는 건 그 때문이다. 따라서 먼저 쓰고 나중에 채우는 방식이 아니라 '채우고 쓰는' 방식을 적용하는 것이 좋다. 입금 먼저, 출금 나중이다.

방법은 간단하다. 저수지 통장과 출금 통장을 분리한 다음, 매달 월급이 입금되는 것처럼 저수지 통장에서 출금 통장으로 결제 금액을 이체시키면 된다. 들어오는 구멍과 나가는 구멍을 구분해 손실에 따른 심리적 상실감을 줄이고 계획 소비를 하는 것이다(한 가지 유의할 점은, 지출 금액과 이체 금액 사이에 약간의 여유분을 남겨 두라는 것이다). 전반부와 달라진 게 있다면 채우는 방법, 즉 수입원이 바뀐다는 것뿐이다.

쓰고 채우는 방식은 지출 흐름을 통제하기가 어렵다. 전반부에는 소비 금액이 지출 한도를 넘어도 크게 문제가 되지 않았다. 하지만 후반부는 이 기준선을 지키는 게 무척 중요하다. 둑이 무너지면 적자 상태에 빠질 수 있기 때문이다. 따라서 수입/지출 균형을 맞추려면 월 사용 한도를 정해 두고 소비가 이 선을 넘지 못하도록 통제할 필요가 있다. 저수지의 물이 고갈되지 않도록 조절하는 것이다.

> 전반부: 수입(급여)-지출=저축/부채
> 후반부: 수입(연금)-지출=0

1 | 살림살이 규모를 어느 수준으로 가져갈 것인가?

이 문제의 답을 알아야 살림살이를 안정적으로 유지해 갈 수 있다. 계산법은 간단하다. 생활비로 쓸 수 있는 가용 재산의 크기pie를 분모로, 기대 여명을 분자로 놓고 계산된 값을 '12'로 나누면 월 지출 한도 금액이 나온다. 언제까지 생존할지를 정확히 아는 건 불가능하므로 기대 여명에 '5'를 더하고 빼면 최솟값min과 최댓값max을 산출할 수 있다. 이 값이 한 달에 쓸 수 있는 생활비 수준, 즉 가용 예산 규모다.

당신이 지금 62세 남성이고, 자식은 출가해 부부만 살고 있으며, 가용 재산 규모는 5억 원이라고 가정해 보자. 2022년 기준 60세 남성의 잔여 수명은 22.8년이다. 이 기준에 따라 월 생활비 수준을 산출하면 다음과 같다.

최대치: (5억 원÷17.8년)÷12＝234만 823원

평균치: (5억 원÷22.8년)÷12＝182만 7485원

최소치: (5억 원÷27.8년)÷12＝149만 8800원

2024년 기준, 2인 가족 최저 생계비는 220만 9565원이다. 기대 수명보다 일찍 사망하면 최저 생계비보다 많지만, 평균 수명대로 살면 이 돈만으로 생활을 꾸려 가기 부족하다. 각종 설문에 따르면 부부만 사는 은퇴 가정의 '적정' 노후 생활비는 200만~300만 원 수준이다. 따라서 삶의 질이 훼손되지 않으려면 다른 소득원이 있어야 한다는 결론에 도달하게 된다.

2 | 가용 재산이 부족하면 어떻게 해야 하는가?

먼저 지출을 줄여야 한다. 살림살이 규모와 씀씀이를 줄이는 작업 down-sizing이 필요하다. 집의 크기를 줄이고, 자동차를 처분하고, 일상생활의 낭비 요인을 찾아내 없애는 일을 말한다(씀씀이 내력을 알 수 있는 가장 좋은 방법은 가계부를 써 보는 것이다). 욕망을 따라가는 것이 아니라 필요에 맞추어 사는 것이다. 간단해 보이지만 쉬운 공정이 아니다. 게다가 지출은 하한선(최저 생계비) 이하로 떨어지면 삶의 질이 훼손되기 때문에 제약이 따른다.

따라서 명확한 근거에 따른 방향 정립과 섬세한 접근이 필요하

다. 예를 들어, 자녀가 독립해 더는 큰 집에서 살 이유가 없어졌다면 작은 평수의 아파트로 이사하는 것이 합리적 판단이지만, 주택 연금을 활용해 현금 흐름을 만들 생각이라면 계속 사는 것이 더 좋을 수도 있다. 집을 사고판 매매 차익으로 수입을 창출하는 것과 주택 연금을 받는 것 중 어느 쪽을 선택할 것인지에 대한 종합적 판단이 따라야 한다는 뜻이다.

씀씀이를 줄이는 것에는 물리적 불편과 심적 고통이 따른다. 자차가 없으면 가까운 거리를 이동하는 일도 힘겹게 느껴진다. 중국집 메뉴판에서 삼선자장면 대신 그냥 자장면을 고를 때 마음 한구석에 싸늘한 바람이 불 것이다. 비싼 유기농 채소를 포기하고 농약이 잔뜩 묻은 채소를 사서 먹어야 할 때 처량한 신세가 된 자신을 한탄할지 모른다.

하지만 너무 절망할 필요는 없다. 심적 회계mental accounting를 잘 조절하면 적게 쓰면서도 좋은 삶을 살 수 있다. 심적 회계란 지출에 대한 의사 결정을 할 때 자신만의 고유한 회계 계정에 따라 평가하는 것을 말한다. 유기농 채소는 식비인가, 건강 유지비인가? 외식을 줄이는 것과 텃밭에서 농사를 지어 먹거리를 해결하는 방식 중 어느 쪽이 더 씀씀이를 줄이는 데 효과적인가? 생각을 바꾸면 다른 세상이 펼쳐진다.

3 | 어떻게 현금 흐름을 창출할 것인가?

이 과제가 후반부 살림살이 경제학의 전부라 해도 지나친 말이 아니다. 아무리 비싼 부동산을 보유하고 있어도 집을 뜯어먹고 살 수는 없다. 은행에 예치한 돈이 많아도 유입되는 돈이 없으면 저수지의 물은 말라 간다. 따라서 물의 총량stock이 아니라 흐름flow에 초점을 맞추어야 한다.

당신이 상위 32%에 속해 있다면 걱정할 필요가 없다. 부동산과 주식, 예금 혹은 연금을 통해 필요한 생활비를 조달할 수 있을 것이다. 하지만 하위 68%에 해당한다면 유입과 유출 흐름을 꼼꼼히 잘 살펴야 한다. 유출(지출)보다 유입(수입)이 많으면 상관없겠지만, 유입보다 유출이 많으면 적자 상태가 될 것이고 이 흐름이 장기화하면 무척 곤란한 상황에 직면하게 될 것이다.

답은 이미 나와 있다. 보유한 재산을 쪼개 쓰거나 수입을 창출해야 한다. 가용 재산으로 기대 여명을 넘길 수 있다면 현금화해서 쓰면 된다. 산업화 세대와 베이비붐 세대가 가진 자산 목록 중 압도적 1위는 부동산이다. 생애 전반부를 온전히 바쳐 창출한 재산이라고는 '집' 한 채가 전부인 사람이 태반이다.

노른자 땅에 비싼 아파트를 가진 사람이 아니라면, 아니 그렇다하더라도 집을 담보로 현금 흐름을 만드는 건 무척 힘든 결정이다. 이 결정을 하지 않으면 노동을 통해 돈을 버는 방법뿐이다. 어떻게 할 것인가. 지금 노후 준비를 마친 32%를 제외하고, 60세 이상의 44%는 집을 담보로 현금 흐름을 만들 것인지 아니면 노동 시장에 다시 뛰어들 것인지를 정해야 하는 처지에 놓여 있다.

4 | 특별히 유의할 사항은 무엇인가?

후반부 가정 경제에서 가장 조심해야 할 요소는 '빚'이다. 현재 우리나라 전체 가구 중 부채를 가지고 있는 가정은 62%에 이른다. 연령대별로 보면 29세 이하가 2.1%, 30대가 10.2%, 40대가 15.4%, 50대가 16.4%, 60대 이상이 17.9%다. 뒤로 갈수록 부채가 줄어야 하는데 현실은 거꾸로다. 가구주가 고연령층일수록 빚이 있는 가정이 더 많다. 50세 이상 가구주의 약 34%가 빚을 지고 있다.

금액도 적지 않다. 50대의 평균 부채 금액이 1억 5000만 원, 60대 이상이 1억 3000만 원 수준이다. 같은 금액의 빚을 지고 있다고 하더라도 40대의 1억 원과 60대의 1억 원은 전혀 성격이 다르

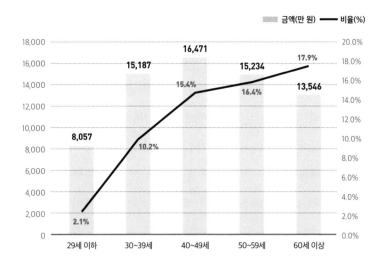

자료: 〈가계금융복지조사〉, 통계청, 2022~2023.

<그림 2-3> 연령대별 부채 금액 및 비율 현황

다. 40대는 경제 활동을 왕성하게 할 나이여서 상환 부담이 적지만, 60대는 빌린 돈을 제때 갚지 못할 확률이 훨씬 높다. 언제 터질지 알 수 없는 시한폭탄을 안고 사는 것과 같다.

부채의 내용은 가정마다 다르겠지만 본질은 같다. 빚은 가정 경제를 갉아먹는 기생충과 같다. 수입이 줄거나 끊긴 상황에서 채무 상환의 짐까지 짊어진 가정은 오래 버티지 못한다. 건강이 망가지고, 가족이 해체되고, 삶이 무너진다. 생의 후반부에 이르러 극단적인 선택으로 삶을 마감하는 이들의 배후엔 '빚'이라는 괴물이 도사리고 있다.

부채를 청산할 가장 좋은 시기는 전반부가 끝나기 전이다. 후반부에 천천히 벌어서 갚으면 된다는 생각을 버리라. 특히 빚으로 투자하는 건 섶을 안고 불 속으로 달려드는 것과 같다. 불확실성을 안고 위험한 머니 게임money game에 달려드는 잘못을 저질러선 안 된다. 후반부 살림살이의 기본은 자산을 늘리는 게 아니라 보유한 자산을 지키는 것이다. 개성상인開城商人의 철학을 빌면, 집전集錢이 아니라 수전守錢이 중요하다(고려 시대의 개성상인은 돈의 철학을 '잘 모으고集 잘 쓰고用 잘 지키는守 것'이라고 정의한 바 있다).

• 충분의 경제학 •

1970년에 노벨 경제학상을 받은 미국의 신고전파 경제학자 폴 새뮤얼슨Paul Samuelson이 정의한 행복 공식이라는 게 있다. 행복은 소비를 욕구로 나눈 값과 같다는 항등식이다Happiness equals consumption divided by desire. 이 공식에 따르면 욕구(분모)를 줄이고 소비(분자)를 늘리면 행복 수치는 상승한다. 행복해지려면 욕구는 최대한 절제하면서 많이 쓰고 가지면 된다는 뜻이다. 그런데 좀 이상하다. 소비와 욕구가 어떻게 반대 방향으로 움직일 수 있단 말인가.

$$행복 = \frac{소비(소유)}{욕구(욕망)}$$

실제로 작동되는 현상을 살펴보면 그렇지 않은 것 같다. 욕구가 늘면 소비가 늘고, 욕구가 줄면 소비도 줄어들기 때문이다. 소비와 욕구가 따로 움직일 수 있다는 주장은 '둥근 삼각형'이나 '시끄러운 침묵'처럼 앞뒤가 맞지 않는 형용 모순oxymoron이다. 욕구를 줄이면서 소비를 늘릴 수는 없다. 둘은 같은 방향으로 움직이는 경향성을 보인다. 따라서 행복의 총량은 늘 제자리다.

자본주의 사회는 '더 많이 가질수록 행복하다'라는 믿음을 갖도록 끊임없이 욕구를 자극한다. 사람들은 비싸고 좋은 물건을 사고 모으는 일로 시간과 에너지를 소비하지만, 동시에 자신을 타인과 끊임없이 비교하며 상대적 박탈감을 느낀다. 이 감정을 달래려고 구매한 물건을 집 안 어딘가에 쌓아 둔 채 신상품을 탐색하고, 쇼

핑센터에서 산 식품들을 냉장고에 쟁여 두고 외식을 나간다.

정도의 차이는 있지만 우리는 모두 소비에 중독되어 있다. 알코올이나 니코틴 중독자가 그 물질에서 헤어나지 못하는 것처럼 이 덫에서 벗어나기란 쉽지 않다(마약은 단 한 번의 경험만으로도 뇌의 작동 방식을 바꾸어 버린다. 단약斷藥과 동시에 극심한 심리적 압박과 고통이 따르는 이유다). 소비로 작동되는 경제 질서가 당신을 가만히 두지 않고 끊임없이 유혹의 손길을 보내기 때문이다. TV를 켜 놓고 있는 것만으로, 누리 소통망SNS에 접속하는 것만으로 당신의 뇌 속 소비 욕망은 활성화된다.

잘 포장된 상품 광고에 노출되는 순간, 눈 깜작할 사이에 포로가 된다. 그 물건을 소유하면 행복해질 것만 같은 착각에 휩싸인다. '결핍=불행'이라는 심리를 자극하는 세련된 광고의 이미지는 뇌에 착상되어 당신을 흔들어 놓는다. 그 물건이 쓸모 있는가 아닌가는 중요치 않다. '행복하고 싶으면 구매 단추를 누르세요!'라는 명령어가 입력되면, 매트릭스에 갇힌 포로는 불행해지지 않기 위해 상품을 구매한다.

여기서 끝이 아니다. 당신이 구매한 상품이 주는 행복감의 유효 기간은 그리 길지 않다. 유행은 시시각각 바뀌고 소유한 물건은 이내 퇴물이 된다. 다시 불행이 시작된다. 더 많이 소유할수록 더 큰 결핍을 느끼는 악순환의 고리에 빠지게 된다. 이 덫에 걸리면 소비와 소유가 삶의 목표가 된다. 현생 인류의 정체성은 호모 콘스무스 homo consumus, 즉 소비하는 인간이다. '나는 구매한다, 고로 나는 존

재한다.I buy therefore I am,'

가운데가 비어 있는 도넛처럼 인간은 공허감을 채우기 위해 강박적으로 소비에 매달린다. 우리는 코앞에 있는 당근을 먹으려고 앞으로 내달리는 당나귀 신세다. 아무리 달려도 당근을 먹지 못하는 당나귀처럼 이 시스템 안에서 행복이란 영원히 닿을 수 없는 신기루일 따름이다. 이 감옥에서 탈출하려면 고삐를 끊어 버려야 한다. 더 가져야만 행복할 수 있다는 조작된 믿음에서 벗어나 진정한 행복을 찾아 길을 나서는 것이다.

$$만족 = \frac{충족}{필요}$$

인간의 경제 활동은 욕망과 소비의 함수가 아니라 필요와 충족의 함수다. 외출하려면 가방이 '필요'하다. 가방에는 여러 종류가 있고 어느 것을 이용해도 필요는 충족한다. 낡은 가방을 바꿀 때가 되었을 때 당신의 뇌는 이렇게 속삭인다. '이왕이면 명품을 들어요!'라고. 이미 욕망의 노예가 된 당신은 비싼 명품 가방을 들고 다니며 자랑질을 하고 싶다는 마음이 솟는다. 욕망의 심리적 회로는 그렇게 작동된다.

하지만 손가방이 꼭 명품일 '필요'는 없다. 가방의 모양과 색깔이 마음에 들고 쓰임새, 즉 물건을 넣고 다닐 수 있는 기능에 문제가 없으면 그것으로 '충분'하다. 명품 가방을 들면 행복할 것이라는 마음은 조작된 욕망일 뿐이다. 우리가 아는 한 진짜 행복은 물질적 풍요와 아무런 관련이 없다. 원하는 것을 손에 넣어도 행복은 오래 가지 않는다는 사실을, 우리는 이미 잘 알고 있다.

욕망은 갖거나 누리고 싶은 마음이다. 물질이 아니라 심리心理다. 인간의 마음에서 욕망을 원천적으로 소거하는 건 불가능하다. 인간은 욕망덩어리다. 욕망은 삶을 이끌어 가는 에너지원이기도 하다. 문제는 욕망 그 자체가 아니다. 거대한 소비의 자기장 안에서 소유하고 있는 물건에 불만을 품도록 끊임없이 자극을 보내는 광고와 그로 인해 조작된 심리가 문제다.

필요와 욕망은 혼재되어 있다. 어디까지가 현실적 필요이고 어디까지가 조작된 욕망인지를 구별하기가 쉽지 않다. 판단이 서지 않을 때 '그것이 없으면 어떤 일이 일어나는가?'를 상상해 보면 된다. 없어도 삶을 사는 데 지장을 초래하는 것이 아니라면 그 물건은 당신에게 필요 없는 것이다. 십중팔구 스트레스를 해소하기 위한 습관성 소비거나 타인에게 잘 보이려는 허영심의 발로일 가능성이 크다.

필요/충족에 경제 활동의 초점을 맞추는 건 단순히 덜 쓰고 아끼는 절약과는 다르다. 자기 위안을 얻으려는 정신 승리 혹은 불가에서 말하는 무소유simatiga는 더욱 아니다. 석가모니의 가르침은 소유욕을 내려놓아야 진정한 평화에 이를 수 있다는 것이다. 하지만 우리가 사는 세상에서 무소유란 실존적 죽음을 의미한다.[*] 이 살벌한 밀림에서 살아남으려면 생존에 필요한 것들을 갖고 있어야 한다.

필요/충족의 함수는 소비의 기준선을 한계 효용-marginal utility(상품이나 서비스의 소비가 한 단위 늘어남에 따라 추가로 증가하는 효용을 말함)의 최대치에 맞추어 불필요한 거품을 제거하려는 합리적인 선택이다. '필요가 채워졌다면 그것으로 충분하다'라고 생각하는 경제 철학이다. 삶의 후반부로 갈수록 이 원리를 준수해야 한다. 당신의 집 어딘가에는 욕망에 이끌려 구매했으나 이미 용도 폐기된 물건들이 쌓여 있을지 모른다. 지금은 쌓고 모을 때가 아니라 비우고 버릴 때다. 후반부 살림살이의 기본은 '더하기'가 아니라 '빼기'다.

'충분의 원리'를 준수하려면 어떻게 해야 할까? 가계부를 써 보면 된다. 길게 쓸 필요도 없다. 3개월 정도면 충분하다. 그동안 소비한 내용을 살펴보면 필요와 욕망의 경계를 알 수 있다. 지출 항목 중 어느 쪽 비중이 높은지, 특정 항목으로의 쏠림 현상이 있진 않은지, 불요불급不要不急한 소비 지출은 없는지 등 살림살이의 속살을 들여다볼 수 있다. 가계부는 가정 경제가 어떻게 움직여야 하는지를 알려 주는 나침반이다.

실제로 가계부를 써 보면 막연히 감으로 느끼는 것과 실제로 지출된 결과의 차이를 확인할 수 있다. 이런 되먹임feedback 과정은 필요 소비의 적정선을 찾는 데 도움을 준다. 의외로 많은 수의 은퇴

---

[*] 따지고 보면, 무소유를 주창하며 세인의 존경을 받았던 노스님도 '먹고사는' 문제에서 자유로운 조건이었다고 할 수 있다. 종단(宗團)의 뒷받침이 있었을 것이기 때문이다.

가정이 보유한 경제력보다 낮은 소비 생활을 하는 경향을 보이는데 이는 장수 위험과 소득 절벽이 소비 심리를 위축시키기 때문이다. 가계부 작성은 슬기로운 살림살이의 출발점이다.

O씨(62세)는 작년에 재취업할 기회가 있었지만 따르지 않았다. 힘들게 벌이에 나서지 않아도 생활 방식을 바꾸면 생각보다 많은 돈이 필요하지 않다는 것을 알았기 때문이다. '돈을 계속 벌면서 현재의 소비 패턴을 유지할 것인가, 돈을 벌지 않고 소비 구조를 바꿀 것인가'의 갈림길에서 후자의 길을 가기로 한 것이다.

정년퇴직 후 1년간 성실하게 가계부를 작성하고 내용을 면밀하게 분석해 내린 결론이다. 집 크기를 줄이고, 자동차를 처분하고, 집 밖에서 외식하지 않고, 불필요한 겉치레와 낭비 요소를 없애면 삶의 질을 훼손하지 않고 충분히 살 수 있다는 것. 그는 지금 '충격'을 최소화하는 방식으로 하나씩 구조 개혁을 단행하는 중이다.

제일 먼저 자동차를 처분했다. 초기엔 불편함이 크게 느껴졌지만 연료비와 수리비, 보험료와 세금 등 자동차 유지에 들어가는 비용이 사라지니 여유가 많이 생겼다고 한다. 조만간 운전면허증도 반납할 생각이다. 반사 신경도 무뎌지고 눈도 침침해 운전대를 잡기가 부담스럽게 느껴지던 참이었다. '뚜벅이'가 되고 나니 건강이 좋아졌고 '걸으면 비로소 보이는 것이 있다'라는 것도 알게 되었다.

조만간 집 크기도 줄여 이사할 계획이다. 집 안을 살펴보니 구석구석에 처박아 놓은 잡동사니가 너무 많아서 1년 동안 한 번도 쓰지 않은 물건들은 모두 버릴 생각이다. 집 근처에서 텃밭 농사도 짓고 있고, 세끼를 직접 해결하니 기존에 쓰던 식비의 30%가 줄었다고 한다. 그는 건강 관리가 미래의 비용을 아낄 수 있는 투자라 생각하고 체력 단련에 많은 시간을 할애한다. 스트레스를 받으며 돈을 버니 안 벌고 건강하게 사는 것이 더 낫다고 판단해서다.

· 현금 흐름 만들기 ·

후반부 살림살이의 핵심 의제는 현금 흐름을 창출하는 것이다. 기대하는 수준으로 매달 생활비가 통장에 입금될 수 있다면 얼마나 좋을까. 하지만 퇴직과 정년, 은퇴의 강을 건너 후반부를 살아가는 중장년과 시니어의 삶은 녹록하지 않다. 이론적으로 현금 흐름을 창출할 방법은 다양하게 존재하지만 현실에선 매우 제한적인 선택지만 남아 있다.

1. 소유한 부동산을 임대해 소득을 창출하는 방법

2. 주식 등 유가 증권의 배당금을 받는 방법

3. 금융 회사에 예치한 돈의 원금과 이자를 사용하는 방법

4. 연금으로 생활비를 충당하는 방법

5. 사업을 통해 이익을 창출하는 방법

6. 노동력을 제공해 임금을 받는 방법

7. 기타

1~3번은 누구나 바라는 희망 사항이지만 아무나 누릴 수 있는 호사가 아니다. 앞서 살펴본 것처럼 60세 이상 연령층 중 재산 소득과 예금/적금으로 생활비를 조달하는 비율은 13%에 불과하다. 사람들이 가장 선호하는 방법은 4번인데 이는 공무원이나 군인 등 직역 연금을 받는 일부 직업군만 누릴 수 있는 혜택이다. 나머지는 이 방법만으로 생활비를 충당할 수 없다.

5번의 대표적 직종이 자영업이다. 잘 알려진 것처럼 우리나라 소상공인/자영업 생태계는 잿빛이다. 생존할 확률이 매우 희박한 정글이다. 진입 장벽이 높아서 특별한 경쟁력을 보유하고 있지 않으면 투입한 자금을 회수하기 전에 문을 닫게 될 가능성이 크다. 영업 이익도 매우 낮다. 자영업의 대표 주자인 도소매업의 45%, 음식/숙박업의 50%가 1년에 1000만 원 이하의 이익금을 남긴다. 월 영업 이익이 100만 원이 안 된다는 뜻이다.

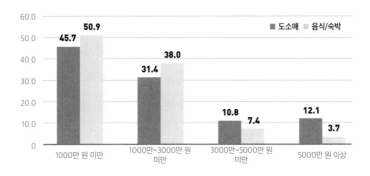

자료: 소상공인 실태 조사, 통계청, 2022.

<그림 2-4> 영업 이익 규모별 소상공인 사업체 비율

6번이 인구 밀도가 가장 높은 선로다. 물이 위에서 아래로 떨어져 모이는 것처럼, 낙수효과trickle-down effect가 작용하면서 일할 곳을 찾는 중장년/시니어는 계속 늘고 있다. 55~79세 인구 중 67%가 취업을 희망한다. 국민연금을 아예 받지 못하거나 받더라도 생활비를 충당하기에 역부족인 장년층과 시니어가 이 선로 위를 걷고 있다.

그 외에 자녀/친지에게 의지하거나 주식이나 투기로 큰 수익을 노리는 방법, 국가의 도움을 받는 방법 등이 존재한다. 하지만 자녀에게 노후를 의탁하는 건 양쪽 모두 원하는 그림이 아니다. 투자/투기는 위험성이 크며, 국가의 지원을 받는 건 마지막 선택이므로 대안이 될 수 없다. 결국 4번과 6번을 병행하거나 5번 선로에서 치열한 경쟁을 뚫고 살아남는 길이 존재할 뿐이다.

연금은 현금 흐름을 만드는 가장 효과적인 접근법이다. 연금 4종 세트(공적 연금, 퇴직 연금, 개인연금, 주택 연금)를 모두 갖추고 후반부를 시작할 수 있다면 최선이겠지만, 그렇지 않더라도 연금을 어떻게 활용할 것인지를 진지하게 검토해 봐야 한다. 연금 월액月額, 즉 매달 받을 수 있는 연금액을 산출하는 방식은 상품과 종류에 따라 차이가 있다. 하지만 이자율 등 변수를 배제하면 원리는 간단하다(국민연금은 소득 재분배 기능이 탑재되어 있어 산출 공식이 다르다).

이자율(+)과 물가 상승률(-)이 0으로 수렴한다고 가정하고, 적립금과 연금 총액을 같다고 보면 된다. 예를 들어 개인연금을 통해 60세부터 20년간 매달 100만 원을 받고 싶으면, 20년 전부터 같은 금액을 적립하면 된다. 퇴직 연금으로 매달 100만 원을 10년간 받고 싶으면 1억 2000만 원의 적립금이 쌓여 있어야 한다. 국민연금은 소득 재분배 기능이 들어 있고, 직역 연금은 국가가 보조금을 얹어 주는 구조여서 산출 방식이 다르다.

주택 연금은 유불리가 병존하는 상품이다. 현재 주택 연금으로 노후를 대비하는 40대는 0.5%, 50대는 1.2% 수준(〈그림 2-2〉 참조)으로 활용도가 낮은 편이다. 정부(한국주택금융공사)가 지급 보증을 해 주는 안전한 상품임에도 주택 연금이 활성화되지 않은 이유는 무엇일까? 여기에는 상품 구조의 몇 가지 한계점과 심리적 요인이 숨겨져 있다.

주택 연금은 국민연금과 달리 물가 상승률이 반영되어 있지 않고 가입 시점의 지가地價를 기준으로 연금액이 산출되기 때문에 집값이 올라도 상승분이 연금액에 추가되지 않는다. 집값이 내리면 이익을 보지만 오르면 손해를 보는 구조다. 지가 상승기에 가입하면 유리하고 하락기에 가입하면 불리하다. 그런 이유로 지가 동향을 보며 가입 시점을 저울질하는 이들이 많고 부동산 가격이 상승하면 해지가 늘어난다.

주택 연금의 정확한 상품명은 역逆모기지론reverse mortgage loan이다. 모기지론 또는 주택 담보 대출이 주택을 살 때 은행에서 한꺼번에 돈을 빌리는 구조라면, 역모기지론은 소유하고 있는 주택을 담보로 매달 일정액을 받는 방식이다. 2가지 다 대출 상품이지만 전자는 시간이 흐를수록 대출금이 줄어들고 후자는 반대로 갚아야 할 돈이 늘어나는 방식이다. '역'이라는 접두사가 붙은 이유다.

주택 담보 대출이 집을 담보로 잡고 돈을 빌려주는 방식이라면, 주택 연금은 정부가 지급 보증을 서 준다는 점에서 차이가 있다. 이 과정에서 비용이 발생하는데 '보증료'는 주택금융공사HF가, '이자'는 대출 은행이 가져간다. 살아 있는 기간 동안 받을 수 있고 상속도 가능하다는 건 장점이고, 연금을 받기 시작하면 이사할 수 없고 중도에 해지하면 보증료를 전부 내야 하는 건 단점이다.

심리적 요인이란 한국인 특유의 집에 대한 애착을 말한다. 우리나라 가계 자산은 부동산 편중화가 매우 심하다. 조금씩 줄긴 하지만 아직도 자산의 7할 이상이 부동산에 쏠려 있다. 평생 일해서 번 돈 대부분을 집에 투자하고 있는 셈이다. 세월이 흘러도 부동산 불패 신화, 즉 돈을 모을 최고의 방법은 부동산이라는 인식이 확고히 자리 잡고 있다.

이런 상황에서 가장 확실한 재테크 수단인 집값을 동결하고 돈을 빌려 쓴다는 건 쉽게 동의하기 힘들다. 가진 거라곤 집밖에 없는데 자녀에게 남겨 줄 유일한 재산이 공중분해된다는 것도 마음이 동하지 않는다. 많은 베이비붐 세대가 '집을 처분하고 삶의 질을 개선할 것인가?' 아니면 '집은 있지만 빈곤하게 사는 하우스 푸어house poor가 될 것인가?'의 갈림길에 서 있다.

1964년에 태어나 2024년에 환갑을 맞는 동갑내기 부부가 있다고 하자. 이 부부의 총자산은 약 10억 원이다. 부동산(7억 원)과 유가증권(2억 원), 기타 현금성 자산과 동산(1억 원)을 합한 수치다. 자녀는 독립해 따로 살고 있고 부채는 없다. 정년퇴직 후 소득이 끊겼으므로 현금 흐름을 만들어야 한다. 자녀에게 유산을 남기지 않는다는 가정하에, 이 부부가 추가 소득 없이 살 수 있는 해법은 무엇일까?

　유일한 소득원은 63세부터 매월 90만 원 정도 받는 노령 연금이 전부다. 2인 가족 최저 생계비가 220만 9565원(2024년 기준)이므로, 연금 월액과 최저 생계비의 차액은 -117만 3693원이다. 이 틈새를 어떻게 메울 것인가. 가장 손쉬운 해결 방법은 집을 담보로 대출을 일으키는 것이다. 주택 연금을 활용하면 매달 약 154만 원의 연금을 받을 수 있다.＊ 결과적으로 매월 약 245만 원의 현금 흐름이 만들어진다.

국민연금 월액: 900,000원

주택 연금 월액: 1,541,270원

합계: 2,441,270원

2인 최저 생계비: 2,209,565원

이 금액은 많을 수도, 적을 수도 있다. 여유 있는 생활을 유지하

＊ 주택 연금 예상 연금 조회(HF, 일반 주택 7억 원 기준, 정액형, 종신 지급 방식)

기에는 부족하다고 생각할 수도 있지만, 이 수준에 맞추어 살면 부부 중 누군가가 다시 밥벌이에 나서는 수고를 하지 않아도 된다. 둘 중 한 명이 중병에 걸리거나 다쳐서 의료비가 많이 지출될 수 있지만, 유가 증권과 현금성 자산이 있으므로 크게 걱정할 필요는 없다.

2022년 기준, 남편의 기대 여명은 24.48년이고 아내의 기대 여명은 29.26년이다. 부인이 남편보다 약 5년 더 생존할 가능성이 높다. 지급 방식을 종신형으로 설계하면 부인이 오래 살아도 문제는 없다. 큰 욕심 없이 필요에 맞추어 살아가면 자식에게 손을 내밀지 않아도 평균 이상의 삶의 질을 유지할 수 있다. '남기지 말고, 가진 걸 다 쓰고 가자'라는 원칙만 준수하면 된다.

이 부부는 어떤 선택을 할까? 평생을 일해 장만한 유일한 자산이 조금씩 상각償却되는 심리적 고통을 수용하지 못할 수도 있고, 다 쓰고 가라는 철학에 동의하기 힘들지도 모른다. 필자가 만나 본 이들 중에는 집을 현금 흐름 창출 수단으로 생각하는 경우보다 끝까지 지켜야 할 '최후의 보루'로 인식하는 경우가 더 많았다.

베이비붐 세대가 갖는 집에 대한 애착은 충분히 이해된다. 하지만 그로 인해 치러야 할 대가가 너무 큰 것 같다. 부족한 생활비를 메우기 위해 늦은 나이까지 손에서 일을 놓지 못하기 때문이다. 만약 재산을 물려줄 대상이 없는 독신자라면 고려해 볼 만한 방법이다. 실제로 주택 연금 신규 가입자 중 배우자가 있는 경우보다 독신으로 사는 중장년층이 더 많다고 한다.

1960년생인 K씨는 5년 전에 아내와 사별하고 아들과 둘이 살고 있다. 3년 전에 정년퇴직했고 현재 따로 돈을 벌진 않는다. 월 생활비는 300만 원 남짓 드는데 직장에 다니는 아들이 100만 원을 부담하고 나머지는 연금으로 충당하고 있다. K씨는 현재 3가지 연금을 보유하고 있는데 국민연금, 퇴직 연금, 개인연금이다.

퇴직 연금과 개인연금(개인연금은 55세 시점에 잔여 금액을 일시불로 청산했다고 함)은 2020년(60세)부터, 국민연금은 2022년(62세)부터 받기 시작했다. 3가지 연금의 월 수령액 합계는 300만 원이 조금 넘는다. 지금은 비교적 여유 있게 살고 있지만 퇴직 연금은 10년간 받는 것으로 되어 있어서 2030년이 되면 현금 흐름이 200만 원으로 줄어든다. 아들이 독립해서 나가면 이 돈으로 혼자 살림을 꾸려 가야 한다는 뜻이다. 그는 아들의 독립이 확정되면 70세 시점에 주택 연금을 신청할 생각이다. 나이 들어 아들에게 의지하지 않으려면 현금 흐름이 넉넉해야 한다고 믿기 때문이다. 주택 연금의 예상 연금 월액은 약 200만 원이다. 수입 금액이 400만 원으로 늘어난다. 게다가 3종류(국민, 개인, 주택) 모두 종신 연금이다. 수명과 상관없이, 돈 걱정 없이 여생을 보낼 수 있다는 뜻이다.

아직 아들에게 이 계획을 밝히진 않았다. 결혼할 정년이 훨씬 지났는데도 아들은 혼인할 생각이 없는 눈치다. 아들이 비혼으로 살겠다고 결심한다면 같이 사는 게 좋을지 따로 사는 게 좋을지 현재로선 정확한 판단이 서지 않는다. 그는 재혼할 생각은 없고 도시를 떠나 한적한 시골에서 혼자 살고 싶은 바람을 가지고 있다.

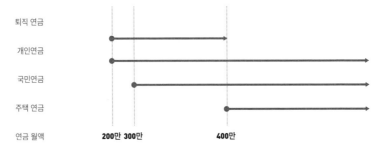

55 56 57 58 59 60 61 62 63 64 65 66 67 68 69 70 71 72 73 74 75 76 77 78 79 80

퇴직 연금

개인연금

국민연금

주택 연금

연금 월액 　　200만 300만　　　　　400만

<그림 2-5> 연금 상품을 활용한 K씨의 현금 흐름

'늙으면 믿을 게 돈뿐'이라는 말이 있다. 삶의 경험에서 비롯한 돈의 확실성 때문일 것이다. 돈이 노후에 든든한 디딤돌인 건 분명하다. 동시에 이 도구를 어떻게 활용할 것인지에 대해서도 분명한 기준을 갖고 있어야 한다. 후반부에 접어든 많은 가정에서 살림살이를 어떻게 가져갈 것인가에 대한 거시적 구상과 미시적 분석 없이 막연하게 살아가는 모습이 관찰된다.

언제 죽을지 모르니 혹은 언제까지 살지 알 수 없으니 '최대한 아끼면서 살아야 한다'라고 생각하는 이가 있고, 계획적 소비와는 담을 쌓고 흘러가는 대로 사는 이가 있다. 전자는 어리석고 후자는 위험하다. 매달 필요한 적정 생활비는 얼마인가? 어떻게 현금 흐름을 창출할 것인가? 아직 후반부에 접어들지 않았다면 이 2가지 숙제에 대한 답을 찾는 작업을 시작하길 바란다. 빠를수록 좋다.

현금 흐름을 만드는 길 중 아직 한 가지가 남아 있다. '좋아하는' 일을 하면서 소득을 창출하는 방법이 그것이다. 이 접근법을 따로 분류하는 이유는 일반적인 소득 창출 방법과는 운영 원리가 다르기 때문이다. 일을 매개로 돈을 번다는 측면에서 보면 이 방법은 사업을 통해 이익을 창출하거나(5번) 노동력을 제공해 임금을 받는 방법(6번)과 차이가 없다.

하지만 이 접근법은 행위의 목적이 아니라 결과물로 소득이 창출된다는 점에서 다르다. 좋아하는 일에 몰두하다 보니 남다른 성과를 얻었고 그 성과물이 돈으로 연결되는 구조다. 선후가 다르고 지향점이 다르다. 생애 곡선을 쌍봉으로 설정하고 오랜 준비와 수련을 거친 사람이 이 혜택을 누린다. 좋아하는 일의 다른 이름은 놀이다. 바다를 항해하는 '놀이'를 하며 물고기를 낚는 '어부'가 되는 것이다.

• 탈빈곤 프로젝트 •

중산층에서 빈곤층으로 떨어지는 계단 수는 생각처럼 많지 않다. 큰돈을 벌 수 있다는 유혹에 빠져 사기를 당하거나 투자했던 사업이 무위로 돌아가 돈을 날리거나 혹은 예상치 못한 복병을 만나 금전적 손해를 입는 경우는 주변에서 쉽게 발견된다. 삶은 예측 불가능한 게임이고, 운명의 신은 인간을 고난에 빠뜨리기 위해 호시탐탐 기회를 노린다.

문제는 '회복력resilience'이다. 젊을 때는 다시 일어설 힘과 기회가 주어지지만, 나이를 먹을수록 탄력성이 쪼그라든다. 개인 파산을 맞는 이들 중 고령층이 많은 이유다. 파산 신청자 중 60세 이상 고령층 비율은 계속 증가하고 있다. 나와는 무관한 일이라고 생각할지 모르지만 가볍게 넘길 일이 아니다. 한 번의 실패, 한 번의 실수로도 나이 든 노인은 언제든 빈곤의 늪에 빠질 수 있다.

파산 지경에 이른 고령층의 사연을 들어 보면, 사람이 넘어지는 건 큰 바위 때문이 아니라 작은 돌부리 때문이라는 사실을 새삼 깨닫는다. 불과 몇 년 전까지 그들은 평범한 삶을 살던 중산층이었다. 투자 사기를 당하는 이들 중에는 고학력자들도 상당하다. 이들이 사기꾼의 농간에 휘둘리는 건 꾼들의 현란한 술수 때문이 아니라, 돈을 벌어야 한다는 간절함이 이성을 마비시키기 때문이다. 돌부리는 마음속에 있었던 셈이다.

경제적 파산이라는 계단 바로 아래가 자살 위험군이다. 감당하기 힘든 고난에 직면해 돌파구를 찾을 수 없을 때 인간은 삶을 놓아 버리고 싶은 강렬한 충동에 휩싸인다. 하지만 인간은 자기 삶이 불행하다는 것만으로 자살을 실행하지는 않는다.* 자살은 사회적 현상이다. 그렇다면 이 비극을 막을 방법은 개인이 아니라 사회에서 찾아야 한다. 이들을 다시 일으켜 세우는 힘은 무엇일까?

G씨(57세)는 싱글맘이다. 오래전에 이혼했고 지금은 혼자 산다. 코로나19 팬데믹 이전에 그녀는 수도권 인구 밀집 도시에서 수제 맥주 가게를 운영했다. 유동 인구가 많아 장사는 그럭저럭 잘되는 편이었다. 하

---

* 에밀 뒤르켐, 황보종우 옮김, 《자살론》, 청아출판사, 2008.

지만 팬데믹 여파로 매출이 급감했고 임대료 부담 때문에 어쩔 수 없이 폐업했다. 그녀는 새로운 창업 아이템을 고민하면서 힘겨운 나날을 보내고 있었다.

엎친 데 덮친 격으로 하나뿐인 아들이 큰 사고를 치는 바람에 피해 보상금으로 상당한 돈을 날렸다. 벼랑 끝에 선 것 같은 절망감이 밀려왔고 극단적인 생각이 고개를 들었다. 이대로 무너지면 안 된다는 절박함으로 그녀는 주변에 도움을 청했다. 사정을 들은 지인들이 경제적 빈곤에 처한 여성 가장의 자립을 돕는 제도와 지원 단체를 알려 주는 등 격려를 아끼지 않았다고 한다.

차상위 계층 승인을 받던 날, 대학까지 졸업한 사람이 빈곤 계층으로 전락했다는 사실이 너무 서러워 펑펑 울었다고 한다. 생계를 위해 마트 계산원, 대리 기사, 식당 보조 등 그녀는 닥치는 대로 일을 했다. 그녀는 지금 한 공익 재단의 도움을 받아 재창업을 준비하고 있다. 사업 자금 대출, 입지 컨설팅, 법률 자문 등 창업 성공률을 높이는 프로그램이 큰 도움이 된다.

자립 지원 프로그램에 참여하면서 비슷한 처지에 놓인 여성 가장도 많이 알게 되었다. 이들과의 만남과 교류는 그녀가 심리적 안정을 찾고 다시 일어서는 데 큰 용기를 주었다고 한다. 생활 형편은 크게 바뀌지 않았지만 그녀는 새로운 희망을 꿈꾸고 있다. 하루빨리 재기해 예전처럼 아들과 함께 사는 것이 그녀의 바람이다.

삶은 고난과 위험으로 가득하며 가난한 사람은 특히 위험에 취약하다. 질병의 위험, 재해의 위험, 범죄의 위험, 위험에 효과적으로 대처하지 못하는 위험에 이르기까지 일상의 수많은 위험에 노출되어 있다. 탈빈곤은 쉽지 않다. 원인이 무엇이든 빈곤의 늪에 빠진 이가 스스로 함정에서 벗어나기란 여간 힘든 일이 아니다. 특히 후반부에 접어든 이들이 가난에 홀로 맞선다는 건 무척 버거운 일이다.

그러므로 누군가의 도움이 필요하다는 사실을 받아들여야 한다. 이 사실을 인정하는 것은 중요한 함의를 갖는다. 현실을 직시하고 있다는 뜻이기 때문이다.

지금 내가 위험한 상황에 노출되어 있다는 것, 아직 갈 길이 한참 남았다는 사실을 알고 위험을 하나씩 제거해 나가야 한다. 고립을 피하고 서로에게 기대어 생존할 수 있는 길을 적극적으로 모색하는 것이다.

빈곤의 원인은 돈이지만 탈빈곤의 해법은 돈이 아니다. 빈곤 탈출의 해법은 '협동의 경제학'이다. 비슷한 처지에 놓인 사람들끼리 만나 손을 맞잡아야 한다. 계 모임이든, 공제共濟든, 협동조합이든 서로 협력할 수 있는 우정의 공동체 망을 만드는 것이다. 끼리끼리 유유상종하는 가운데, 나 홀로 사는 방식이 아니라 함께 생존할 수 있는 튼튼한 안전망을 구축해 가야 한다.

하지만 이 '망'은 저절로 만들어지지 않는다. 우리 대다수는 원자화된 개인으로서의 삶에 더 익숙하다. 타인을 싸워 이겨야 하는 경쟁 대상으로 바라볼 뿐 함께 살아가는 공동체 감수성(오스트리아 출신의 심리학자 알프레드 아들러는 이를 '공동체 감각'이라고 정의한 바 있다)이 결핍되어 있다. 이 무뎌진 감성을 깨워 '백지장도 함께 들면 낫다(!)'는 평범한 진실을 깨닫는 경험을 축적해 가야 한다.

내가 잘해 주면 남도 잘해 주고, 남이 협동하면 나도 협동한다. 이 경험이 쌓이면 협동할 때가 이기적으로 행동할 때보다 서로에게 더 이익이라는 사실을 깨닫게 된다. 공동체 안에 신뢰감이 형성된다. 신뢰란 상대가 나에게 선한 행동을 하리라고 기대하는 마음이다. 협동의 경험이 축적되면 신뢰 자산이 쌓이고, 구성원들 사이에 신뢰감이 두터우면 협동은 강화된다. 선순환의 고리가 만들어지는 것이다.

가난한 사람에게 돈을 빌려주면 채무 불이행 위험에 빠지기 쉽다고 믿는 이가 많다. 일반적으로 이 말은 맞다. 빈곤층이 돈을 갚지 못하는 이유는 다양하지만 가장 큰 심리적 요인은 이 돈을 갚아도 또 다른 빚을 질 수밖에 없다는 절망감이 상환 의지를 꺾기 때문이다. 하지만 이 금전 거래가 금융 회사와 차주借主 사이가 아니라 '공동체' 안에서 이루어질 경우 상황이 달라진다.

예를 들어 신뢰 관계가 두터운 공동체 구성원들이 비상시에 쓸 용도로 각자 돈을 추렴해 공동 기금을 만들었다고 하자. 자격 요건상 개인의 신용 점수를 따지지 않으므로 배신(야반도주)의 위험은 상존한다. 채무 불이행 위험은 어떨까? 국내외의 다양한 공동체 기금 운용 사례를 살펴본 결과, 시장 거래 방식과 비교할 때 현저히 낮다. 빌린 돈을 꼭 갚아야 한다는 의식적 강제력coercive power이 힘을 발휘한다.

이 강제 효과의 바탕에는 2가지 심리가 작동된다. 하나는 다른 구성원에게 피해를 주어서는 안 된다는 선한 마음이고, 다른 하나는 공동체에서 퇴출당하는 응징을 피하기 위해서다. 배신을 통해 획득하는 이익보다 공동체 안에서 머무는 이익이 더 크다고 느낄 때 배신의 유인incentive은 감소한다. 공동체에 대한 신뢰와 기대가 약속을 지키게 만드는 것이다.

신뢰를 바탕으로 한 인적 네트워크는 공동의 목표를 가질 때 그 힘이 배가된다. 서로에 대한 믿음을 공유한 집단이 운명을 개척하기 위해 세운 목표는 쉽게 무너지지 않는다. 구성원들은 이 목표를 달성하는 것이 자신의 이익과 연결된다는 것을 알기에 열심히 복무할 마음의 준비가 되어 있다. 망이 튼튼해질수록 결속력은 늘어날 것이고, 사람들은 공동 운명체로서의 연대 의식을 갖게 될 것이다.

문명화된 사회에서 우리는 '개인'으로 살아가도록 유도되었다. 대한민국 국민은 저마다 고유한 인식 번호를 부여받는다. 세금을 내는 것도, 정부의 지원을 받는 것도 개인을 기본 단위로 이루어진다. 사람들은 한 명의 독립적 개체로서, 자신의 삶을 계획하고 설계하도록 학습·훈련받은 것이다(독일 사회학자 울리히 벡은 이를 '제도화된 개인주의institutionalized individualism'라고 부른다). 이 과정을 통해 '개인주의화한' 인간이 자유롭게 협력과 연대의 끈을 이어 가기란 쉽지 않은 일이다.

협동조합이 조직의 '꼴'을 갖추었다고 해서 자연스럽게 협동의 힘이 만들어지지 않듯, 타인과 협력하려면 '상대의 신발에 내 발을 넣을 수 있는' 용기가 필요하다. 개인 혹은 가족 단위에서 잘 살아가는 이들은 그 필요성을 느끼지 못한다. 남의 신발에 내 발을 넣는 불편함을 감내할 이유가 없다. 오직 결핍된 자들만이 연대와 협동의 필요를 갖는다. 과정은 험난하지만 과실은 달다.

가장 확실한 탈빈곤 프로젝트는 일하고자 하는 이에게 일자리를 제공하는 것이다. 그렇다, 빈곤층이 원하는 건 정부 지원금이 아니라 일자리다. 노후 빈곤을 걱정하는 이들의 바람은 건강이 허락되는 한 자신의 힘으로 돈을 버는 것이다. 산업 혁명 시기부터 현재에 이르기까지 일하는 사람들이 바라는 희망은 단일한 정치적 구호로 표현된다. '모든 이에게 일자리를!'

이것은 불가능한 꿈일까? 기껏해야 수백, 수천 개에 불과한 일자리를 만들어 달라고 기업들에 읍소하면서 감세와 보조금 정책을 펼칠 것이 아니라 국가가 '최종 고용주'로서의 역할을 하는 것이 훨씬 더 현명한 접근법 아닐까? 눈덩이처럼 불어나는 사회 보장 예산을 숙명처럼 받아들일 것이 아니라, 양질의 공공 일자리를 만들어 예산을 줄이는 방향으로 정책 패러다임을 전환하는 것이 옳지 않을까?

3

늙을 삶처럼, 삶을 늙처럼

"그동안 수고하셨으니 편히 쉬세요."

정년을 맞아 회사를 떠날 때 과거엔 이와 비슷한 이야기를 들었다. 오랫동안 일하느라 힘들었으니 편히 지내라는 뜻일 것이다. 지금은 아무도 이렇게 말하지 않는다. 함께했던 시간은 즐거웠고 남긴 발자국은 영원히 남을 거라는 의례적인 덕담과 함께 '이제 당신의 길을 멋지게 열어 가길 기원한다'라는 인사말을 건넨다. 정년퇴직이 일과 노동의 마침표가 아님을 알고 있기 때문이다.

번호표를 뽑아 들고 퇴장 순서를 기다리는 후배는 '지금부터 뭐 하실 계획이세요?'라고 묻는다. 자신이 곧 맞닥뜨릴 미래의 단서를 얻기 위해서다. 무슨 말로 포장하든 궁색한 답변 속에 초조함이 엿보이는 이가 있고, 여유 있는 미소를 날리며 말을 아끼는 이가 있다. 전자가 단봉낙타 과科고, 후자가 쌍봉낙타 과다. 전자가 뚜렷한 계획 없이 무대에서 내려오는 사람이라면 후자는 오래전에 가야 할 방향을 정한 사람이다.

퇴직과 정년, 은퇴의 강을 건너면 보통 짧은 휴식기를 갖는다. 그림 같은 풍광을 눈에 넣으려 여행을 떠나고, 여유 있는 아침을 맞이하고, 사랑하는 이와 즐거운 한때를 보낸다. 하지만 여가와 휴식의 유효 기간은 길지 않다. 반복될수록 흥미가 줄고 한계 효용이 체감한다. 자장면을 처음 먹을 땐 맛있지만 그릇 수가 늘어날수록 맛이 떨어지는 이치와 같다.

그리고 이 시기가 지나면 불안과 우울, 공허감 같은 감정이 밀려온다. 긴 세월 동안 일에 중독된 사람들이 마주하는, 일종의 금단 현상이다. 어느 날 문득 당신은 바쁜 일정에 쫓기며 지내던 분주한 사무실과, 동료들과 함께 식사하며 싱거운 농담을 주고받던 시절이 무척 그리워질지도 모른다. 마침내 노동의 긴 터널에서 벗어났는데 다시 일터를 그리워하다니 아이러니한 일이다.

휴식이 일중독의 치료제라고 생각할지 모르지만 천만의 말씀이다. 일중독자에게 휴식은 해독제가 아니라 촉진제다. 이들이 정신적 만족감을 얻을 수 있는 건 오직 일뿐이다. 정년퇴직 이후에 이리저리 돌아다녀 봤지만 결국 할 수 있는 건 일뿐이라면서 다시 노동 시장을 기웃거리는 이들이 부지기수다. 재직자는 일하면서 노는 걸 꿈꾸고, 퇴직자는 놀면서 일을 꿈꾼다.

반평생을 일에 매여 살았는데 남은 시간도 이 굴레에서 헤어나지 못하고 살아야 하는 걸까? 몸을 망가뜨리고 마음을 고갈시키는 일이 아니라 엔도르핀이 돌고 보람과 성취감을 느낄 수 있는 일을 할 순 없을까? 지금부터 이 이야기를 해 보려고 한다. 우리 시대의 일이란 무엇인지, 일과 놀이는 어떻게 다른 것인지, 내려놓는다는 건 무엇인지, 삶을 놀이로 채울 방법은 없는지.

· 일이란 무엇인가 ·

인간이 삶을 영위하기 위해서 행하는 모든 활동.

백과사전에 나온 '일'의 정의다. 일은 인간의 활동 체계다. 일이 없는 삶은 상상할 수 없다. 밥을 먹는 것도 일이고, 잠을 자는 것도 일이고, 노는 것도 일이다. 삶이 곧 일이고, 일이 곧 삶이다. 인간은 일을 통해 삶을 만들어 간다. 일하지 않는다는 건 활동이 중단되었다는 뜻이다. 생명체에게 활동의 중단은 곧 죽음을 의미한다.

일과 노동은 어떻게 다른 것인가? 일을 시간으로 계산하면 노동이고, 그렇지 않으면 일이라는 견해가 있다. 노동은 생계를 위해 하는 것이고, 일은 그것을 포괄하는 활동이라는 주장도 있다. 모호한 말이다. 노동은 신성하다고 하면서 일에는 크게 의미를 부여하지 않는 이유는 무엇인가? 기준과 경계가 모호한 개념들이 뒤섞여 있다. 그렇다면 사람들은 일이라는 개념을 어떻게 받아들이고 있을까?

1. 친구, 지난주 등산 모임에 안 왔던데 뭔 '일' 있는가?
2. 아, 내가 얼마 전부터 다시 '일'을 시작했다네.
3. 오, 그래, 잘되었군. 무슨 '일'인지 물어봐도 될까?
4. 다음에 만나면 이야기함세. 자네는 뭐 재미난 '일' 없는가?
5. 재미는 무슨, 하루가 적막강산이네. 나도 다시 '일'이나 할까?
6. 찬성일세. 놀면 뭐 하겠나? 하루라도 젊을 때 벌어야지.

정년퇴직한 두 친구의 대화 중 일부 대목을 발췌한 것이다. '일'이라는 말이 폭넓게 쓰이고 있음을 알 수 있다. 하지만 맥락을 살펴보면 각각의 의미가 다르다. 1번은 사전적 정의 그대로, 일반적인 행위나 사건을 뜻한다. 2번과 3번은 직업 혹은 밥벌이 수단으로서의 노동을 말한다. '먹고사는'이라는 말이 생략되어 있다. 4번은 즐거움이 수반되는 행위, 즉 '놀이'다.

이 대화에서 가장 모호하게 사용된 표현이 5번의 '일'이다. 노동이라고 볼 수도 있고 활동이라고 해석할 수도 있다. 이 화자는 '놂'의 대립적인 개념으로 '일'이라는 단어를 사용했을 것이다. 다른 화자도 그 말뜻을 이해하고 "놀면 뭐 하겠나?"라는 말로 응수하고 있다. 마치 건전지의 양극과 음극처럼, 일과 놀이를 대척점으로 바라보는 인식 체계는 기성세대는 물론 젊은이들 사이에서도 널리 통용되고 있다.

우리나라 사람들은 일과 놀이를 대립적 관점에서 바라보는 경향이 있다. 일하는 건 '바람직한' 것이고, 노는 건 '좋지 않은' 것이라는 관념이 의식을 지배한다.* 이런 인식은 나이가 많을수록 더 강하게 나타난다. 이상한 현상이다. 인간이 삶을 영위하기 위해서 하는 모든 행위가 일이라면, 노동과 놀이도 모두 '일'인데 어째서 이런 논리적 모순을 범하고 있는 것일까?

일을 노동으로, 놀이를 유희로 해석하기 때문일 것이다. 먹고사는 일이 너무 힘들고 고단해서 일하지 않고 놀고먹는 이들에 대한 혐오감이 작용하고 있기 때문인지도 모른다. 세계 10위권의 경제 대국에서 여전히 이런 인식이 횡행하고 있다는 사실이 놀랍지 않은가? 이런 관점은 완전히 잘못된 것이다. 먹고살기 위해 돈을 버는 일labor도 중요하지만, 즐겁고 신명 나게 노는 일play 역시 삶에 없어서는 안 되는 일work이기 때문이다.

후반부의 삶은 어떤 일로 채우는 것이 바람직할까? 돈을 버는 일을 줄이거나 없애고 노는 일의 비중을 늘리는 게 좋을 것이다. 해야 하는 일보다 하고 싶은 일에 시간을 많이 쓰면 좋을 것이다. 좋

---

* 대표적 사례가 2022년에 발생한 이태원 참사에 대한 일부 대중의 반응이다. 사건 발생 직후, 이 참극의 원인을 개인의 잘못으로 돌리는 악성 댓글이 횡행했는데 '놀러 가서 죽었는데 애도는 무슨?' '죽어도 싸다' 등 놀이에 대한 왜곡된 관념이 뿌리 깊게 박혀 있음을 알 수 있다.

은 삶의 정의에 부합하는 일에 시간을 쓸수록 삶은 풍성해지지 않겠는가. 노후 준비가 미흡해 벌이에 나설 수도 있겠지만 삶이 노동에 점령당하지 않도록 해야 하지 않겠는가.

그렇게 하려면 일을 바라보는 관점을 분명히 하고 일상을 새롭게 재편해야 한다. 하루의 시간을 어떻게 할당하고 쓸 것인지에 대한 원칙이 필요하다. 그 일이 좋은 삶에 부합하는 것인가라는 시선을 견지하고 시간표를 만들어 보자. 〈그림 2-6〉은 '일'의 관점에서 후반부의 삶을 해석해 본 것이다. 가로축은 해야 할 일have to do을, 세로축은 하고 싶은 일want to do을 나타낸다.

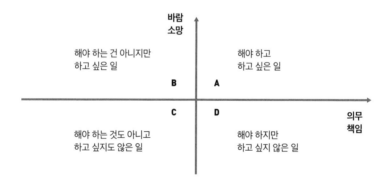

<그림 2-6> 일의 관점에서 바라본 후반부 삶의 구성

A. 해야 하고 하고 싶은 일

B. 해야 하는 건 아니지만 하고 싶은 일

C. 해야 하는 것도 아니고 하고 싶지도 않은 일

D. 해야 하지만 하고 싶지 않은 일

A는 '보람 있는' 일이다. 하고 싶지만 아직 이루지 못한 필생의 과업이 여기에 해당한다. 바람과 소망이 의무와 책임으로 진화한, 일종의 소명召命 같은 것이라 할 수 있다. 예술가는 최고의 작품을 완성하길 바라고, 운동선수는 신기록을 달성하고 싶어 한다. 사상가는 인류의 앞날을 밝혀 줄 위대한 이론을 정립하길 원하고, 세상의 모든 부모는 자식의 미래에 도움이 될 최고의 선물을 남기길 소망한다.

B는 '재미있는' 일이다. 꼭 해야 할 절박한 이유가 있는 건 아니지만 하고 싶다는 마음이 발동하는 일이다. 어떤 종목을 선택하든 재미와 즐거움이 동반되며 그래서 더 하고 싶은 무엇이다. B가 A와 다른 점은 그 일에 특별한 의미를 부여하지 않는다는 것이다. 놀이를 무겁게 해석하는 사람은 없다. 즐겁기 위해, 흥겨움을 얻기 위해 시간을 할애하는 게 놀이다.

C는 '소모적인' 일이다. 하지 않아도 아무 일도 일어나지 않는다는 점에서 불필요한 일이라고 할 수 있다. 자존심을 앞세운 허례와

허식, 남에게 잘 보이려고 애를 쓰는 일, 타인의 시선을 지나치게 의식하는 행동, 시기와 질투심으로 타인을 미워하는 일, 핸드폰 속 가상 세계에 빠져 시간을 죽이는 일이 그런 것들이다.

D는 '귀찮은' 일이다. 일상을 구성하는 대다수의 일이 여기에 해당한다. 먹고살려면 돈을 벌어야 하고, 살림을 꾸려야 하고, 건강을 지켜야 하고, 가족을 돌봐야 한다. 매끼 식사를 준비해야 하고, 음식물 쓰레기를 버려야 하고, 화장실을 청소해야 한다. 삶이 고행苦行인 이유는 하고 싶지 않은 일을 할 수밖에 없기 때문이다. 모든 인간이 지니고 가야 하는 숙명이다.

시간을 어떻게 할당하면 좋을까? A는 살리고, B는 키우고, C는 죽이고, D는 줄이는 방향으로 가면 된다. A+B의 점유율을 C+D가 차지하는 비율보다 크게 만드는 것이 중요하다. A와 B 중 하나를 선택해야 한다면 B를 추천한다. 누군가의 말처럼 삶은 숙제가 아니라 축제여야 한다고 믿는다.

C는 최대한 빨리 도려내는 게 상책이다. 시간 할당 요령에서 D를 어떻게 다룰 것인가가 가장 중요하다. 이 영역이 일상을 점령하면 A/B에 투입할 시간이 현저히 줄어들게 된다. 역설적으로, 이 영역에 투입되는 시간이 적다면 누군가가 대신 그 일을 처리하고 있을 가능성이 크다. 집안일이 대표적이다. 효과적으로 일을 처리할 수 있도록 시스템을 구축하는 것이 관건이다.

시간을 어떻게 쓰는지를 알려면 어떻게 해야 할까? 기록해 보면 된다. 길게 할 필요도 없다. 일주일 정도 시간을 측정해 보면 어느 영역에서 얼마나 시간을 쓰는지 알 수 있다. 경영학의 대가로 평가받았던 오스트리아 출신의 미국 경영학자 피터 드러커(1909~2005년)는 시간을 효과적으로 관리하려면 실제로 시간을 어디에 쓰는지를 알고 있어야 한다고 강조한 바 있다.

이 기록을 살펴보고 시간을 재배분하면 된다. 가장 많은 시간을 할애해야 할 영역은 단연 B다. 흙을 만지고, 땀을 흘리고, 마음을 따뜻하게 하는 책을 읽고, 감미로운 음악을 듣고, 소중한 사람과 만나 대화하고, 어려운 일을 당한 친구를 위로하고, 계절의 변화를 만끽하고, 반려자와 손을 맞잡은 채 공원을 산책하고, 아름다운 것들을 눈에 넣는 것. 그보다 멋진 것이 어디 있겠는가.

시간을 지배하는 가장 확실한 방법은 이끌고 가는 것이다. 시간을 설계하고 일상을 이끌고 나가는 주체는 언제나 나 자신이어야 한다. 해야 하는 일과 하고 싶은 일의 목록을 작성하고 시간 속에 단락과 구획을 정한 다음 그 흐름을 따라가는 것이다. 잘 정돈된 루틴은 삶의 밀도를 높이고 마음의 평화와 심리적 안정감을 가져다준다.

생활의 리듬과 박자를 잃으면 일상이 망가지고, 일상이 망가지면 심신이 병든다. 시간을 진공 상태로 비워 두는 건 독성 물질이 가득한 방에 머무는 것과 같다. 몸과 마음이 피폐해지고 무기력해진다. 내키는 대로 사는 건 자유가 아니라 방임이다. 시간의 족쇄에서 풀려나는 것과 자신의 시간표를 갖는 건 다른 문제다. 어떤 일이 있어도 삶의 주도권을 나 아닌 다른 무언가에 내주어선 안 된다.

· '업'에 대하여 ·

L씨(61세)는 5년 전에 제주로 삶터를 옮겼다. 노후를 보내기 위해서가 아니라 제주를 기반으로 창업했기 때문이다. 그는 은퇴 후 제주 정착을 고민하는 부부를 대상으로 한달살이 프로그램을 운영하는 기획사의 대표다. 현지인들과의 네트워킹, 곶자왈이나 비자림 등 아직 인공의 때가 묻지 않은 제주의 자연지 탐방과 마음 치유를 위한 명상 훈련이 주요 내용이다.

제주에 내려오기 전에 그는 평범한 회사원이었다. 우연한 기회에 올레길을 걷게 되면서 제주에 매료되어 수없이 제주를 오갔다고 한다. 환경문제가 심각해질수록 자연과 가깝게 지내고 싶은 마음은 커질 것이므로 베이비붐 세대에게 특화된 치유 프로그램을 만들면 좋겠다는 아이디어가 떠올랐고, 약 5년여의 준비 기간을 거쳐 문을 열었다.

영혼을 갈아 넣으면 몇 년 더 생명 연장을 하겠지만, 몸과 마음이 지쳐서 하던 일에 흥미를 잃어버린 상태였다고 한다. 은퇴하기엔 이른 나이고 이왕이면 하고 싶은 일을 하자는 마음으로 그때부터 기회가 생길 때마다 이곳저곳을 탐방하고, 인맥을 쌓고, 현지인의 입을 통해 살아 있는 역사를 배우는 등 제주를 깊이 있게 관찰했다. 오랜 시간에 걸쳐 탐라국을 공부한 셈이다.

참석자들의 반응은 좋은 편이다. 조금씩 입소문이 나면서 참여 문의는 꾸준히 늘고 있다고 한다. 프로그램 참석자 중 제주에 이주하는 사람이 늘어나면서 한 달에 한 번 회원들끼리 만나 교류하는 자리도 마련하고 있다. 그가 총괄 기획을 맡고 있고 부인이 요가와 명상 수업을 진행하는데 아내도 제주살이에 무척 만족하고 있다고 한다.

두 번째 봉우리를 멋지게 오르는 이들을 보면 부럽다는 생각이 든다. 일이 곧 놀이이고, 정년이 없으며, 오래 할수록 더 빛이 나는 '업'을 찾은 이들. 그들은 어떻게 여러 개의 과일을 한 바구니에 담을 수 있었을까? 좋아하는 일이 무엇인지 알았고, 세상을 깊게 들여다보았고, 남의 시선을 의식하지 않고 자신의 길을 개척해 간 용기가 함께한 덕분이라 여겨진다.

필자가 만난 쌍봉낙타의 후예들은 예외 없이 이 조건을 갖추고 있었다. 단봉낙타의 길을 걷는 이들이 멋 바닷길을 걱정하며 창고에 식량을 싣는 문제에 골몰할 때 이들은 어느 항로를 택해야 태풍을 피할 수 있는지, 고등어 떼는 어떤 경로로 움직이는지, 중간 기착지는 어디로 정해야 하는지를 생각했다. 바다를 알면 고기를 얻을 수 있으리라는 믿음을 가지고 미래를 준비하며 40대와 50대를 보냈다.

이들 중에는 전통적인 직업군 안에서 기회를 발견한 이도 있지만 기존에 없던 새로운 직업을 창조(창직)한 이들도 존재한다. 《세상을 바꾸는 천 개의 직업》(2011)이라는 책이 있다. 우리가 잘 알지 못하는 다양한 직업군이 소개되어 있는데, 전통적인 직업군 가운데 상당수는 소멸할 것이니 미래의 흐름을 읽고 새로운 업을 창안하라는 것이 요지다. 그중 몇 가지만 소개하면 다음과 같다.

업사이클upcycle 아티스트(버려지거나 쓸모없는 소재를 활용해 가치가 높은 예술 작품을 만드는 사람)·태양광 발전 설비업자·비건 전문가·자전거 대여업자·도시 농업 설계사·지역 공동체 예술가·커뮤니티 비즈니스 전문가·도시 재생 전문가·야채 소믈리에sommelier·우리 술 소믈리에·음식 투어 가이드·이혼 플래너planner·시니어 여행 전문가·수면 카페 운영자·걷기 운동 전문가·건강 레스토랑 운영자·싱글족을 위한 심부름센터 운영자·비영리, 비정부 기구 전문가·세컨드 하우스second-house 헌터·모험 가이드·캠핑카 제작자·네트워크 전문가·쉬운 한국어 전문가

중장년층과 시니어를 대상으로 한 업/직이 눈길을 끈다. 원만한 이혼/졸혼을 돕는 설계사, 시니어들의 편안한 여행을 기획하는 전문가, 걷기 운동을 지도하는 트레이너, 홀로 사는 노인들을 위한 심부름센터. 대한민국은 인구의 20%가 노인인 나라다. 업을 펼칠 기회가 무궁무진하다. 나이와 상관없이 독신자들이 빠르게 늘고 있다. 틈새시장이 주류 시장으로 바뀌고 있다는 뜻이다.

화석 연료 위에 쌓아 올린 인류 문명이 거대한 위험에 직면해 있다. 생태 위기는 오래전에 시작됐다. 80억 명의 인간 개체를 먹여 살리기 위해 지구가 제공할 수 있는 자원 한계선이 임박했음을 알리는 징후는 수없이 포착되고 있다.* 환경 재앙은 막연한 가정이

---

* 김병권, 《기후를 위한 경제학》, 착한책가게, 2023.

나 먼 미래가 아니라 이미 우리 앞에 닥친 현실이다. 크든 작든 이 재앙을 피할 방법을 찾아가는 길이 직업의 미래다.

'업'의 관점에서 보면 위기는 곧 기회다. 자영업자는 망해도 자영업 컨설턴트는 굶지 않는다. 환경이 망가지면 환경 전문가의 가치는 올라간다. 노후 아파트 수가 늘어날수록 보수를 업으로 삼는 이들의 수입은 증가한다. 삶이 힘들어질수록 정신적 안정을 찾도록 도와주는 서비스업은 활황을 누릴 것이다. 기회는 우리 주변에 널려 있다.

하지만 기회를 발견하는 것과 그 기회를 업으로 만드는 작업은 전혀 다른 일이다. 미래 가치future value가 높은 일은 우리가 전반부에 경험하지 못했던 분야일 가능성이 크다. 예상치 못했던 도전에 직면하게 될 수 있고, 이 장애물을 넘어설 수 있는 준비가 되어 있어야 한다. 두 번째 봉우리에 오르기 전에 충분한 예행연습이 필요하다고 말하는 이유다. 바다는 늘 예측불허의 공간이지 않은가.

환갑이 넘은 나이에 창업해도 성공할 수 있을까? 잘 모르겠다. 사업의 성패를 누가 알겠는가. 분명한 사실은, 바다와 물고기를 알기 위해 들인 시간, 노력과 성공 확률은 비례한다는 점이다. 안전지대에 머물며 불안한 마음으로 통장 잔액만 확인하는 사람이 맞을 내일과 실패의 가능성을 열어 두고 용감히 자신의 길을 개척해 간 이가 쟁취할 미래는 다를 것이다.

어떤 업이 성공 가능성이 높을까? 미래 가치가 큰 업일 것이다. 통닭집이나 편의점처럼 핏빛 싸움을 하는 업은 아닐 것이다. 몸과 마음을 모두 갈아 넣어야만 하는 일도 아닐 것이다. 그런 일은 인생 후반부에 적합하지 않다. 젊은이가 많이 몰리는 분야도 피하는 게 좋을 것이다. 그들과의 경쟁에서 승리할 가능성은 높지 않다.

우리 시대 젊은이들은 '업'을 어떻게 바라보고 있을까? 새로운 분야에 뛰어들어 벤처 창업가의 길을 가는 친구도 있지만 대다수 젊은이는 안전하고 고소득을 올릴 수 있는 직업을 훨씬 선호한다. 13~34세의 청소년과 청년들이 선호하는 직장 1위는 대기업이고 2위가 공기업, 3위가 국가 기관이다. 10~30대 청년들이 직업을 고를 때 고려하는 핵심 요인은 '소득'이다.

청(소)년들이 어떤 잣대로 직업을 선택하는지를 보면 이를 명확히 알 수 있다. 〈그림 2-8〉은 13~39세 연령층의 직업 선호도를 나

	2021년	2023년
국가 기관	21.0	16.2
공기업	21.5	18.2
대기업	21.6	27.4
중소기업	4.4	3.6
벤처 기업	2.4	2.0
외국계 기업	4.7	4.2
전문직 기업	6.8	8.2
해외 취업	2.5	3.0
자영업(창업)	13.5	15.8
기타	1.5	1.5

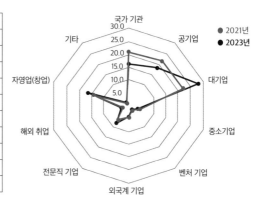

자료: 2023년 사회 조사 결과, 통계청, 2023.

<그림 2-7> 우리나라 청(소)년의 선호 직장

타낸 것이다. 10대의 35.7%, 20대의 36.5%, 30대의 41.3%가 수입을 꼽았다. 나이를 먹을수록 안정성은 늘어나고 적성/흥미는 줄어든다. 특히 적성/흥미는 큰 폭으로 감소하는 현상을 확인할 수 있다. 10대 연령층에서 적성/흥미 요인은 2위(30.6%)지만, 30대는 3위(14.8%)다.

우리나라 청년들의 직업 선택 기준은 결국 돈이다. 최고의 직업 안정성을 가진 공무원의 인기가 시들해진 이유도 급여가 적은 탓이다. 창업에 대한 선호도가 다소 증가하긴 했지만 고임금과 안정성을 희구하는 이런 '쏠림 현상'은 앞으로도 계속될 것이다. 고인물처럼 국가와 사회가 역동성을 잃어 가고 있다. 저성장 사회가

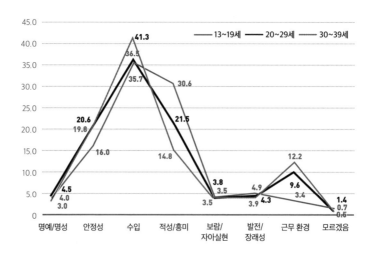

자료: 2023년 사회 조사 결과, 통계청, 2023.

<그림 2-8> 우리나라 청년들의 직업 선호도

만든 어두운 그늘이며 기회의 창이 닫혀 버린 시대의 서글픈 단면이다.

젊은 세대가 직업을 바라보는 이런 관점은 2가지 사실을 알려 준다. 나이 든 세대가 업을 선택하는 기준은 취업이 아니라 '창업', 수익이 아니라 '가치'를 추구해야 한다는 점이다. 가치를 담은 창업/창직이 성공 확률이 높은 조합이다. 전통적인 직업군에서 이런 업을 찾기란 쉽지 않다. 다른 곳으로 눈을 돌려야 한다. 환경/사회적 가치(특정한 재화나 서비스가 환경과 사회에 대해 갖는 상대적 가치)를 창출할 수 있는 업/직을 창안해야 한다.

환경(E)과 사회(S)는 우리 시대를 상징하는 개념어다. 이 안에 두 번째 봉우리를 정복할 황금 열쇠가 숨겨져 있다. 너무 거창하게 생각할 필요는 없다. 지구를 구하는 장대한 프로젝트를 하라는 뜻도, 불평등한 사회를 개혁하기 위한 시민운동을 하라는 의미도 아니다. 시대 변화의 큰 흐름 안에서 할 수 있는 일을 찾아 기회를 포착하라는 것이다. 속도보다 방향이 훨씬 중요하다.

· 내려놓는다는 것 ·

퇴직과 정년의 변곡점을 지나면 쥐고 있는 걸 내려놓기 마련이다. 그런데 회전문을 통과하듯 문을 열고 나가자마자 원래 위치로 돌아오려는 사람이 있다. 현재 누리고 있는 걸 내려놓기가 싫은 것이다. 전반부에 머물던 위치가 높았을수록 그런 지향이 강하다. 이

'높으신' 분들이 돈만큼이나 소중하게 생각하는 게 사회적 지위다. 무대에서 내려오는 것을 무척이나 두려워한다.

쾌적한 사무실과 넓은 책상, 마주치면 먼저 고개를 숙이는 직원들, 하루의 일정을 알려 주는 비서, 자동차 뒷문을 열어 주는 운전기사, 귀빈 대접을 받았던 단골 식당 등. '직'에서 물러나는 순간 이 모든 게 연기처럼 사라질 것이므로(이들의 눈물 나는 노력에도 불구하고 이 시도는 성공보다 실패하는 경우가 훨씬 많다). 후배들에게 노욕老慾이라는 핀잔을 들으면서까지 자리에 목을 매는 이런 모습은 당연한 현상일까?

봉우리가 하나뿐인 이들에겐 분명 그럴 것이다. 하지만 이들의 힘겨운 노력에도 불구하고 자리를 보전할 수 있는 기간은 기껏해야 몇 년이다. 진짜 문제는 이런 행보가 후반부를 예비할 시간을 허비한다는 점이다. 다음 봉우리를 준비하는 사람은 다르게 행동한다. 올라가기는커녕 어떻게 잘 내려올 것인가를 고민한다. 반대쪽으로 움직인다.

한 계단이라도 높은 자리까지 오르려고 하는 이들이 넘치는 세상에서 이런 행보는 의아하게 느껴질 수 있다. 쌍봉낙타가 이렇게 행동하는 건 지극히 자연스럽다. 내려와야 올라갈 수 있고, 놓아야 다시 쥘 수 있다는 사실을 알기 때문이다. 그러므로 이 내려놓음은 타인에게 자리를 양보하는 아름다운 배려가 아니라 자신의 미래를 준비하기 위한 합리적이고 전략적인 의사결정이다.

A씨(63세)는 박사 과정 5년 차의 대학원생이다. 그는 소상공인과 자영업자를 돕는 공공 기관에서 오래 일하다가 정년퇴직했다. 임금 피크제 대상이 되기 얼마 전 임원 자리에 도전할 기회가 있었다. 사내 평판도 좋고 근무 성적도 우수해 주변의 권유가 많았다. 하지만 그는 임원 승진을 포기하고 박사 과정에 진학하기로 했다. 뜻밖의 결정에 다들 의아한 반응을 보였다고 한다.

그가 박사 과정에 진학한 이유는 자영업 전문 컨설턴트가 되려 하기 때문이다. 현장 경험은 누구보다 많이 갖고 있으므로 이론적 깊이와 면허증(학위)을 따면 전문가로서의 입지를 가질 수 있을 것으로 판단한 것이다. 그는 조직 관리나 경영보다 누군가에게 지식을 전달하는 일을 할 때가 가장 즐겁고 보람찼다고 한다. '자리'보다 '마음'을 따르기로 한 것이다.

임원의 임기는 3년이고 기한이 지나면 자리에서 물러나야 한다. 지위가 오르면 대우가 달라지겠지만 책임도 같이 늘어난다. 스트레스도 훨씬 많을 것이다. 임금 피크제도 같은 3년이다. 급여는 다소 줄겠지만 눈치 보지 않고 자유롭게 시간을 쓸 수 있다. 어느 쪽이 맞는 길인가? 어느 쪽이 더 미래 지향적인가? 이 갈림길에서 그는 아래로 내려가는 길을 선택했다.

늦은 나이에 하는 공부가 쉽지 않았지만 배움이 주는 기쁨도 컸다고 한다. 그는 지금 학위 논문을 마무리하는 중이다. 임금피크 기간 동안 열심히 한 덕분에 성적도 좋아서 무리 없이 논문 심사를 마칠 수 있을 것 같다며 환하게 웃었다. '언제까지 일할 계획인가'라는 질문에 체력이 따라 줄 때까지 계속하고 싶다고 답했다.

이 늦깎이 학생은 현명한 선택을 한 것일까? 큰 변수가 없다면 그는 곧 학위 과정을 마치고 지자체와 상인들을 대상으로 자문과 교육을 하며 살게 될 것이다. 임원으로 발탁되어 3년을 보냈다면 그의 삶은 어떻게 바뀌었을까? 가지 않은 길의 미래는 알 수 없다. 그는 놓아야 쥘 수 있고, 내려와야 다시 오를 수 있다는 믿음을 따랐을 뿐이다.

전직 대통령이 퇴임 후 고향 마을로 내려가 책방지기를 하는 모습은 아름답다. 한 나라의 국정을 책임지던 위치에 있던 이가 앞치마를 두르고 손님이 고른 책값을 계산하는 장면은 미소를 자아낸다. 책 읽기를 좋아하는 이가 책방을 열었다는 건 자연스러운 일이지만, 다음 행보를 정하기까지 깊은 고뇌와 성찰이 따랐을 것이다. 그는 내려놓음이 무엇인지를 잘 아는 사람 같다.

무엇을 내려놓으면 될까? 직에서 누렸던 특권과 혜택, 자리가 만든 권위의식, 체면과 겉치레에 집착하는 허영심, 무엇이든 자기 뜻대로 하려는 치기 같은 걸 내버리라는 뜻일 것이다. 이런 기질과 관성을 그대로 유지하고 있으면 후반부의 삶이 무척 고달파진다. 사람들과의 관계가 틀어지고 자신이 상처를 입게 된다.

그러므로 할 수만 있다면 이 마음의 찌꺼기들을 말끔히 도려내는 게 좋다. 물론 이 작업은 쉽지 않다. 과거의 영광에 취해 있는 사람일수록, 손에 쥔 걸 내려놓지 않으려는 사람일수록 그러하다. 권능이 사라지면 상실감이 밀려오고, 추락하는 건 날개가 없는 법이므로. 자신과 마주 앉아 지나온 발자취를 살펴보고 앞으로 걸어갈 길을 가늠하는 지혜가 따라 주어야 한다.

전반부를 마친 사람이 정말로 내려놓았는지를 확인할 방법이 있다. 식당에서 같이 밥을 먹어 보면 된다. 음식을 주문하고 나서 가만히 있다면, 즉 수저를 놓거나 컵에 물을 따르는 일 등을 하지 않고 상대방이 해 주는 것을 자연스레 받아들이고 있다면, 함께 있는 내내 상대 눈치를 살피지 않고 '말 주도권'을 독점하려고 한다면 아직 내려놓지 않은 상태라고 보면 된다.

반대로, 맞은편에 앉은 이와 나이 차이가 커도 동석한 이들을 배려하는 행동을 보인다면, 화려했던 과거사와 무용담을 늘어놓거나 가르치려 들지 않고 상대의 말을 주의 깊게 듣는 자세를 취한다면 이미 많은 걸 내려놓은 사람이라고 보면 된다.

직을 떠난 사람이 예전에 머물렀던 직장 주변에서 어슬렁거리는 것만큼 추해 보이는 건 없다. 한두 번은 반가워할지 모르지만 반복되면 이내 고개를 흔든다. '얼마나 할 일이 없으면 저럴까'라는 생각이 들게 한다. 그러므로 웬만하면 가까이 가지 않는 게 좋다. 그들과의 인연은 당신이 회사를 떠나면서 끝났다고 보면 된다. 우연히 길에서 마주치면 반갑게 인사를 나누는 것으로 족하다.

정작 후배들이 관심을 두는 건 선배들이 살아가는 모습이다. 그것이 곧 자신들의 미래상이기 때문이다. 그들은 선배들의 삶을 투영하며 '나도 저렇게 살면 되겠구나'라는 기대와 희망을 찾길 원한다. 좋아하는 일에 몰두하며, 건강한 에너지와 활력이 느껴지고, 뚜렷한 방향과 목표 의식을 가지고 멋지게 늙어 가는, 좋은 삶을 사는 것이야말로 선배가 후배에게 줄 수 있는 최고의 선물일 것이다.

퇴직과 정년, 은퇴라는 변곡점을 지나면 사회적 위치가 바뀐다. 위에서 아래로, 리더에서 팔로워follower로, 말하는 자에서 듣는 자로, 이끄는 자에서 따라가는 자로, 자리를 옮겨 앉게 된다. 동시에 일을 바라보는 관점과 생각도 바뀐다. 물질적 보상을 좇기보다 가치와 보람을 느낄 수 있는 일, '좋아 보이는' 일이 아니라 '좋아하는' 일을 하고 싶어진다.

인간의 활동에는 금전적 보상이 따르는 일도 있지만 그렇지 않은 일도 많다. 돈은 안 되지만 가치 있는 일이 있고, 돈은 되지만 무가치한 일도 존재한다. 우리 대다수는 전반부 동안 돈이 되는 일만 좇고, 돈이 안 되는 일은 되도록 멀리하며 살았을 가능성이 크다. 세상 돌아가는 이치가 그러하니 달리 방법이 없었다. 그런데 삶의 후반부에 이르면 돈이 아닌 다른 시선으로 일을 바라볼 기회가 생긴다.

> J씨(55세)는 외국계 IT 기업에서 오래 일한 경력을 가지고 있다. 프로그래머 출신으로 높은 위치까지 올랐지만 경영 업무는 몸에 맞지 않은 옷을 입은 것처럼 불편해 일찍 퇴직했다. 취업을 하고 싶어도 나이 든 프로그래머를 뽑아 줄 회사는 없었다. 그는 지금 프리랜서로 활동하면서 틈틈이 비영리 기구들의 IT 기반을 세우는 일을 돕고 있다.

다국적 IT 회사가 사회 공헌 차원에서 단체를 설립했는데, 그 단체가 운영하는 지원 프로그램에 개발자 신분으로 참여하고 있다. 따로 보수는 없다. 그 대신 공헌도에 따라 IT 회사에서 적절한 일감을 제공해 준다. 일을 매개로 상호 공존하는 방식이다. 예전보다 업무량은 훨씬 늘었지만 개발 업무에만 집중할 수 있어서 만족한다고 한다.

힘든 여건에서도 신념을 가지고 일하는 활동가들과 만나면서 새로운 세상도 알게 되었다. 이 경험은 그에게 프로그램 개발이라는 일을 새롭게 바라볼 수 있는 계기를 제공해 주었다. 개발 업무를 좋아하나 긍지를 갖지는 못했는데, 자신이 세상의 성숙에 도움을 주는 일을 하고 있다는 자부심이 느껴진다는 것이다.

거래 관계로 만나는 사이가 아니다 보니 비영리 기구 상근자들과 편하게 만날 수 있다는 점도 장점이다. 자주 접하다 보니 친밀도가 높아지고 애정도 생겨서 작업을 마친 뒤 후원 회원으로 가입한 단체도 많다. 그는 앞으로도 여건이 된다면 계속 이 일을 할 계획이다. 만나는 이들 대다수가 그를 선생님이라고 부르는데 그는 이 호칭이 아주 맘에 든다고 한다.

생애 후반부를 어떻게 보내면 될까? 돈은 안 되지만 가치는 높은 일을 하며 보내야 할 것 같다. 건강을 위해 땀을 흘리고, 반려자와 행복한 시간을 보내고, 놀이로 삶의 재미를 더하는 일이 그런 것들이다. 그러므로 퇴직과 정년, 은퇴의 변곡점은 더 좋은 삶을 살아갈 기회를 제공하는 문[門]이라고 할 수 있다. 그것이 무엇이든 자신이 소중하게 생각하는 삶의 가치를 실현할 기회 말이다.

인생 1막이 의자 뺏기, 사다리 오르기 같은 약육강식의 살벌한 흑백 영화였다면 인생 2막은 즐겁게 살기, 재미있게 놀기 같은 흥미진진한 이야기로 가득 찬 신명 나는 마당극이다. 재미라는 요소를 일 속에 어떻게 녹여 내는가에 따라 삶의 향기는 달라질 것이다. 일과 놀이, 놂과 삶은 자연계에서 복수의 종이 서로에게 영향을 미치며 함께 살아가는 것처럼, 공진화共進化한다.

· 놀이를 잃은 당신에게 ·

우리는 놀이를 잃어버렸다. 산업화 세대와 베이비붐 세대의 인생 사전에는 놀이라는 단어가 없다. 놀 줄 모른다. 놀이의 관점에서 보면 대다수가 장애인이다. 노동만 있고 놀이가 없는 삶은 건조하다. 인간의 정신을 황폐화한다. 이 질곡에서 벗어나려면 빼앗긴 놀이를 되찾아 와야 한다. 놀이를 바라보는 왜곡된 인식의 틀을 부숴 버려야 한다.

혹자는 '먹고사는 일이 다급한데 한가하게 놀이 타령인가?'라고 반문할지 모른다. 그런데 사실은 반대다. 힘들고 어려운 환경일수록 놀이가 중요하다. 필자의 관찰에 따르면 정년퇴임 후 다시 돈 버는 일에 나설 수밖에 없는 조건에서도 놀이가 없는 이보다 자기만의 놀이를 가진 이가 훨씬 건강한 삶을 살고 있었다. 놀이가 고단한 삶을 지탱해 주는 버팀목 역할을 해 주고 있었다.

L씨(62세)는 택시 운전사다. 정년퇴직 후 일자리를 구하기 위해 백방으로 노력했지만 허사였다. 30년 가까이 열심히 살아온 과거 경력은 취업에 아무런 도움을 주지 못했다. 편의점, 치킨집, 피자집 등 프랜차이즈 창업을 해 볼까 고민했지만 성공한 가맹점보다 실패한 곳이 더 많아 보였다. 택배나 대리 기사를 할 용기는 나지 않았다.

하는 일 없이 하루를 보내는 건 끔찍했다. 자존감이 바닥으로 추락해 힘든 시간을 보내고 있을 무렵 우연히 학교 동창 모임에 갔다가 뜻밖의 제안을 받았다. 합창단 인원이 부족한데 함께 노래를 불러 보면 어떻겠느냐는. 고등학교 때 합창단에서 활동한 경험이 있고 평소 노래 부르기를 좋아하는 편이지만 너무 오래전 일이었다. 권유를 뿌리치지 못하고 연습 모임에 참석했는데 지금까지 활동을 이어 오고 있다고 한다.

그는 5인조 남성 합창단에서 바리톤을 맡고 있다. 택시 운전을 결심하게 된 것은 이 특별한 취미 덕분이다. 합창단에 합류하면서 성격도 밝아지고 자존감이 회복되면서 예전 같으면 남의 시선을 의식해 망설였을 일에 도전할 용기가 생겼다고 한다. 합창이 그의 삶을 바꾸는 촉매제가 된 셈이다. 택시 운전은 음악과 가깝게 지낼 수 있는 직업이라는 점도 작용했다.

"합창의 어떤 점이 좋은가?"라는 질문에 그는 "단원들과 화음을 맞추어 함께 노래를 부를 때 엔도르핀이 샘솟고 살아 있음이 느껴진다"라고 말했다. 연미복도 새로 장만하고 학교 행사가 있을 때 무대에 서기도 한다. 전문가들에 비하면 아마추어 수준이지만 관객들의 호응은 좋다고 한다. 그는 연말에 첫 정기 공연을 할 계획이라면서 밝게 웃었다.

놀이는 단순한 유희가 아니다. 놀이는 삶을 이어 갈 힘과 에너지를 제공해 준다. 놀지 않고 일할 수 있는 건 오직 기계뿐이다. 놀이가 차지하는 시간 점유율이 높을수록 삶은 풍성해진다. 세상에서 가장 불행한 이는 놀이가 없고 놀기를 잃어버린 사람이다. 이들은 고된 노동에서 쌓인 피로와 스트레스를, 자극적인 쾌락을 탐닉하거나 스마트폰을 들여다보는 것으로 해소한다.

그렇다면 우리나라 중장년과 시니어들은 어떻게 여가를 보내고 있을까? 〈그림 2-9〉는 40대 이상 연령층의 주중 여가 활동 내용을 나타낸 것이다. 동영상/콘텐츠를 시청하거나 휴식을 취하는 비율은 매우 높지만 취미나 스포츠, 문화 예술 활동으로 시간을 보내는 경우는 많지 않음을 확인할 수 있다. 가만히 앉아서 쉬는 것 이외에 '놀이'에 할애하는 시간은 적다는 뜻이다.

특기할 만한 사실은 40대와 50대, 60대의 구성비가 거의 같다는 점이다. 경제 활동을 왕성하게 할 나이인 40~50대 연령과 전반부를 마감한 60대가 차이를 보이지 않는 이유는 무엇일까? 2가지 설명이 가능하다. 하나는 60대도 돈을 버느라 놀 여유가 없다는 것이고, 다른 하나는 후반부에도 기존 생활 습관과 관성을 그대로 유지하고 있다는 뜻이다. 이 통계가 '평일'이라는 점을 상기하기 바란다.

주말·휴일의 여가 활동을 살펴보면 이 설명이 타당함을 알 수 있다. 주중과 마찬가지로 주말에도 40대 이상의 전 연령층에서 '놂'보다 '쉼'이 차지하는 비율이 압도적으로 높다. 나이를 먹을수록 노는

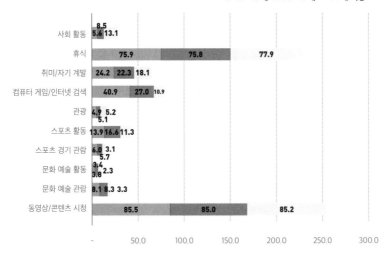

자료: 2023년 사회 조사 결과, 통계청, 2023.

<그림 2-9> 중장년층의 주중 여가 활동(복수 응답)

활동은 줄어들고 쉬는 활동은 늘어나는 현상을 보인다. 소파에 누워 TV 리모컨을 만지작거리거나 스마트폰에 머리를 박고 지내는 것이 유일한 놀이인 사람이 대다수다.

많은 중장년과 시니어가 놀이 없는 삶을 살아가고 있다. 마지막 한 방울까지 에너지를 쏟아야 겨우 생존이 가능한 피로 사회fatigue society가 만들어 놓은 서글픈 단면이다. 호모 루덴스는 멸종되어 가고 있다. 객석에 하염없이 앉아 무대의 배우들을 감상하는 것으로 대리 만족을 얻는 것이 아닌, 어릴 적 친구들과 어울려 골목에서 뛰어놀던 때의 그 환희를 되찾을 길은 없는 것일까.

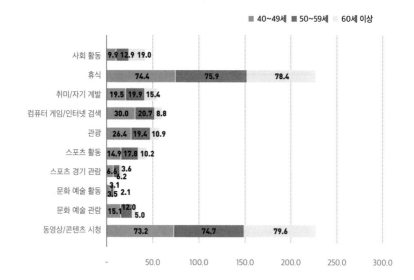

자료: 2023년 사회 조사 결과, 통계청, 2023.

<그림 2-10> 중장년층의 주말 및 휴일 여가 활동(복수 응답)

재작년에 퇴직한 C씨(64세)는 특별한 일이 없으면 아침 일찍 텃밭에 간다. 집 근처 주말농장에서 10평 남짓한 땅에 농사를 짓고 있다. 집에서 농장까지는 자전거로 20분 거리다. 자동차를 타고 가기도 하지만 주로 자전거를 이용한다. 운동도 되지만 시간에 쫓겨 바쁘게 이동할 필요가 없어서 여유 있게 움직이는 편이다. 매일 들러야 하는 건 아니지만 습관처럼 가게 된다고 한다.

그녀는 중학교 교사로 오래 일하다가 정년퇴직했다. 꽃과 작물을 좋아해 아파트 베란다에서 키우다가 퇴직 후 텃밭 농사를 짓기로 마음을 먹고 주말농장에 두 필지를 분양받았다. 그녀의 밭에는 상추, 들깨, 오이,

호박, 가지를 포함해 10여 가지 밭작물이 자라고 있다.

그녀는 작물을 돌보는 일도 하지만, 자연을 관찰하는 일로도 시간을 보낸다. 밭은 그녀의 놀이터인 셈이다. 봄부터 가을까지 식물의 성장 과정을 지켜보는 건 무척 즐거운 일이다. 갓난아기 손톱만 한 잎이 땅 위로 솟아날 때, 비 온 다음 날 껑충 자란 아이들을 바라볼 때, 깨알처럼 작은 씨앗에서 성장한 작물이 큼지막한 열매를 달아 낼 때 자연의 신비와 경이로움을 느낀다.

직접 기른 건강한 채소를 먹고 수확한 작물을 이웃들과 나누면서 그녀는 큰 보람을 느낀다. 텃밭 농사는 작물만 키운 게 아니다. 그녀의 생태 감수성도 함께 자랐다. 내년에는 '치유 농업'*을 배워 볼 생각이다. 자격증을 따는 게 목적이라기보다 공부하고 싶은 열망이 생긴 것이다. 두 해 동안 텃밭 농사를 지으며 그녀의 마음이 예전보다 한결 편안하고 부드러워졌음을 체감한 탓인지도 모른다.

놀이란 무엇인가? 놀이는 즐거움을 창조하는 과정이다. 놀이는 금전적 보상을 좇지 않는다. 놀이의 목표가 돈을 버는 것이 되면 즐거움이 사라지게 된다. 흥겨운 놀이가 고단한 노동으로 변질되기 쉽다. 놀이는 신성한 그 무엇이다. 10평짜리 텃밭에서 유기농 작물을 기르는 것과 1000평짜리 땅에서 농사를 짓는 건 완전히 다

* 농업·농촌 자원이나 이를 이용해 국민의 신체, 정서, 심리, 인지, 사회 등의 건강을 도모하는 활동과 산업을 말한다. 농사 자체가 목적이 아니라 건강의 회복을 위한 수단으로 농업을 활용한다는 점에서 일반적인 농사와 다르다.(출처: 농촌진흥청)

른 일이다.

돈의 안경을 벗으면 일이 다른 색깔과 모양으로 보인다. 그 일이 지닌 본래의 가치를 발견할 수 있다. 지금 우리에게 필요한 건 '놀이'라는 안경을 쓰고 세상을 관찰하는 것이다. 말초적인 쾌락을 좇으라는 뜻이 아니다. 20년이라는 시간 동안 함께할 수 있는 '나만의 놀이'를 찾으라는 것이다. 청춘의 놀이가 격렬하게 타오르는 불꽃이라면, 중장년의 놀이는 은은한 장작불과 같다. 놀이는 삶에 활력을 불어넣어 준다. 놀이가 가진 특별한 힘이다.

4

몸의 아우성, 마음의 소리

사회에 진출해 직장 생활을 한다는 것은 자신의 진짜 모습을 감추고 회사가 필요로 하는 도구로 맞춰 산다는 뜻이다. 같은 맥락에서, 사회적 성공이란 자아를 온전히 발현하는 과정이 아니라 사회가 만든 틀에 자신을 억지로 끼워서 맞추는 억압의 결과일 수 있다. 우리는 승자 독식의 사회에서 경쟁의 사다리를 오르며 오랜 시간 자신을 억압하고 살았는지 모른다. 누군가는 사다리의 정상에 올라 승리를 만끽하고, 누군가는 아래로 추락해 쓰라린 패배의 아픔을 겪었을 것이다. 그리고 승자든 패자든 몸은 망가지고 마음은 피폐해졌다.

우리는 아프다. 몸도 마음도 병들었다. 아프지 않은 척, 괜찮은 척 가면을 쓰고 살 뿐이다. 스트레스 지수가 높을수록 커피 소비량이 늘어난다는 사실을 알려 주는 연구 보고서가 많이 제출되어 있다. 대한민국의 커피 소비량은 세계 2위다. 우리는 지금껏 감당하기 힘들 만큼 많은 스트레스를 견디기 위해 다량의 카페인과 알코올, 니코틴이라는 각성제를 투여하며 살아온 건 아닐까.

'한국은 세계에서 가장 우울한 나라'라고 말하는 이도 있다(《신경 끄기의 기술》을 쓴 미국 작가 마크 맨슨). 한국인은 유교적 가치의 나쁜 요소인 수치심을 내면화해 자신에게 끊임없이 채찍질을 가하는 이상한 습성을 가지고 있다.

자본주의의 가장 안 좋은 측면인 물질 만능주의와 배금주의가 한국 사회 전반에 퍼져 있다. 이 2가지가 결합하면서 '최악의 조합'을 만들어 냈고 그 결과 다수의 사람이 우울증에 노출되어 있다는 것이다.

이 진단이 맞든 틀리든 우리 사회의 공기가 숨쉬기 힘들 만큼 탁하고 음울하다는 건 분명해 보인다. 그 속에서 24시간을 살아가는 이들의 정신과 육체가 건강할 리 없다. 기대 수명과 건강 수명 사이가 17년이나 벌어진 건 우연이 아니다. 그러므로 망가진 몸과 마음을 돌보는 일은 선택이 아니라 필수다. 아프다는 사실을 알고 치유의 시간을 가져야 한다. 나이가 들수록, 병중이 깊을수록 더 그러하다.

건강은 후반부 삶을 지탱하는 4개의 기둥 중 하나다. 건강을 잃으면 모든 걸 잃는다. 아프면서 오래 사는 건 축복이 아니라 재앙이다. 인간 수명이 늘어나면서 건강에 관한 관심도 폭발적으로 증가하고 있다. 인터넷에 들어가 보면 건강 관련 정보가 홍수처럼 넘쳐 난다. 사실과 주장, 참과 거짓, 진짜와 가짜가 뒤범벅되어 흘러다니고 있다.

이중에는 제약 회사와 식품 회사가 건강을 미끼로 사람들을 현혹하는 광고도 포함되어 있다. 비슷한 건 진짜가 아니라는 말처럼, 가짜를 분별할 수 있는 눈이 있어야 한다. 인간의 몸은 같지 않다. 누군가에겐 몸을 살리는 '약'이 누군가에겐 치명적인 '독'이 될 수 있다. 어떤 재료는 몸을 살리지만 어떤 재료는 몸을 상하게 한다. 몸을 잘 알고 체질에 맞는 처방을 내려야 한다는 뜻이다.

자연이 창조한 먹거리에 대해 과학이 밝혀낸 건 일부에 지나지 않는다. 커피가 몸에 좋다고 말하는 학자가 있고, 나쁘다고 주장하는 연구자가 있다. 탄 고기가 암을 유발한다는 의사가 있고, 무관하다고 말하는 과학자가 있다. 현대 의학이 가진 힘을 부정할 이유는 전혀 없지만 맹신할 필요도 없다. 몸을 잘 돌보고 다독이면서 살아가는 것이 현명한 길이다.

아프면 몸 전문가를 찾아가야 한다. 여기저기서 들은 정보를 짜깁기해 스스로 판단을 내리는 것보다 위험한 행동은 없다. 의사는 몸이 몸을 치료할 수 있도록 길을 터 주는 사람이다. 아픈 몸을 치료하는 건 몸이지만 의사의 도움이 없으면 길을 찾기 어렵다. 결과적으로 본인의 진단과 처방이 맞았다손 치더라도 이는 요행일 뿐이다. 하나뿐인 목숨을 가지고 도박을 감행하는 건 어리석은 짓이다.

마음을 돌보는 것도 중요하다. 복잡한 인간관계 속에서 우리의 마음은 베이고 상처받았다. 마음을 꺼내 살펴보면 시퍼렇게 멍이 들어 있거나 낡은 양철 냄비처럼 일그러진 모양일 것이다. 아픈 마음을 치유하려면 돌봄이 필요하다. 피와 고름이 흐르는 상처 부위를 닦고 새살이 돋아날 수 있도록 잘 보듬고 돌봐야 한다.

마음 돌봄의 시작과 끝은 마음과의 소통이다. 평생의 단짝인 이 친구와 친하게 지내야 한다. 걱정과 불안, 시기와 질투, 후회와 자괴감 같은 나쁜 감정들을 마음에서 몰아내려면 정신 수양修養이 필요하다. 수양이란 마음의 거울을 닦는 것, 마음과 대화를 나누는 것을 말한다. 이 과정을 통해 다치고 상처 난 마음에 딱지가 만들어질 수 있도록 회복력을 길러야 한다.

• 몸이 보내는 신호 •

"한번은 외출했다가 집에 돌아와 아파트 현관 비밀번호를 눌렀는데 문이 열리지 않는 거 있지? 몇 번을 시도했는데도 맞는 번호가 떠오르질 않는 거야. 할 수 없이 밖으로 나와 아내가 돌아올 때까지 숨어서 기다리다가 아파트 입구에서 우연히 마주친 것처럼 해서 들어올 수밖에. 현관 앞에서 아내가 누른 네 자리 숫자 조합이 처음 접하는 것처럼 생소한 거야. 이 정도면 치매 아닐까?"

칠순에 접어든 선배와의 술자리에서 들었던 경험담의 한 토막이다. 웃자고 던진 이야기였지만 좌중의 분위기는 찬물을 끼얹은 듯 썰렁했다. 남의 이야기가 아니다. 정도의 차이가 있을 뿐 후반부에 접어든 이들 대다수가 건망증과 기억력 감퇴를 경험한다. 안경이 없으면 사물을 분간하기 힘든데 안경을 어디에 두었는지 몰라 집 안 곳곳을 뒤지는 소동이 벌어진다.

분명히 선을 따라 반듯하게 주차한 것 같은데 내려서 보면 삐뚤 어진 경우가 허다하다. 공간 지각 능력이 떨어지고 있다는 뜻이다. 피부는 갈수록 탄력을 잃어 가고 전립선 이상으로 소변 줄기도 시 원치 않다. 불면증으로 고생하는 이도 부지기수다. 장기의 활동성 이 떨어지면서 배에 가스가 차 민망한 장면이 자주 연출된다. 자연 치아는 줄어들고 임플란트는 늘어만 간다.

마음이 몸에 걸려 넘어지면, 즉 몸이 마음을 못 따라가면 사고가 일어난다. 노인이 운전하는 차량 추돌 사고의 9할은 순발력 탓이 다. 체력도 미끄럼틀처럼 추락하고 있다. 하루, 한 달, 한 해가 지날 수록 경사가 급해진다. 조금만 무리해도 후유증이 며칠 동안 가시 지 않는다. 마음에 빗장이 걸린 것처럼, 뭔가를 하려고 해도 쉬이 몸이 따라 주지 않는다. 몸과 마음이 따로 놀고, 마음이 가는 길을 몸이 막아선다.

호르몬 변화 탓인지 모르겠지만 감정 기복도 심해졌다. 하루에 도 몇 번씩 냉탕과 온탕을 왔다 갔다 한다. 인내심도 바닥을 치고 있다. 공공장소에서 시끄럽게 떠드는 소리가 들려오면 눈살이 찌 푸려지고 매서운 눈으로 쳐다보게 된다. 약간이라도 감정을 거스르는 자극이 외부에서 들어오면 예민하게 반응하는 자신을 보고 화들짝 놀라기도 한다. 노화는 전방위적으로 진행되고 있다.

그렇다, 우리는 늙어 가고 있다. 늙는 건 서러운 일이지만 나이 듦을 받아들이고 사는 수밖에 없다. 몸의 소리를 잘 듣고 몸의 길을 따라가야 한다. 몸의 소리란 신체에 이상이 생겼을 때 몸이 알리는 경고음을 말한다. 통증을 느낀다는 건 몸이 살아 있다는 증거다. 그 부위에 이상이 발견되었으니 서둘러 조치하라는 몸의 명령이다.

젊은 시절엔 조금 과속해도 크게 문제가 되지 않았지만 나이를 먹을수록 균형이 무너지면 회복하는 데 시간이 많이 필요하다. 신체적인 나이와 회복 탄력성은 반비례한다. 그러므로 몸이 멈추라고 하면 멈추고, 놓으라고 하면 놓아야 한다. 이 신호를 무시하고 객기를 부리면 큰 화근을 당하기 쉽다.

인간이 평생 소화할 수 있는 알코올과 니코틴의 총량은 정해져 있다. 임계치를 넘어서면 병이 찾아온다. 젊을 때 몸을 함부로 굴린 사람은 나이 들어 어려움을 겪게 되어 있다. 나중에 써야 할 자원을 미리 당겨쓴 대가를 치르는 셈이다. 그러므로 하나뿐인 몸을 잘 지키고 보호해야 한다. 몸은 정직하다. 아끼고 사랑하면 건강을 선물하지만, 버리고 방치하면 질병의 늪에 빠뜨린다.

N씨(58세)는 5년 전에 간암 진단을 받았다. 다행히 전이轉移도 없고 경화硬化 증상도 가벼워 절반을 절제하는 것으로 수술을 마쳤고 지금까

지 재발 없이 잘 지내고 있다. 알코올과 스트레스가 간 건강을 해친다는 사실을 알았지만 잦은 야근과 과도한 음주로 몸이 조금씩 허물어져 갔고 사무실에서 갑자기 쓰러졌다.

수술 후 그의 삶은 180도 바뀌었다. 술은 완전히 끊었고 운동은 생활이 되었다. 아침 일찍 회사에 출근해 운동복을 갈아입고 근처 산에 오르는 것으로 하루를 시작한다. 퇴근 후엔 피트니스 센터에 가서 한 시간 이상 땀을 흘린다. 주말엔 강변로를 따라 자전거를 탄다. 덕분에 건강한 몸을 되찾았다. 얼마 전 정기 검진에서도 '이상 없음' 판정을 받았다.

그는 여러 가지 새로운 도전을 즐기는 중이다. 도심에서 하는 수직 마라톤 대회에도 참가했고(여의도에 있는 63빌딩 계단 오르기 대회를 말함), 지난달에는 철인 삼종 경기에 출전해 완주 메달을 받았다. 수영 1.9킬로미터, 사이클 90킬로미터, 달리기 21킬로미터를 8시간 안에 마쳐야 하는 하프 코스인데, 첫 번째 도전임에도 제한 시간 안에 결승점을 통과했다고 한다.

덕분에 후배들로부터 '전사'라는 별명을 얻었다. 간을 제외하면 신체 나이는 또래보다 10년 이상 젊을 것이라며, 은퇴한 후에도 지금처럼 운동을 삶의 '중심'에 놓고 생활을 꾸려 갈 계획이라고 한다. 결과적으로 중년기에 큰 병을 앓은 일이 후반부를 건강하게 살도록 도와준 전화위복의 계기가 셈이다.

건강은 건강할 때 지키라는 말이 있다. 후반부에 접어든 이들에게 이 말보다 중요한 교훈은 없다. 건강이 무너지면 치러야 하는 대가가 너무 크다. 퇴직과 정년, 은퇴의 변곡점을 지난 이들이 놓치기 쉬운 것 중 하나가 건강 검진이다. 돈이 들더라도 전문 기관에서 정기적으로 검진을 받고 건강 상태를 추적, 관찰할 필요가 있다.

검진을 받고 나면 문진問診을 하게 되는데 이때 의사는 검사에서 확인된 수치를 보며 이런저런 진단을 내린다. 고기를 횡으로 잘라 절단면을 보고 등급을 판정하는 식이다. 물론 이 진단도 중요하지만 그것만으론 부족하다. 시계열적인 흐름 안에서 수치의 흐름과 변화를 추적하는 과정이 필요하다. 주치의가 따로 있다면 모를까, 병원에서 이런 서비스를 기대하기는 어렵다. 의식적인 노력이 필요한 대목이다.

특히 가족력family history이 있다면 세심한 주의가 요구된다. 암의 경우 부위에 따라 가족력이 미치는 영향에 차이가 큰 것으로 확인되고 있다. 고혈압은 부모가 정상일 때 자녀의 발병률은 4%이지만 한쪽이 고혈압이면 30%로 오르고 양쪽이 고혈압이면 50%까지 증가한다. 심장병과 당뇨병도 부모가 병을 앓았을 경우 발병률이 2배 이상 높은 것으로 알려져 있다. [*]

가족력이 있다고 병에 걸리는 건 아니지만, 발병률이 높다는 건 분명한 사실이다. 부모님의 유전자와 체질, 습성을 물려받았으니 지금 내 나이에 당신들의 건강 상태가 어떠했는지를 떠올리면 도

[*] 한국건강관리협회, 2019.

움이 될 것이다. 아플 때마다 소환되는 부모님에 대한 기억이 몸을 돌보고 건강을 지켜 주는 귀한 유산인 셈이다. 관심을 가지면 몰랐던 사실을 알게 될 것이고, 알면 주의력이 생긴다.

건강을 유지하는 최고의 비법은 나쁜 것을 멀리하고 좋은 걸 취하는 것이다. 어린아이도 알 만한 이 자명한 해법이 지켜지지 않는 이유는 뭘까? 몸에 좋은 건 쓰고 나쁜 건 달기 때문일 것이다. 이 유혹에 빠져 인간들은 '나쁜' 걸 버리는 대신 '덜 나쁜' 걸 선택하게 된다. 술과 담배는 모두 해로운 물질이지만 더 나쁘다고 믿는 담배를 끊고 덜 나쁜 술은 마시는 방식이다.

우리는 이제 마라톤의 반환점을 돌았을 따름이고 아직도 가야할 길이 많이 남아 있다. 당신은 전반부를 지나며 너무 많은 힘과 에너지를 쏟았을 가능성이 크다. 지금은 몸을 함부로 굴릴 때가 아니라 충전이 필요할 때다.

기대 수명과 건강 수명 사이에 거대한 강이 흐르고 있음을 알고, 몸을 잘 아끼고 보전해야 한다. 몸의 길을 알고 몸이 보내는 신호에 예민하게 반응하면서 살아야 한다.

· 나에게 맞는 몸 관리법 ·

늙어 갈수록 기본적인 신진대사가 중요하다. 신진대사란 '몸 밖에서 섭취한 물질을 생명 활동에 쓰고 남은 물질을 다시 밖으로 내보내는 작용'을 말한다. 쉽게 말해, 잘 먹고 잘 내보내야 한다는 뜻이다. 들어오는 물질에 비해 빠져나가는 에너지의 양이 적으면 노폐물이 쌓인다. 젊을 때는 이 대사 과정이 얼마나 중요한지를 깨닫지 못한다. 몸에 찌꺼기가 쌓여도 크게 문제가 되지 않기 때문이다.

하지만 나이 들수록 장기의 활력이 떨어지면서 몸 안에 쌓인 독소를 밖으로 배출하는 기능이 어려워진다. 소화 기능이 떨어지고, 배설이 잘 안 되고, 성인병이 창궐하기 시작한다. 신체를 움직이는 각종 기관이 노화하면서 나타나는 현상이다. 쉽게 피로해지고 스트레스를 이겨 내는 저항력이 감퇴하면서 작은 압박에도 흔들리는 모습이 나타난다. '들고 남'의 순환 체계에 비상이 걸린 것이다.

노폐물을 배출하는 가장 효과적인 방법은 땀을 흘리는 것이다. 땀을 흘린다는 건 몸 안의 찌꺼기들이 밖으로 빠져나간다는 뜻이다. 운동만이 살길이다. 서둘러 세상을 하직하고 싶으면 몸에 나쁜 가공식품을 습관적으로 먹고 되도록 움직이지 않으면 된다. 독소가 쌓일수록, 신진대사가 원활하지 않을수록 생명의 기운은 빠르게 소진되어 갈 것이다.

나에게 맞는 운동은 어떻게 알 수 있을까? 이상적인 접근법은 몸 상태를 정밀하게 살핀 후 적합한 운동법을 알려 주는 전문가를 만나는 것이다. 그럴 여유가 없다면 차선책을 선택하면 된다. 직접해 보는 것이다. 어떤 운동이 맞고 맞지 않는가를 몸이 알려 준다. 내 몸을 알고, 몸이 알려 주는 신호를 잘 관찰하면서 자기 신체 조건에 맞는 종목과 운동량을 찾아가는 과정이 필요하다.

돈과 건강은 닮은꼴이다. 노후 빈곤을 피하려면 재정이 튼튼해야 하는 것처럼, 질병에 노출되지 않으려면 한 살이라도 젊을 때부터 몸 관리를 해야 한다. 노인 내과 전문의들은 근육의 중요성을 특히 강조한다. 근육을 신체에 축적한 연금body pension이라고 하는 이유는 근육량과 건강이 비례 관계에 있기 때문이다. 저축하듯 근육을 키우고, 빚을 갚듯 지방을 태우는 것이다.

근육은 섬유로 이루어진 다발이다. 다발 개수가 늘면 탄력성이 좋아지고 몸의 움직임이 자유로워진다. 근육량이 늘어날수록 근력이 강해진다. 근육량과 근력을 키우는 가장 좋은 방법이 운동이다. 운동으로 근육의 총량을 늘리고 근력을 키워야 한다. 이상적인 운동 방법은 몸 전체의 근육을 골고루 단련하는 것이다. 뼈에 붙어 있는 약 400개의 근육을 단련시켜 튼튼하게 만드는 것이다.

나이 들수록 몸의 근육량이 줄어든다. 40세를 기점으로 근육은 매년 1%씩 감소해 60세가 되면 20%가 줄고, 70세가 되면 40%가 줄어들게 된다는 연구 결과가 나와 있다. 바꿔 말하면, 40세부터 근육량을 꾸준히 늘려 감소량을 절반으로 줄이면 60세가 되었을 때 소실되는 근육량을 10% 수준으로 가져갈 수 있다는 뜻이다.

자연 소멸하는 근육을 방치하면 나이 들수록 근 감소로 인한 각종 위험에 노출되기 쉽다. 생명체는 움직이지 않으면 죽게 되어 있다. 평소 건강하던 사람도 중병에 걸려 병상에 오래 누워 있으면 급격히 노화가 진행되는 것을 확인할 수 있다. 대소변을 스스로 해결하지 못하고 남에게 의지해 사는 것만큼 참담한 게 또 있을까. 이런 비극을 막으려면 한 살이라도 젊을 때 근육을 단련시켜야 한다.

신체 근육의 약 7할이 허리 아래에 분포되어 있다. 같은 시간을 투입했을 때 상체보다 하체를 단련시키는 게 더 효과적이라는 뜻이다. 등산은 중장년층이 가장 선호하는 종목이다. 심폐 기능과 하체 근력을 키워 준다. 자전거 타기도 좋은 운동이다. 심장과 폐를 자극해 산소 소비량을 늘려 주고 하체의 중심인 허벅지 근육을 단련시킨다. 허벅지에는 몸 전체 근육의 3할이 밀집되어 있다.

허리와 무릎은 후반부 삶의 질에 지대한 영향을 미친다. 무릎과 허리가 안 좋으면 근력을 키우는 데 어려움이 크고, 운동 부족으로 근육량과 근력이 떨어지면 허리와 무릎 상태가 나빠지는 악순환이 이어진다. 허리와 무릎이 안 좋은 이들이 선택할 수 있는 대체 종목은 수영이다. 수영은 전신 운동이다. 잠자고 있던 근육들을 깨우는 효과가 있다. 운동량이 많아도 관절에 무리가 가지 않고 지구력도 좋아진다.

S씨(67세)는 걷기 마니아다. 아침에 일어나 밤에 누울 때까지 걷는 것이 생활화되어 있다. 그에게 공간 이동의 수단은 기계가 아니라 '발'이다. 60세 무렵 사업이 힘들어지면서 심신이 피폐해진 적이 있었다. 의사는 생활 습관을 바꾸지 않으면 위험할 수 있다는 경고와 함께 운동을 권유했다. 이것저것 시도해 봤지만 오래 가지 않았고 다시 원래의 상태로 돌아왔다.

그는 '할 수 있는 일을 하자'는 생각으로 걷기를 선택했다. 제일 먼저 자동차를 처분했다. 층이 높아도 엘리베이터를 타지 않고 계단을 이용했다. 지하철 서너 정거장은 걸어서 이동했다. 그렇게 기계 문명과 담을 쌓고 '뚜벅이'가 되었다. 몸에 조금씩 변화가 보이기 시작했다. 하체에 힘이 생겼고, 소화 능력도 좋아졌고, 잠도 잘 잤다. 걸으면 비로소 보이는 것들이 있다는 사실도 깨우쳤다.

그는 하루 평균 2.5만 보, 주말엔 4만 보 이상을 걷는다. 다른 운동은 하지 않는다. 구두 대신 운동화를 신고 서류 가방 대신 배낭을 메고 다닌다. 그는 걸을 때 느껴지는 땅의 질감과 자신의 힘으로 나아가는 느낌이 무척 기분 좋다며, 걷기를 예찬하는 배우 하정우의 글에 깊이 공감한다고 한다.

인류가 직립 보행을 시작한 이래 걷기는 인간 생존의 필수 요소 중 하나였다. 걷는다는 행위는 우리 몸의 200개가 넘는 관절, 700개가 넘는 근육을 움직인다는 뜻이다. 문명이 주는 편리와 혜택을 버림으로써 그는 다른 사람으로 태어났다. 사회적 정년이 훨씬 지난 나이지만 여전히 왕성하게 활동하고 있다. 그에게 걷기란 체력을 단련하기 위한 운동이 아니라 생활 그 자체다.

운동량과 생명의 길이 사이엔 특별한 인과 관계가 없다고 한다. 운동량이 많다고 오래 사는 것도, 운동량이 적다고 단명하는 것도 아니라는 말이다. 인간은 생명 현상의 극히 일부만을 밝혀냈을 뿐, 그 상자 안은 여전히 미지의 세계다. 밝혀진 사실보다 감추어진 진실이 더 많을 것이다. 육체의 한계에 도전하는 이들을 보면 존경심이 우러나지만 모두가 그럴 필요는 없다고 생각한다.

무엇이든 지나치지 않게 적당한 선을 지키는 게 중요하다. 사람들은 유산소 운동을 많이 하면 심장이 튼튼해진다고 생각하지만 심장 박동 수가 늘어나면 오히려 심장의 노화가 촉진된다는 주장도 있다. 덜 쓸수록 좋다는 것이다. 토끼보다 거북이가, 몸을 많이 쓰는 운동선수보다 조용히 참선하는 스님이 오래 장수하는 건 몸을 잘 보전했기 때문이라는 뜻이다.

적정 수준의 운동이란 어느 만큼을 말하는 것일까? 세계보건기구WHO는 일주일에 150분 이상의 중강도 혹은 75분 이상의 고강도 유산소 신체 활동을 적정 기준으로 제시하고 있다. 가장 간단한 측정 방법인 토크 테스트talk-test의 기준에 따르면 '중강도'는 말은 할 수 있지만 노래는 할 수 없는 정도를, '고강도'는 숨이 차서 대화가 어려운 상태를 말한다.

한국인의 평균 운동량은 얼마나 될까? 보건복지부 자료에 따르면, 우리나라 성인의 절반 이상이 적정 수준에 미달하는 것으로 나타났다. 감소세도 뚜렷하다. 2014년에 58.3%였던 실천율은 2020년에 45.6%로, 12.7%p나 하락했다. 100명 중 55명이 '운동하지 않는 어른'이라는 뜻이다. 세계보건기구 권고에 따른 '유산소 및 근력 운동 실천율'을 준수하는 성인은 17.6%에 불과하다.

노인들은 어떨까? 〈그림 2-11〉에서 확인할 수 있는 것처럼, 유산소 실천율은 33.2%, 근력 운동 실천율은 22.5%를 나타내고 있다. 노인 3명 중 2명은 유산소 신체 활동 기준에 미달하는 상태이고, 5명 중 4명은 근력 운동 지침을 준수하지 않는다는 뜻이다. 성인 전체 평균보다는 높지만 운동량이 미흡하다는 것을 알 수 있다.

　필자가 만난 중장년층 대다수는 자기만의 운동법을 갖고 있었다. 하지만 운동에 투입하는 시간과 주기, 효과와 만족도는 개인별로 차이가 컸다. 너무 많은 시간을 운동에 할애하는 사람이 있는가 하면, 턱없이 부족한 사람도 많았다. 놀이의 관점, 즉 '운동하는 과정이 즐거운가?'라는 질문에 대해서는 긍정과 부정이 각각 절반이었다. 절반은 놀이로, 절반은 의무감으로 운동을 대하고 있다는 뜻이다.

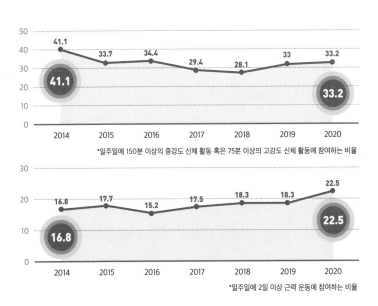

자료: 〈한국인을 위한 신체 활동 지침서〉, 보건복지부, 한국건강증진개발원, 2023.

〈그림 2-11〉 우리나라 노인 유산소 및 근력 운동 실천율

몸은 편한 쪽으로 움직이려는 관성을 갖고 있어서 언제든 도망 갈 핑계를 찾는다. 하루에 1만 보 이상을 걷기로 한 사람이 있다고 하자. 어느 날 약속을 지키기 어려운 특별한 사정이 생긴다. 뇌는 이때를 놓치지 않고 '오늘은 그냥 건너뛰어. 내일 하면 되잖아!'라고 속삭인다. 하루에 1만 보를 채워야 한다는 의지와 오늘은 건너뛰자는 유혹이 충돌한다. 이 꼬임에 넘어가면 어렵게 결심한 운동이 흐지부지되기 쉽다.

이 유혹을 이겨 낼 힘이 '습관'에서 나온다. 독서와 마찬가지로 운동도 의지가 아니라 습관의 영역이다. 아침에 일어나면 양치질 하듯 자연스럽게 몸에 달라붙어야 한다. 습관이 붙으면 의지를 발동하지 않아도 몸이 먼저 반응한다. 바쁜 일정으로 몹시 피곤한 어느 날, 하루쯤 건너뛰고 싶은 생각이 들 때 '오늘은 왜 운동 안 해?'라고 몸이 당신에게 물어온다.

습관이 가진 힘이다. 그러므로 운동이 몸에 밀착되어 뿌리를 내릴 때까지는 예외를 두지 않고 강하게 밀어붙여야 한다. 하루 1만 보 이상 걷기를 결심했다면 요령을 피우지 않고 고지식하게 원칙을 지키는 것이다. 아이에게 공부하는 습관을 만들어 주려면 부모는 휴양지에 가서도 약속된 시간에 책상을 펴고 함께 책을 읽어야 한다(습관의 공부 버전이 '자기 주도 학습'이다). 한 번의 타협, 한 번의 예외가 공든 탑을 무너뜨린다.

필자는 일주일에 한 번, 혼자 산에 오른다. 우연한 기회에 등산을 시작해 이곳저곳을 탐색하다가 서울 근교의 한적한 경로를 발견해 매주 오르내리고 있다. '매번 같은 경로를 밟으면 지겹지 않나'라고 묻는다면 '그렇지 않다'라고 답할 수 있다. 산은 같은 산이지만, 산은 계절에 따라 늘 새롭다. 봄은 청아하고, 여름은 푸르며, 가을은 창연蒼然하고, 겨울은 맑다.

등산을 시작하면서 깊이 사색하는 힘을 얻었다. 사람들의 왕래가 드문 한적한 시간을 선택해 생각을 정리하고 마음에 쌓인 찌꺼기들을 씻어 낸다. 같은 경로로 산을 오르면 몸 상태를 객관적으로 측정할 수도 있다. 새털처럼 가벼운 때가 있고 유난히 힘들게 느껴지는 때가 있다. 몸 상태에 따라 일정과 컨디션을 조절하는 편이다. 등산 횟수로 250회가 되었을 때 걸은 거리를 계산해 보았더니 총 16만 5000미터라는 숫자가 나왔다.

한라산 정상(1947미터)을 기준으로 하면 약 84회, 중국 화산華山 정상(2487미터)을 기준으로 하면 약 66회, 킬리만자로 정상(5895미터)을 기준으로 하면 약 28회, 에베레스트 정상(8848미터)을 기준으로 하면 약 18회. 이 수치를 확인하면서 뿌듯했던 기억이 난다.

살림살이도, 시간 관리도, 운동도 기록이 필요하다. 수입/지출의 균형, 해야 할 일과 하고 싶은 일의 균형, 신진대사의 균형을 유지해 나가는 힘은 기록에서 나온다. 기록을 토대로 흔들리는 시소의 균형을 잡아 가는 것이다. 요즘에는 다양한 도구가 개발되어 있어서 어렵지 않게 기록할 수 있다.

운동은 '다음 10년을 위한 투자'라는 말이 있다. 50대는 60대, 60대는 70대를 위해 몸을 움직이라는 뜻이다. 어떤 종목을 선택하든 지속성과 일관성을 유지하는 것이 관건이다. 등산을 좋아한다면 전국의 명산을 하나씩 섭렵하는 것도 멋진 일이지만, 한두 가지 경로를 정해 놓고 꾸준히 오르는 방식이 건강에 도움이 더 될 것이다. 후반부의 운동은 선택이나 기호가 아니라 생존 방식이다.

• 마음의 소리를 들어라 •

생애 후반부에 접어든 이들 상당수가 일종의 심리적 증후군syndrome을 겪는다. 퇴직과 정년, 은퇴의 강을 건넌 이들의 내면을 들여다보면 2가지 감정이 똬리를 틀고 있음을 감지할 수 있다. 하나는 '불안감'이고 다른 하나는 '상실감'이다. 모두들 불확실한 미래에 대한 두려움을 안고 살아간다. '갑자기 중병에 걸려 모아 둔 돈을 까먹으면 어떡하지?' '너무 오래 살아서 자식한테 부담을 주면 어쩌지?' 같은 불안감이 내면에 침잠되어 있다.

변두리로 밀려났다는 상실감도 가슴을 때린다. 밑바닥으로 추락한 것 같은 느낌, 사람들의 관심에서 멀어져 쓸모없는 인간이 된 것만 같은 패배감, 삶의 뒤안길을 걷고 있다는 감정이 밀려든다. 이들은 고독하다. 누군가 다가와 '외롭죠?'라는 말을 건네며 마음을 위로해 주기를 바란다. 은퇴자가 보이는 행동의 8할은 외로움에서 벗어나려는 몸짓이라고 해도 과언이 아니다.

불안감을 느끼는 이유는 뭘까? 미래가 걱정되기 때문일 것이다. 그런데 그 걱정은 대체로 실체가 없을 가능성이 크다. 발생하지도 않은 사건을 미리 당겨서 고민하는 경우가 대부분이다. 근심이 우리를 붙잡고 있는 것이 아니라 우리가 근심을 붙잡고 있는 꼴이다. 걱정 바이러스는 건강을 해치고 생명을 갉아먹는다. 불가에선 이를 번뇌煩惱라고 한다.

걱정과 근심, 불안과 공포가 생명에 미치는 영향을 다룬 흥미로운 연구 보고서[*]가 있다. 미국 하버드 의대 연구팀이 80세 이전에 사망한 A그룹과 80세 이후까지 장수한 B그룹의 뇌 조직을 검사해 보았더니 B그룹의 뇌 전두엽에 특정한 유전자 단백질이 많이 분포되어 있음을 확인했다. 이 유전자의 이름이 'REST'다. 휴식REST이라는 유전자가 인간 수명과 상관관계가 있다는 사실을 밝혀낸 것이다.

REST 유전자는 신경 자극을 줄이고 억제하는 일을 한다. 뇌의 활성화 정도를 조절하는 '센서' 역할을 하는 셈이다. 뇌가 활성화되어 있다는 건 신경 회로가 활발히 작동되고 있다는 것이고, 비활성화된 상태라는 건 뇌가 쉬고 있다는 뜻이다. 다시 말해 REST 유전자가 적다는 건 뇌가 그만큼 혹사당했음을 의미한다. 반대로 이 유전자가 많다는 건 뇌를 자극하는 요소를 차단함으로써 뇌가 상대적으로 덜 피로한 상태에 놓여 있다는 뜻이다.

원자력병원의 김민석 박사는 REST를 일반 가정의 '두꺼비집'과 같다고 말한다. REST가 전원을 꺼서 뇌가 쉴 수 있게 해 준다는 것

---

[*] 〈Regulation of lifespan by neural excitation and REST〉, 《NATURE》, 2019.

이다. 걱정과 불안이 쌓이면 뇌가 활성화될 것이고 그럴수록 생명은 단축된다. 그러므로 머릿속의 잡념을 없애는 게 생명을 연장하는 비결이라는 말이다. 스님들이 장수하는 이유가 맑은 공기와 채식, 규칙적 생활 탓이 아니라 명상과 참선을 통해 잡념을 없애기 때문이라는 해석이 설득력 있게 들린다.

상실감은 무언가를 잃었을 때 깃드는 마음이다. 무엇을 잃었을까? 직업을 잃고, 지위를 잃고, 자리를 잃었다. 공허감이 밀려드는 이유는 그동안 나를 채우던 것들이 썰물처럼 빠져나갔기 때문이다. 갈 곳이 없고 머물 장소가 사라졌다는 사실이 이들을 괴롭힌다. 화려했던 과거와 초라한 현실을 비교하며 예전에 쥐고 있던 것들이 없어진 현실에 괴로워한다.

그리고 현실이 이 지경에 이른 원인을 찾아내 공격을 감행한다. 화살의 방향을 '밖'으로 돌려 누군가를 미워하거나, '안'으로 돌려 자신을 공격하는 일이 벌어진다. 일종의 보상 심리가 작용하는 것이다.

강박적으로 시간에 매달리는 사람도 있다. 분주하게 하루를 보내면서 시간 속으로 도피하는 것이다. 그러나 상실감은 좀처럼 사라지지 않는다. 목이 탄다고 바닷물을 계속 마시면 갈증은 오히려 배가되는 것과 같다.

Y씨(63세)는 매일 성실하게 일지를 쓴다. 30년 전부터 해 오던 익숙한 습관이다. 정년퇴직한 후에도 거른 적이 없다. 그의 방 책꽂이엔 지금

까지 작성한 일지가 질서 정연하게 꽂혀 있다. 하루를 시작할 때와 마감할 때 그는 다이어리를 펴고 오늘 했던 일과 내일 할 일을 정리한다. 그의 삶은 다이어리 안에 들어 있다.

예전에는 채울 일정이 많아서 한 시간 단위로 '할 일do list'을 작성했는데 지금은 채울 내용이 많지 않다. 허드렛일뿐이다. 중요한 일도 없고 가슴을 뛰게 하는 일도 없다. 다이어리의 빈 공백을 볼 때마다 무력감이 밀려온다. 자신이 값어치 없는 사람처럼 느껴진다. 그럴수록 더 마음을 다잡고 쓰기에 매달린다.

친구들을 만나도 즐겁지 않다. 특별한 취미도 없고 운동도 즐겨 하지 않는다. 그런 일은 다이어리에 써 넣기엔 적합하지 않은 것들이다. 회의를 주재하고, 행사를 치르고, 중요한 의사 결정을 내리고. 존재감이 느껴지는 일을 하며 하루를 마감해야 한다고 믿는다. 하지만 그런 무대에 설 기회는 사라졌다. 이제 다른 것들로 시간을 메워 가야 한다.

그는 어떻게든 '시간'을 부여잡으려고 애쓰고 있다. 열심히 일하는 건 배웠지만 잘 노는 건 배우지 못했다. 해야 할 일을 정리하는 건 익숙하지만 하고 싶은 일을 물으면 당황해한다. 무료함과 권태의 늪에 빠지지 않기 위해 그는 분주히 몸을 움직이고 있다.

'다이어리를 쓰는 사람들'은 마음의 안식을 얻을 수 있을까? 바쁘게 움직인다고 해서 마음의 허기가 사라지는 건 아닐 것이다. 목적지에 대한 좌표 없이 바다 위를 방황하는 건 무모해 보인다. 출항하기 전에 마음의 소리를 잘 들어야 한다. 내 마음을 안다고 생각할지 모르지만 우리는 마음을 잘 모른다. 마음의 속살은 은밀하게 숨겨져 있어서 겉으로 잘 보이지 않는다.

진짜 속내가 무엇인지는 자세히 들여다봐야 알 수 있다. 마음속에 화火가 쌓인 이유가 무엇인지, 정말로 바라는 게 무엇인지, 앞으로 어떤 삶을 살고 싶은지, 묻고 대답하는 시간을 가져야 한다. 거울 속의 나를 바라보며 진솔한 대화가 이루어질 때 마음의 문이 열리기 시작할 것이다. 마음과 생각은 다르다. 세상 이치를 많이 깨친다고 마음의 고통이 사라지는 게 아니다. 마음의 평화는 생각의 깊이와 아무 관련이 없다.

아픈 몸을 치료하는 건 약이 아니라 몸이다. 약은 몸이 몸을 치료할 수 있도록 도와주는 촉진제일 따름이다. 마음도 마찬가지다. 항우울제가 우울증 환자의 자살 충동을 억제할 순 있지만 병든 마음을 치료할 수는 없다. 마음을 치유하는 건 마음이다. 다친 상처 부위에 새살이 돋아나게 하려면 마음의 건강이 먼저 회복되어야 한다.

마음 돌봄이 필요한 이유다. 우리는 이제껏 마음을 제대로 돌본 적이 없었다. 돌보기는커녕 내팽개치고 살았을 것이다. 그사이 마음은 지치고 상처받았다. 여기저기 베이고 다친 곳에서 피가 흐르고 있을지도 모른다. 마음의 상처는 피부와 달라 저절로 치유되지 않는다. 상처가 잘 아물도록 보듬어 주어야 한다. 성게처럼 가시가 돋은 마음을 공처럼 둥글게 만드는 것이다.

마음 챙김에 관한 다양한 접근법이 있지만 명상만큼 좋은 건 없다. 명상의 뿌리는 고대까지 거슬러 올라간다. 역사가 깊은 만큼 다양한 갈래와 접근 방법이 존재한다. 깊이를 추구하는 길이 있고, 넓이를 추구하는 길이 있다. 승려나 수행자들이 전통적으로 행해 온 방식이 있고, 일반인들도 수행할 수 있도록 영적spiritural 색채를 희석한 방식도 있다.[*]

명상은 머리를 비우고 잡념을 없애는 훈련이다. 해로운 마음을 가라앉혀 정화精華된 마음을 만드는 것이다. 더하기가 아니라 빼기다. '밖'을 향하고 있는 마음의 창을 닫고 '안'을 들여다보면서 마음에 묻은 나쁜 감정과 찌꺼기를 걷어 내는 작업이다. 다친 마음을 회복할 시간을 갖는 것이라고 보면 된다. 명상은 어디서든 할 수 있다. 앉거나 누워서 해도 되고 천천히 걸으면서 할 수도 있다.

필자는 하루에 한 번, 잠들기 전에 명상한다. 훈련을 따로 받은 적은 없다. 눈을 감고 조용히 마음의 가닥과 생각의 뿌리를 살펴본다. 초기에는 후회되는 일들이 주로 떠올랐다. 그때 왜 그런 실수를 저질렀을까? 다른 선택지가 있었는데 어째서 그 길을 가지 않았을까? 나쁜 짓을 하는 인간들을 응징하지 않고 방임한 이유는 뭘까 등등. 살면서 저지른 잘못과 실수의 기억이 파도처럼 밀려왔다.

나는 내게 상처를 주거나 해를 끼친 이들을 용서하고 싶었고, 안 좋은 기억을 지우고 싶었고, 이 감정의 소용돌이에서 벗어나고 싶었다. 마음에 낀 얼룩을 없애려고 애를 썼지만 처음엔 생각처럼 되

[*] 다니엘 골먼, 리처드 J. 데이비드슨, 미산, 김은미 옮김, 《명상하는 뇌》, 김영사, 2022.

지 않았다. 가끔은 꿈에 나타나기도 했다. 명상 덕분에 지금은 마음의 안정을 많이 얻은 상태다. 안 좋은 감정들이 떠오를 때마다 나는 주문을 외운다. 용서하고, 잊고, 앞으로 나아가게 해 달라고.

· 치유와 돌봄의 순환 ·

해마다 3000명이 넘는 노인이 스스로 목숨을 끊는다. OECD 국가 중 압도적으로 높은 수치다. 빈곤율과 더불어 자살률도 세계 1위다. 〈그림 2-12〉는 2022년도 연령대별 자살자 수치를 나타낸 것이다.[*] 2022년 한 해에만 1만 2000명이 넘는 사람이 자살로 생을 마감했다. 인구 10만 명당 26명꼴로 남자가 70%(9019명), 여자가 30%(3887명)다. 전 연령층에서 남자의 비율이 훨씬 높다.

전체 자살자 중 50대 남성의 비율이 무척 높다는 사실을 알 수 있다. 가장 쓸쓸한 죽음이라 불리는 고독사 1위가 남성 50대다. 우리 시대 중년 남성들이 얼마나 위태로운 상황에 놓여 있는지를 알려 준다. 전체 자살자 중 70대 이상이 차지하는 비율은 21%, 60대 이상은 36%다. 노인 자살률이 조금씩 줄고 있다고 하지만 여전히 높은 수치다. 우리는 언제쯤 노인 자살 1위 국가라는 오명에서 벗어날 수 있을까.

개별적 자살의 이유를 간단히 설명하긴 어렵다. 복합적인 이유

[*] 〈성/연령대별 고의적 자해 사망자 수〉, 통계청, 2023.

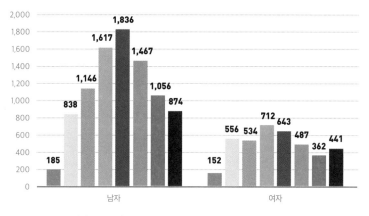

자료: 2023년 사회 조사 결과, 통계청, 2023.

<그림 2-12> 연령대별 자살자 수치(2022년 기준)

가 작용했을 것이다. 자살이라는 행위 이면에 사회 구조적 요인이 숨겨져 있음은 분명하다. 가난과 질병이라는 외부적 요인과 외로움이라는 내부적 요인이 겹쳐 상승 작용을 일으키면 인간을 벼랑 끝으로 몰고 간다. 프랑스 사회학자 에밀 뒤르켐Émile Durkheim이 오래전에 밝힌 것처럼 자살은 곧 사회적 타살이다.[*]

생의 말년에 자살을 선택하는 이들은 대부분 홀로 사는 독거노인이다. 현재 65세 이상의 독거노인 세대는 전국적으로 190만 가구에 이른다. 전체 노인의 20%가 넘는 수치다. 위험의 사각지대에

[*] 에밀 뒤르켐, 황보종우 옮김, 《자살론》, 청아출판사, 2008.

놓인 사람 수는 계속 느는 추세다.

구멍이 숭숭 뚫린 사회 안전망 사이로 사람들이 추락하고 있다. 이 비극을 막으려면 사회적 돌봄 체계social care system를 지금보다 훨씬 촘촘하게 구축해야 한다.

U씨(65세)는 힘든 삶을 살아왔다. 연이은 사업 실패로 가정 경제가 망가졌고, 친한 친구에게 사기를 당하면서 가진 재산을 몽땅 날렸다. 빚을 갚을 길이 없자 파산을 신청했다. 가정은 붕괴했다. 아내와 헤어졌고 아들과 딸이 있지만 연락을 끊은 지 오래다. 세상일이 뜻대로 흘러가지 않을 때마다 그는 술에 빠져들었다. 알코올이 그의 유일한 도피처였다.

삶이 무너지면서 우울증이 찾아왔고 생을 놓아 버리고 싶은 충동이 자주 고개를 들었다. 어느 날, 이렇게 살면 죽을지도 모른다는 생각이 불현듯 들었고 알코올 중독자 모임에 참가했다. 사연은 제각각이지만, 힘든 삶의 굴곡을 거치면서 살아온 이들을 만나며 위로와 용기를 얻었다고 한다. 그는 이제 술을 마시지 않는다.

지금 그는 중독자 모임에서 만난 비슷한 연배의 친구와 같이 살고 있다. 그도 비슷한 아픔을 겪었다. 동병상련同病相憐의 마음이 통해 살림을 합치기로 했다. 수도권 외곽에 있는 낡은 임대 주택이긴 하지만 혼자 살 때보다 외로움을 훨씬 덜 느낄 수 있어서 좋다. 월세에서 전세로 바뀌면서 생활비도 절약할 수 있게 되었다고 한다.

두 사람 다 벌이는 적은 편이다. 대리운전이나 일용직, 아르바이트 등 돈이 되는 일이면 무엇이든 하고 있다. 다행히 아픈 곳이 없어 아직 몸을 움직일 수 있음을 다행으로 생각한다. 언제까지 이 생활이 이어질지 모르지만 두 사람은 서로를 의지하며 살아가려 한다. 상호 돌봄의 안전망이 만들어진 것이다.

힘겹게 하루하루를 버티며 사는 이웃은 생각보다 많다. 그렇다고 개인의 삶을 모두 국가와 사회에 기댈 순 없다. 자신을 돌보고 타인을 살피며 살아야 한다. 치유와 돌봄이 필요하다. 자신을 돌보는 것이 치유cure고, 타인을 살피는 것이 돌봄care이다. 치유와 돌봄은 순환한다. 누군가로부터 돌봄을 받은 이는 자신을 치유할 힘을 얻는다. 치유를 통해 회복된 이는 누군가를 돌봄으로써 은혜를 갚는다.

아내와 남편, 자식과 부모, 친구와 이웃이 이 순환 고리 안에서 서로의 버팀목이 되어 준다. 이 순환계야말로 세상에서 가장 따뜻하고 안전한 보호망이 작동되는 곳이라고 할 수 있다. 치유자 정혜신은 '내 고통에 진심으로 공감해 주는 한 사람만 있으면, 사람은 산다'라고 말한다. 그의 말이 옳다면 자살하는 노인들 곁에는 마음의 주파수를 맞출 그 '한 명'이 없었다는 뜻이다.

우리는 지금 누구와, 어떤 관계를 맺으며 살아가고 있을까? 〈그림 2-13〉은 연령대별 사회적 관계망을 나타낸 것이다. 몸이 아파 집안일을 부탁해야 하는 경우, 갑자기 큰돈을 빌려야 하는 경우, 낙심하거나 우울해서 이야기 상대가 필요한 경우, '도움받을 사람

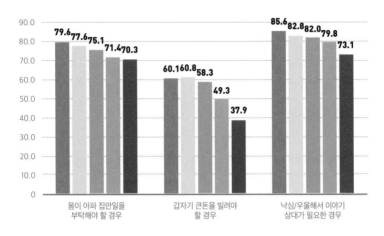

자료: 2023년 사회 조사 결과, 통계청, 2023.

<그림 2-13> 사회적 관계망(도움받을 수 있는 사람)

이 있는가?'라는 질문에 대해 '그렇다'라고 대답한 사람의 비율이다. 거꾸로 말하면 이 비율에 포함되지 않은 이는 도움받을 사람이한 명도 없다는 뜻이다.

　연령이 증가할수록 비율이 조금씩 줄어들고 있음을 알 수 있다. 주목해야 할 지점은 세 번째 질문 '힘들 때 대화를 나눌 상대가 있는가?'라는 대목이다. 40대의 18%, 50대의 20%, 60대 이상의 27%가 사회적 관계망이 사실상 단절된 상태에 놓여 있다. 60대 이상연령층에 속한 100명 중 27명이 치유와 돌봄의 사각지대에 있다는것인데 많아도 너무 많은 수치다.

　힘들 때 도움을 받을 수 있는 사람은 얼마나 있을까? 전 연령층을 기준으로 할 때 몸이 아파 집안일을 부탁할 수 있는 사람은 평균 2.3명, 갑자기 큰돈을 빌릴 수 있는 사람은 평균 2.2명, 낙심하거나 우울할 때 이야기를 나눌 수 있는 상대는 평균 2.9명인 것으로 확인된다. 이 수치 역시 나이가 들수록 줄어드는 경향이 뚜렷하다.

우리 대다수는 차가운 도시에서 빗장을 걸어 잠그고 옆집에 누가 사는지도 모르는 채 고립된 존재로 살아가고 있다. 관계의 사슬이 끊어진 사람이 많고, 넓은 관계망을 가진 사람도 마음을 나눌 수 있는 상대는 평균 3명이 안 된다. 우리는 외롭다. '관계'를 회복하는 일이 급하고 중하다. 관계는 후반부 삶을 지탱하는 4가지 기둥 가운데 하나다. 관계망이 끊어진 사람은 좋은 삶을 살아갈 수 없다.

마음이 아픈 사람은 늘 우리 곁에 있다. 누군가의 도움, 누군가의 손길이 필요한 사람들이다. 당신도 그중 한 명일 것이다. 맞은편에 앉은 이의 눈을 바라보며 마음을 드러내는 순간부터 치유는 시작된다. 그가 당신의 고백에 공감하는 표정을 지을 때마다 마음은 두려움을 떨쳐 낼 용기를 얻게 될 것이다. 상대에게 마음을 꺼내 보여 주는 건 부끄러운 행동이 아니다. 그를 믿고 의지한다는 증표다.

상대는 당신이 보여 준 인정과 용기에 고마움을 느끼게 된다. 나와 눈을 맞추고 마음을 나눌 사람이 있다면 당신은 축복받은 사람이다. 치유도 돌봄도 혼자 하는 게 아니라 같이하는 것이다. 마음을 포개어 함께 공명共鳴할 때 당신을 옥죄던 감정의 사슬을 끊고 밖으로 걸어 나와 시원한 공기를 호흡할 수 있다.

오늘 그가 내 눈을 바라본 것처럼, 언젠가 당신도 그와 마음을 포갤 때가 올 것이다. 돌봄과 치유의 순환 고리가 만들어지는 것이다.

같이 늙어 간다는 것

흰머리가 가득한 노년의 부부가 다정히 손을 잡고 걸어가는 뒷모습은 아름답다. 더운 여름날, 공원 벤치에서 나이 지긋한 할아버지가 할머니를 위해 부채질을 하는 장면은 우리를 미소 짓게 한다. 지하철에서 나란히 앉아 존댓말로 대화하는 노부부의 표정에선 서로를 아끼는 마음이 짙게 배어난다. 몸이 불편한 남편의 팔을 잡고 달팽이처럼 천천히 걸으면서도 행여 넘어질세라 노심초사하는 아내의 모습에서 지고지순至高至純한 사랑을 본다.

　세상은 사랑으로 가득하다. 치매에 걸린 아내를 조수석에 태우고 택시를 운전하는 남편의 사연은 가슴을 먹먹하게 한다. 반쪽을 잃은 상실감을 어쩌지 못해 삶을 놓아 버린 이야기를 들을 때, 상처 喪妻한 아버지를 위로하러 들른 친정집에서 엄마의 빈자리가 느껴질 때, 함께 늙어 갈 수 있음이 얼마나 큰 축복인가를 알게 된다. 자녀의 보살핌이 아무리 깊어도 그 자리를 대신할 수 없다는 사실도.

한편, 다른 상황도 연출된다. 공공장소에서 부하 직원 다루듯 반말로 아내에게 지시를 내리는 남편의 모습은 눈살을 찌푸리게 한다. 설거지하는 남자를 무능력한 사람이라 치부하며 가부장적 권위를 뽐내는 이에게선 서글픈 연민이 느껴진다. 은퇴 후 증후군을 앓고 있는 남편의 마음은 아랑곳하지 않고 잔소리만 늘어놓는 아내에게서 일그러진 인간상을 본다.

평생을 전업주부로 살며 남편과 아이들을 뒷바라지한 아내의 노고에 고마움을 느끼지 못하면, 오랜 시간 가족을 부양하느라 지친 남편의 마음을 이해하지 못하면, 부부 사이에 금이 가고 위기가 닥친다. 양철 냄비의 온도가 금방 바뀌듯 사랑이 미움으로 바뀌는 건 순간이다. 아무리 오래 산 '님'이라도 헤어지면 '남'이라고 하지 않던가. 관심과 배려가 사라진 땅에서는 풀 한 포기 자라지 못한다.

반려자란 무엇인가? 양말이나 신발, 젓가락처럼 쌍을 이루는 한편의 '짝'이다. 한 짝만으로는 온전히 기능할 수 없고 두 짝이 같이 있어야 완전체가 된다. 물건은 한 짝이 사라지면 버리고 새로 사면 된다. 하지만 인간은 그렇게 할 수 없다. 반려자는 슈퍼마켓에서 살 수 있는 물건이 아니다. 한 짝이 없어지는 순간 불완전한 존재로 남는다.

'당신 인생의 소중한 반려자가 되어 평생 그대만을 사랑할 것'을 일가친척과 친구들에게 서약하였으므로 아끼고 사랑하며 검은 머리털이 파뿌리가 될 때까지 오래 해로할 수 있다면 그보다 좋은 일은 없을 것이다. 하지만 인간사가 어디 그리 쉽고 간단하던가. 오늘도 수많은 연인이 영원한 미래를 약속하고 또 언제 그랬냐는 듯 차갑게 등을 돌린다. 인간의 맹세는 새털처럼 가볍다.

우리나라 중장년층과 시니어들은 결혼 생활을 잘 이어 가고 있을까? 〈그림 2-14〉는 '2022년도 연령대별 이혼 건수'를 나타낸 것이다. 60대 이상 남성의 이혼 건수가 1만 9400건으로, 전 연령층 중에서 가장 많다(남자의 연령대별 '이혼율'은 40대 초반이 1000명당 6.9건으로 가장 높음). 이혼하는 부부 5쌍 중 1쌍(20.8%)이 60대 이상이다. 해마다 약 2만 명 가까운 장년층과 시니어가 혼인한 반려자와 갈라서는

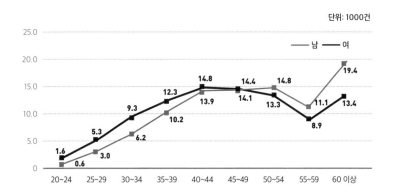

단위: 1000건

자료: 2022년 혼인 이혼 통계, 통계청, 2023.

<그림 2-14> 연령대별 이혼 건수

선택을 한다는 뜻이다.

60대 이상 여성의 이혼 건수도 1만 3400건이나 된다. 40대 초반(1만 5900건), 40대 후반(1만 5400건)에 이후 세 번째(14.4%)로 많다. 평균 30세를 결혼 시점으로 보면, 30년 이상을 해로한 부부의 20%가 혼인 생활의 끝을 이혼으로 마감하고 있다. 지금 우리 사회에서 '황혼 이혼gray divorce(결혼 생활을 20년 이상 지속한 부부가 이혼하는 것을 말함)'은 더는 특별하고 예외적인 사건이 아닌 것 같다.

이혼 사유는 무엇일까? 〈그림 2-15〉는 60대 이상 부부의 사유별 이혼 건수를 나타낸 것이다. 남편과 아내 모두 '성격 차이(39%)'가 가장 큰 원인이다. 10쌍 중 4쌍이 성격 차이를 이유로 갈라서고 있다. 조사를 시작한 이래(1990년) 지금까지 줄곧 1위다. 이는 모든 연령층에서 나타나는 공통된 현상이기도 하다.

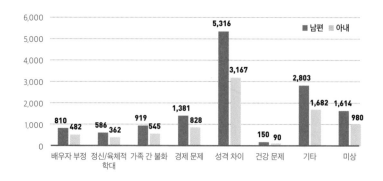

자료: 2017년 사유별 이혼 건수, 통계청, 2018.

<그림 2-15> 60대 이상의 사유별 이혼 건수(2017년 기준)

황혼 이혼이 증가하는 원인에 대해서는 다양한 해석이 존재한다. 평균 수명이 늘어나면서 남은 시간을 자신의 의지대로 살고자 하는 욕구가 분출하는 것이라는 설명도 있고, 여성들의 사회 진출이 증가하면서 경제적으로 자립할 수 있는 능력이 생긴 결과라는 주장도 있다. '결혼은 유지되어야 한다'라는 사회적 압력이 줄어든 것도 이혼 증가에 영향을 미쳤을 것이다.

한국가정법률상담소 자료에 따르면, 60대 이상의 이혼 상담 신청자(1196명) 중 여성은 768명(64.2%), 남성은 428명(35.8%)이다. 여성의 비율이 남성보다 높다. 70대 이상 고령자도 400명이 넘는다(여성 250명, 남성 161명). 한 가지 특이한 사실은 전체 이혼 상담 건수(4016건)의 성비(여성 78.7%, 남성 21.3%)와 비교할 때, 고령층에서 남성의 비율이 상대적으로 높다는 점이다.[*]

이혼 사유를 살펴보면 60대와 70대 여성은 '남편의 폭력 등 부당대우'가 1위였다. 배우자의 폭력은 오래전부터 있었고 자녀 양육이나 경제적 문제, 사회적 인식 등의 이유로 참고 살다가 자녀들이 독립하고 경제적 자립을 할 수 있는 조건이 형성되면서 이혼을 결심한 경우가 많았다.[**] 80대 여성은 '생활 무능력'이 가장 많았다.

남성의 경우 60, 70, 80대 전부 '장기 별거'가 제일 큰 비중을 차지했다. 장기 별거를 원인으로 제시한 남성들은 '아내의 가출'을

---

[*] 〈2022년 상담 통계〉, 한국가정법률상담소, 2023.
[**] 이는 앞서 살펴본 통계청 자료와 상당히 다른 특징을 보인다. 좀 더 세밀한 조사 및 연구가 필요한 대목이다.

2순위로, '아내로부터의 부당 대우'를 3순위로 꼽았다. 경제력이 있을 때는 가장으로 대접을 받았지만 퇴직한 후에 아내와 자녀로부터 무시와 모욕을 당했다는 것이 주된 내용이다. 아내로부터 폭행을 당했다고 호소한 사례도 있었다고 한다.

G씨(58세)는 지금 이혼을 심각하게 고민하고 있다. 남편의 정년퇴직 후 두 사람의 관계는 악화 일로를 걷고 있다. 다툼이 늘고 언쟁이 심해져 집안 분위기는 냉랭하기만 하다. 퇴직 전 친구들과 도모했던 사업이 틀어지면서 큰돈을 날린 일에 대한 상실감으로, 남편은 바깥출입을 거의 하지 않고 주로 집에서 시간을 보낸다.

매 끼니를 걱정해야 하는 고단함도 크지만 청소부터 빨래까지 집안일을 혼자 하는 걸 보면서도 나 몰라라 하는 남편의 태도가 못마땅하기만 하다. 얼마 전엔 '친구 남편들은 은퇴 후에 열심히 거든다는데 좀 심한 것 아니냐?'라며 싫은 소리를 했다가 '이제 돈 못 벌어 온다고 구박하느냐'면서 소리를 지르는 바람에 심하게 부부 싸움을 했다. 지금은 식사도 따로 하고 잠도 따로 잔다.

남편은 마음속에 화를 가득 안고 사는 사람처럼 느껴진다. 감정의 기복이 심하고 별것 아닌 일에도 불처럼 화를 토해 낸다. 방향 지시등을 켜지 않고 갑자기 끼어든 차량 운전자를 향해 쌍욕을 날리거나, 주문한 음식이 늦어지면 불같이 화를 내거나, 상대에게 무시당하는 느낌을 받으면 공격적인 태도로 돌변한다. 덤덤하게 넘겨도 되는 일을 지나치게 예민하게 반응한다.

병원에 가서 상담이라도 받아 보라고 말했지만 묵묵부답이다. 마음이 좋지 않아서 화해 시도를 해 보려고 해도 남편의 차가운 얼굴을 보면 엄두가 나지 않는다. 바닷물에 모래성이 조금씩 허물어지는 것처럼 그녀의 몸도 마음도 지쳐 가고 있다. 이런 상태로 결혼 생활을 이어 갈 자신이 없다. 그녀는 이제까지 한 번도 생각해 보지 않았던 큰 결정을 앞에 두고 있다.

오래 산 부부라도 후반부의 삶이 순탄치 않음을 알 수 있다. 이혼이 당사자와 가족들에게 어떤 영향을 미치는가에 대해서는 수많은 연구 자료가 존재한다. 이혼한 남녀는 상대적으로 심장병, 당뇨, 암 같은 중증 질환에 걸릴 위험이 크고 우울증 등 정신 질환에 시달릴 수 있다. 더 나은 삶을 위한 선택, 고통으로부터의 해방이 곧 '좋은' 삶으로 연결되는 건 아니라는 뜻이다.

혼인 생활을 잘 유지하는 것도, 이혼 후 홀로 서는 것도 쉬운 일이 아닌 것 같다. 주변을 살펴보면 전반부 때보다 훨씬 더 친밀한 관계를 만들어 가는 부부도 있고, 오랫동안 잠재되어 있던 불씨가 터져 회복할 수 없는 파국으로 치닫는 사례도 발견된다. 반려자와의 관계는 후반부의 삶에 지대한 영향을 끼친다. 결혼 생활을 잘 유지해 갈 수 있는 비결은 무엇인지 알아보자.

· 부부의 조건 ·

운동회 때 이인삼각二人三脚 경주를 해 본 경험이 있을 것이다. 두 사람이 나란히 서서 한쪽 발을 묶고 세 발로 달리는 경주다. 쓰러지지 않고 달려 나가려면 둘이 호흡을 잘 맞추어야 한다. 한 사람이 너무 빨라도 넘어지고, 너무 늦어도 넘어진다. 결승점까지 잘 달리려면 두 사람 간 의사소통과 협력이 필수적이다. 승리의 요건은 속도가 아니라 협동이다.

부부의 삶도 이인삼각 경주를 닮았다. 한쪽이 빨라도 한쪽이 느리면 속도를 늦추어야 한다. 앞만 보고 달리는 것이 아니라 옆을 살피며 나아가야 한다. 이 원리를 무시하면 넘어질 수밖에 없다. 넘어지더라도 다시 일어나서 달리면 된다. 하지만 같은 현상이 몇 번 더 반복되면 경주를 포기하고 싶어진다.

세상의 모든 이혼은 끌려가는 자가 어떻게든 넘어지지 않고 버티다가 한계점에 이르렀을 때 선택하는 최후의 방법이다. 둘을 묶고 있던 '끈'을 잘라 버리는 것이다. 해마다 9만 명이 넘는 부부가 이 결정을 내리고 영원한 남남이 된다. 그중에는 이순耳順의 고개를 넘은 사람들도 많다. 함께 살아온 세월의 깊이만큼 쌓였을 정情도 헤어져야 할 절박한 이유 앞에선 무력하기만 할 따름이다.

부부 사이가 위기에 처했음을 알려 주는 3가지 증표가 있다. 무관심과 무시, 이기심이다. 상대에 관심이 없고, 무시하며, 나를 더 앞세우면 사랑이 식었다는 뜻이다. 그 대척점에 관심과 존중, 배려가 있다. 관심觀心은 마음을 살피는 것이고, 존중尊重은 생각을 귀히 여기는 것이며, 배려配慮는 돕고 보살피는 것을 말한다. 결혼식 축사에 단골 메뉴로 등장하는 사랑의 묘약이다.

사랑의 감정이 영원히 이어지면 얼마나 좋을까? 하지만 결혼한 부부는 시간이 지남에 따라 서로에게 느끼는 감정이 변한다. 서울대 행복연구센터의 조사에 따르면, 30대와 40대는 배우자와 함께 있을 때 행복감을 크게 느끼지만 50대에 들어서면 행복 지수가 낮아지는 것으로 나타났다. 50대가 배우자와 있을 때 느끼는 행복도는 이웃/지인, 연인/친구, 자녀/손주에 이어 네 번째였다.

이런 현상은 남성보다 여성이 훨씬 두드러졌다.* 40대까지는 행복감이 높았는데, 50대에 접어들어 순위가 급락하는 이유는 무엇일까? 복합적 요인이 숨어 있다. 갱년기 호르몬 변화 때문일 수도 있고, 시간이 흐르다 보니 사랑의 한계 효용이 임계점에 도달한 탓일 수도 있다. 삶의 무대가 달라 공감대를 형성할 요소가 적기 때문인지도 모른다. 주목할 점은 배우자보다 친구나 지인, 자녀와 함께 있을 때 더 행복감을 느꼈다는 사실이다.

행복을 느끼는 관계의 우선순위가 바뀌면 어떤 일이 일어날까? 관심과 존중, 배려가 머물던 곳에 무관심과 무시, 이기심이 슬그머니 자리를 잡는다. 남편은 아내가 여전히 선순위인데 아내에게 남편이 후순위가 되면, 남편은 아내가 자신에게 무관심해졌다고 불

---

* 〈대한민국 중년의 실시간 행복 보고서〉, 서울대 행복연구센터, 2017.

만을 드러내게 된다. 아내는 남편의 배려심이 부족하다고 느끼고 서운함을 표할 것이다. 싸움이 시작되는 것이다.

퇴직과 정년, 은퇴의 변곡점을 지나면서 남편의 관계망은 축소되는 반면, 육아의 짐에서 해방된 아내의 관계망은 오히려 확장되는 경향을 보인다. 남편은 '밖'에서 '안'으로, 아내는 '안'에서 '밖'으로 관계의 무게 중심이 이동된다는 뜻이다. 이 부조화는 부부 관계가 틀어지는 토양을 제공한다. 남편은 아내의 변심을 이해할 수 없고, 아내는 남편이 자유를 막는 훼방꾼으로 인식되는 것이다.

O씨(63세)는 올해 아내에게 '안식년' 휴가를 제공했다. 반평생을 전업주부로 살며 자신과 아이들 뒷바라지를 해 온 노고에 대한 보상 차원이다. '집안일은 내가 알아서 할 테니 당신은 하고 싶은 일을 하라!'는 게 조건이다. 기간은 1년이다. 가부장 문화에 찌든 베이비붐 세대의 남편이 아내에게 제공한 선물이라고는 믿기지 않을 만큼 파격적이다.

정년퇴직을 하기 전까지 그는 요리는커녕 가벼운 청소도 하지 않던 사람이었다. 여느 가장과 마찬가지로, 밖에서 돈을 벌어 오는 것으로 자신의 임무는 끝났다고 여겼다. 하지만 퇴직 후 집에 머무는 시간이 늘면서 본격적으로 아내를 돕기 시작했다. 지금은 요리 솜씨가 늘어 찌개도 끓이고 김치도 같이 담근다고 한다.

그는 '요즘은 웬만한 음식 레시피는 유튜브에 다 올라와 있어서 요리하는 게 어려운 일이 아니다'라고 말한다. 얼마 전에는 아내 친구들 몇 명을 집으로 초대해 식사 접대를 했는데 인기가 폭발했다고 자랑이다. 덕분에 아내는 수영 강습도 받고 목공도 배우며 활기차게 생활하고 있다. 부부 관계도 예전보다 훨씬 좋아졌다고 한다.

집안일은 끝이 없다. 그는 요즘 집안일을 단순화하는 방법을 고민하고 있다. 집안일에 투입하는 시간을 아껴서 남는 시간을 좋아하는 일에 쓰기 위해서다. 그는 지금 모 디지털대학교에 편입해 문예 창작을 배우고 있다. 소설가는 그의 오래된 꿈이었다. 등단이 목표는 아니지만 멋진 작품을 세상에 내보이고 싶은 바람을 갖고 있다.

〈그림 2-16〉은 부부가 상대에게 느끼는 행복감의 상관관계를 표시한 것이다. 경우의 수는 4가지가 있다. 부부가 함께 있을 때 행복감을 크게 느끼는 경우(A), 서로 엇박자가 나는 경우(B, D), 둘 다 행복감이 낮은 경우(C)다. A는 가장 좋은 상태고, C는 가장 안 좋은 상태다. B와 D는 불안한 상태다. 상황이 좋아져 A로 넘어가면 다

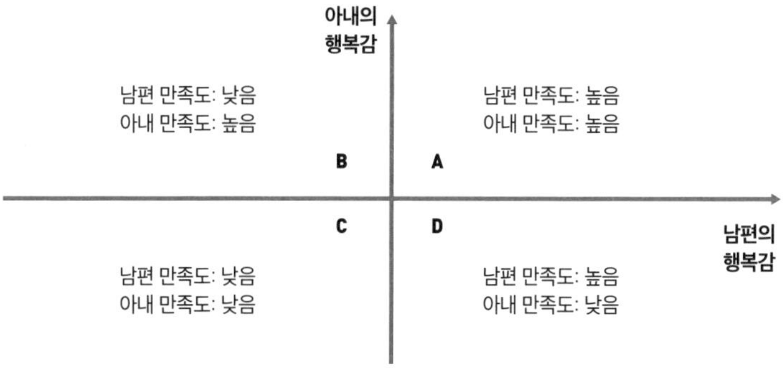

아내의
행복감

남편 만족도: 낮음
아내 만족도: 높음

남편 만족도: 높음
아내 만족도: 높음

B　　A

C　　D

남편의
행복감

남편 만족도: 낮음
아내 만족도: 낮음

남편 만족도: 높음
아내 만족도: 낮음

<그림 2-16> 배우자에게 느끼는 상대적 행복감의 상관관계

행이지만 C로 바뀌면 곤란한 상황이 전개된다.

A를 유지하는 부부 사이는 더할 나위 없이 좋다. 사랑의 묘약이 효과를 발휘해 원만한 관계를 이어 간다. C는 부부 관계가 해체될 위험에 노출되어 있다. 이 영역에 속한 부부 중 많은 수가 이혼의 파국을 맞는다. B와 D는 현실에서 가장 흔히 발견되는 유형이다. 이 상태가 개선되지 않고 고착되면, 즉 서로의 행복감이 엇갈리는 상태에서 사이가 틀어지면 C의 상태로 바뀔 가능성이 크다.

O씨(62세)는 1년 전부터 아내와 따로 살고 있다. 법적인 부부 관계는 유지하고 있지만 사실상 이혼한 셈이다. 살던 집은 팔았고 각자 따로 집을 얻어 이사했다. 재산 분할까지 마친 상태는 아니지만 다시 결합할 가능성은 거의 없다고 한다. 아들은 결혼해서 따로 살고 있고, 딸은 외국에 거주하고 있다. 자녀들이 이혼을 막으려고 중재에 나섰지만 두 사람의 결심을 바꾸진 못했다.

처음에 이혼 이야기를 꺼낸 건 아내였다. 부부 사이가 돈독한 건 아니었지만 그렇다고 문제가 될 만큼 나쁜 것도 아니었다. 여느 중년 부부와 다를 바 없는 평범한 일상의 연속이었다. 아내는 이제 부모 역할은 마친 것 같으니 각자 하고 싶은 일을 하면서 자유롭게 살자고 말했다. 그 말은 부부로 살아가는 것이 구속으로 느껴진다는 뜻이었다.

그는 아내의 요청을 받아들일 수 없었다. 정확한 이유를 알려 달라고 했지만 아내의 답은 그게 전부였다. 그는 어디서부터 실타래가 꼬였는지 알 수 없었다. 대화는 논쟁으로, 논쟁은 싸움으로 바뀌었고 감정의

골은 깊어지기만 했다. 그의 마음도 차갑게 식어 갔다. 결과적으로 형식적인 부부로 남되 따로 사는, 황혼 이혼을 하게 된 것이다.

아직 사돈집에는 알리지 않았다. 얼마 전에 있었던 큰손주 돌잔치에도 함께 참석했다. 아내에게 근황을 물어보니 외국에 사는 딸에게 다녀왔다는 소식과 함께 잘 지낸다는 답변이 돌아왔다. 그는 아직도 이혼의 진짜 이유가 궁금하다고 말한다.

부부 관계는 관찰자의 눈으로 파악할 수 없는, 복잡 미묘한 특징을 갖고 있다. 구름 한 점 없이 맑은 날씨였다가 거센 비바람이 몰아치는 궂은 날씨로 변하기도 하고, 심하게 다투다가도 언제 그랬냐는 듯이 한 침대에서 살을 섞고 잔다. 실체가 무엇이든 보이지 않는 끈이 서로를 묶어 주고 있기 때문일 것이다. 오랜 세월을 함께 살아온 사이에서만 만들어지는 끈끈한 연대감이다.

혼인은 일종의 계약 관계contractual relationship이고 관계가 청산되면 남남이 된다. 인간은 행복을 추구할 권리가 있으므로 불행을 안고 살아갈 까닭은 없다. 분명한 사실은 관심과 존중, 배려라는 묘약을 통해 좋은 관계를 유지해 가는 부부가 그렇지 않은 이들에 비해 좋은 삶을 살 확률이 훨씬 높다는 점이다. 사랑도 노력이 필요하고, 사람을 사랑하는 능력이 없으면 실패할 수밖에 없다. *

---

* 에리히 프롬, 황문수 옮김, 《사랑의 기술》, 문예출판사, 2019.

· 가사의 법칙 ·

늑대는 평생 한 명의 짝과 부부 관계를 유지하는 포유류다. 무리로 생활하며 가장 씩씩하고 현명한 늑대 부부가 우두머리를 맡는다. 수컷 대장이 사냥을 총괄하고 암컷 대장이 육아를 지휘하는 식이다. 수컷 늑대가 늙고 병들어 사냥을 나갈 수 없게 되면 젊은 수컷들에게 역할을 넘기고 둥지에서 육아를 맡게 된다. 합리적인 분담 체계를 갖춘 집단이라 할 수 있다.

인간은 어떨까? 후반부에 접어든 부부 사이에 벌어지는 다툼 중 제일 뜨거운 감자가 집안일이다. '가사 노동을 어떻게 분담할 것인가?'라는 주제를 놓고 치열한 샅바 싸움이 전개된다. 기존 질서를 유지하려는 보수와 개혁을 단행하려는 진보가 팽팽히 대립한다. 신사협정을 맺고 잘 마무리되기도 하지만 타협에 실패해 사이가 벌어지기도 한다. 집안일이 방아쇠가 되어 건너지 말아야 할 강을 넘는 일도 일어난다.

이 상황 전개를 어떻게 이해해야 할까? 먼저 아내의 관점에서 살펴보자. 아이들이 독립함에 따라 육아의 짐은 벗었다. 남은 건 살림살이, 즉 가사 노동이다. 사냥터에서 쫓겨난 수컷 늑대는 둥지에서 편히 쉬기를 바라지만 암컷의 생각은 좀 다르다. 수컷이 밖에서 사냥하는 동안 암컷은 새끼들을 돌보고 키웠다. 둘 다 자기가 맡은 소임을 한 셈이다.

아내는 이제 자유를 누리고 싶다. 하지만 한 가지 걸림돌이 있다. 남편의 존재다. 남편들은 퇴직과 정년, 은퇴를 '자신만 겪는 일'이라고 인식하는 경향이 있다. 전업주부도 정년과 은퇴가 필요하다는 사실을 알지 못한다. 하지만 아내는 '주부는 은퇴가 없다'라는 통념에 동의하지 않는다. 돈벌이와 가사 노동은 필요에 따른 역할 분담이었고, 상황이 바뀌었으므로 후반부를 어떻게 꾸려 갈 것인지에 대한 재설계가 필요하다고 믿는다.

남편의 관점에서 살펴보자. 오랜 시간 거친 들판에서 먹이 사냥을 하느라 몸은 상처투성이고 마음은 지칠 대로 지친 상태다. 아무 간섭도 받지 않고 편히 쉬고 싶다. 그런데 주변을 둘러봐도 쉴 자리가 마땅치 않다. 초원은 이미 젊은 늑대들이 지배하는 세상이다. 어디를 가도 눈치가 보인다. 사냥터에서 밀려난 늙은 늑대는 외롭다.

아내들은 늙고 병들어 사냥할 능력을 잃어버린 남편을 보듬어 주지 않는다. 들판을 질주하며 먹이 사냥을 주도하던 위풍당당한 모습을 그리워하며 사는 남편의 마음을 모른다. 좁은 둥지에서 시간을 보내는 수컷의 모습을 못마땅한 눈으로 바라보고, 집안일에 서툰 남편에게 끊임없이 잔소리를 해 댄다. 두 포유류 사이에 묘한 긴장감이 흐르고 크고 작은 갈등이 빚어질 수밖에 없다.

최후통첩 게임ultimatum game이라는 게 있다. 인간은 이기적이지 않다는 사실을 보여 주는 유명한 실험인데 방식은 이렇다. A에게 1만 원을 주고 B와 나눠 가지라고 주문한다. B에게 얼마를 줄지 정하는 것은 A의 권한이다. 단, B는 A가 제시한 금액을 수용하거나 거절할 수 있다. B가 A의 제안을 받아들이면 거래는 종료된다. 하지만 B가 A의 제안을 거절하면 두 사람 다 한 푼도 가질 수 없다.*

결과는 어땠을까? 실험마다 조금씩 차이가 있는데 A가 평균 4000원~5000원을 제시하면 B가 이 제안을 수용했다. 하지만 A가 2000원 이하의 금액을 제시할 경우 B는 이를 거절했다. 일부 실험자는 절반씩 공평하게 나눠 갖는 방식을 선택했다.** 이 게임은 2가지 사실을 알려 준다. 하나는 인간은 언제나 남을 생각한다는 것이고, 다른 하나는 불공정한 행위에 대해서는 손해를 감수하더라도 응징한다는 것이다.

가사 노동 배분도 이 게임 방식과 비슷하다. 차이가 있다면 최후통첩 게임은 더 많이 갖는 걸 선호하지만, 가사 노동은 거꾸로 덜 갖기를 바란다는 점이다. A를 아내라고 하고, B를 남편이라고 하자. A는 B에게 어느 만큼의 가사 노동을 요구하는 게 현명한 전략일까? 이 실험 결과를 따를 경우 40~50%를 제안하면 B는 이를 수용하고, 80% 이상을 요구하면 거절하게 된다.

실제로 실험된 사례가 없어 결과를 정확히 예측할 수는 없다. 다만 몇 가지 시나리오를 가정해 볼 수는 있을 것 같다. 가사 노동이라는 주제에 행동경제학behavioral economics의 원리를 적용해 보고자 하는 이유는 부부 사이의 '합리적 분배 방법은 무엇인가?'를 따져보기 위해서다. 양쪽 모두 예방 주사를 맞은 적이 없으므로 적절한

---

* 행동경제학을 대표하는 게임 모형으로, 최초의 실험은 1982년 독일 홈볼트대학교에서 진행됐다.
** 정태인, 이수연, 《정태인의 협동의 경제학》, 레디앙, 2013.

타협점을 찾는 데 도움을 줄 수 있지 않을까 싶다.

경우의 수는 크게 2가지로 나눌 수 있다. 남편이 아내의 요구를 수용하는 경우와 수용하지 않는 경우다. 남편이 제안을 받아들일 경우를 살펴보자. 이 경우는 다시 2가지로 나뉜다. 남편이 아내의 요구를 진정성 있게 수용해 움직이는 경우와 약속 이행을 성실히 하지 않는 경우다. 전자가 성실한 '이행'이라면, 후자는 불성실한 '퇴행'이다.

성실한 이행은 분란의 여지가 없다. 일 처리 방식을 두고 갑론을박이 있을 수 있겠지만 이 논쟁은 싱겁게 끝날 가능성이 크다. 아내는 숙련된 경험과 지식을 겸비한 고수고, 남편은 맥락과 흐름을 잘 모르는 하수일 것이므로. 대체로 아내의 승리로 끝나기 마련이다. 협정서에 적힌 분담 체계와 방식이 잘 지켜지면 특별히 문제될 일이 없다. 가정의 평화가 찾아온다.

'퇴행'은 빈번히 일어나는 현상이다. 처음엔 하기로 했다가 이런

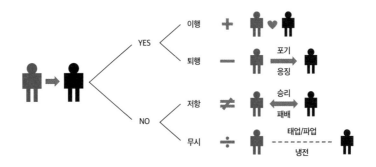

<그림 2-17> 게임이론으로 풀이한 가사 노동의 역학 관계

저런 핑계를 대며 슬그머니 꽁무니를 빼거나 아예 집 밖으로 돌면서 집안일을 도외시하는 경우가 대표적이다. 남편의 이런 태도에 아내는 어떤 반응을 보일까? 응징이나 포기 중 하나를 선택할 가능성이 높다. 약속을 저버린 행동에 대한 응징으로 파업을 선언하거나, 기대를 접고 예전 방식으로 돌아가는 것이다.

아내가 어느 쪽을 선택하든 남편은 위태로운 상황에 놓일 가능성이 크다. 파업을 선언하면 후폭풍을 감당하기가 쉽지 않을 것이고, 기대를 접으면 굳게 닫힌 마음의 빗장을 다시 열기가 쉽지 않을 것이다. 남편이 집안일에 게으름을 피운다는 이유로 이혼을 요구하는 아내는 없겠지만, 불신의 기억과 감정들이 계속 쌓이면 임계점에 다다른 화산이 폭발하듯이 거대한 분노로 분출될 수 있다.

남편이 제안을 수용하지 않는 경우 역시 2가지로 나뉜다. 하나는 아내의 제안이 부당하다고 느껴 '저항'하는 것이고, 다른 하나는 제안을 수용할 뜻이 없음을 밝히고 '무시'하는 경우다. 전자는 물러설 수 없는 단판 승부다. 남편이 승리하면 전반부 삶의 방식이 유지될 것이고, 아내가 승리하면 수용+이행의 길을 걷게 된다. 승패의 명암이 극명하게 갈린다.

후자, 즉 무시는 파국으로 향하는 문을 열어젖힌 것과 진배없다. 양쪽 모두 입장을 번복하지 않는다면 상황이 아주 안 좋은 방향으로 흘러갈 가능성이 크다. 화가 난 아내는 최소한의 집안일만 하거나(태업), 아예 손을 놓아 버릴 수도 있다(파업). 이를 직무 유기라고 판단한 남편은 거세게 항의할 것이고 아내 역시 굴복하지 않을 것이다. 싸움이 더 격화되면 돌아오지 못할 강을 건널지도 모른다.

남편이 '밖'에서 돈을 벌었다면 아내는 '안'에서 살림을 꾸려 왔다. 서로가 그 시간만큼의 노동을 빚지고 있는 셈이다. 그러므로 전반부의 게임은 비교적 공정하게 진행되었다고 할 수 있다. 지나온 삶의 무게를 저울에 달아 누가 더 무거웠는지를 가늠할 필요는 없을 것이다. 각자의 역할에 최선을 다했다면 그것으로 충분하다고 생각한다. 전반부의 삶은 복되게 청산되었다.

남편에게 정년이라는 변곡점이 변신의 기회를 제공하듯이, 아내도 후반부를 새롭게 맞이할 권리가 있다. 정년도, 은퇴도 함께 하는 것이다. 이인삼각은 서로 다른 두 사람이 같은 방향을 향해 걸어가는 게임이다. 넘어지지 않으려면 서로가 페이스메이커pacemaker가 되어야 한다. 함께 달리기가 끌고 가는 자와 끌려가는 자의 투쟁이 되면 경주를 이어 갈 수 없다. 부부의 삶도 그래야 한다고 생각한다.

· 고슴도치 딜레마 ·

너무 가깝게 있으면 서로에게 상처를 주고, 너무 떨어져 있으면 추위로 고통을 겪게 되는 관계를 일컬어 '고슴도치 딜레마hedgehog's dilemma'라고 한다. 고슴도치들은 오랜 시행착오 끝에 최적의 거리를 발견했고 그 결과 얼어 죽지 않을 만큼의 간격을 유지하면서 겨울을 보낸다. 인간관계도 '자립과 일체감 사이에 적당한 거리를 두는 게 좋다'는 의미로 많이 인용되는 표현이다.

부부 사이도 마찬가지다. 중년기 이후에 부부가 좋은 관계를 유지해 가려면 '사이'를 잘 조절해야 한다. 너무 다가서면 부담감을 느낄 수 있고, 그렇다고 너무 멀리 떨어지면 무관심해지기 쉽다. 원심력과 구심력의 중간 지대, '따로 또 같이'의 조화가 필요하다. 한 이불을 덮고 자는 사이지만 각자의 독립성을 존중해 주어야 한다. 생애 후반부에 접어든 부부가 참고하면 좋을 금언이다.

정년퇴직한 지 얼마 되지 않은 남편이 있다고 하자. 집 밖에 별도의 공간을 마련하지 않았다면 이전보다 집 안에서 지내는 시간이 훨씬 늘어나게 된다. 사냥터에 가 있어야 할 수컷 늑대가 둥지를 서성이는 장면은 아내의 눈에 어색하게 느껴진다. 집은 아내가 오랫동안 지배해 온 왕국이고, 남편에게는 잠시 머물다 가는 쉼터였을 터이니 말이다.

불편하긴 남편도 마찬가지다. 아내의 눈치를 살피다가 밖으로 도피하는 방법을 택한다. 산과 공원은 물론이고 번다한 도심에서도 거리를 헤매는 수컷 늑대를 쉽게 볼 수 있는 이유다. 은퇴자들이 밖을 서성이는 이유는 집 안에 자신의 물리적 공간이 없기 때문이다. 넓은 평수의 집에 살며 서재를 둔 이가 아니라면, 남편이 점유할 수 있는 공간은 없는 것이나 마찬가지다.

J씨(58세)는 아침 식사를 마치면 집 근처 도서관으로 출근한다. 그는 반년 전에 다니는 직장에서 퇴직했다. 정년이 몇 년 더 남았지만 따로

구상한 계획이 있어 일찍 희망 퇴직했다. 그는 지금 손해평가사 자격증을 따기 위해 공부 중이다. 늦은 나이까지 일할 수 있는 직업인 데다 향후 지구 환경이 나빠질수록 농작물 피해는 증가할 것이므로 미래 전망이 밝다고 보고 있다.

온라인으로 수업을 들어야 해서 따로 학습할 곳이 필요하다. 집에서 할까도 생각해 봤지만 이내 생각을 접었다. 집이라는 장소에 자신이 있을 공간이 거의 없다는 사실을, 퇴직한 후에야 비로소 알게 되었다. 두 방은 아이들이 쓰고 있고, 안방 침실과 거실 소파가 그에게 허락된 유일한 공간이었다. 게다가 집 안에 머물면서 아내 눈치를 끊임없이 살피는 모습이 처량하게 느껴졌다.

평일의 마을 도서관은 조용하고 쾌적하다. 도서관이 문을 여는 시간에 맞춰서 가기 때문에 고정 좌석에 앉을 수 있다. 머리가 희끗희끗한 중장년의 사내들이 열심히 공부하는 모습은 좋은 자극제가 된다. 점심은 근처 식당에서 해결한다. 인근에 주민들을 위해 조성한 숲이 있어 산책하기에도 좋다. 다른 약속이 없으면 도서관에서 지내다가 저녁 식사 시간에 맞춰 귀가하는 편이다.

자격증을 따고 나면 취업하거나 개인 사무실을 얻을 생각이다. 도서관은 공부하기엔 좋지만 편히 쉴 수 있는 장소는 아니다. 언제까지 일할지 모르지만 그는 자신만의 독립된 공간이 필요하다는 것을 절감한다. 집에만 머물면 매끼 식사를 아내에게 의존해야 하고, 무엇보다 하루 24시간을 함께 지내면 크고 작은 마찰이 생기기 쉽다. 아내도 내심 반기는 눈치다.

후반부의 이상적인 부부상像은 실과 바늘처럼 붙어 다니는 모습이 아니다. 고슴도치처럼 '사이'를 두는 게 좋다. 심리적 거리를 두라는 뜻이 아니다. 마음의 거리는 가까울수록 좋다. 물리적 거리가 가까워도 심리적 거리가 멀어지면 아무 소용이 없지만, 심리적 거리가 가까우면 물리적 거리는 문제가 되지 않는다. 불가근 불가원 不可近 不可遠의 지혜가 필요하다.

어떻게 하면 될까? 시간의 '재량'을 부여하고 공간을 '분리'하면 된다. 시간 재량이란 일상생활의 틀에서 벗어나 하고 싶은 일을 할 자유가 주어지는 것을, 공간 분리란 간섭받지 않고 마음 편히 지낼 수 있는 독립적 공간을 마련하는 것을 의미한다. 같이 있는 시간과 따로 있는 시간, 함께 공유하는 공간과 따로 분리된 공간을 나눔으로써 생활의 균형과 조화를 유지해 가는 것이다.

아내의 시간 재량에서 가장 큰 걸림돌은 '끼니'다. 세끼 식사를 모두 아내에게 의존하며 사는 간 큰 남자는 거의 없겠지만, 산업화 세대는 물론이고 베이비붐 세대 남편의 대다수는 끼니 해결을 아내에게 의존하고 있다. 친구들과 길게 여행을 가고 싶어도 남편의 밥을 걱정하는 아내가 많다. 남편이 조리 능력을 갖추고 있다면 이 걸림돌은 일시에 사라진다.

후반부에 접어든 중장년층을 인터뷰하면서 '요리할 줄 아는 남자'가 의외로 많다는 사실을 확인했다. 국과 찌개, 반찬은 기본이고 김치도 담글 줄 아는 실력자도 있었다. 뒤늦게 재능을 발견한 것일 수도 있고, 생존을 위한 선택일 가능성도 있다. 은퇴한 부부가 사는 가정에서 요리할 줄 아는 것이 자랑거리가 아니라, 요리할 줄 모르는 것이 힐난의 대상이 되는 세상이 조만간 올 것 같다.

남편의 공간 분리에서 가장 큰 걸림돌은 '놀이'다. 놀이가 없는 사람일수록 집 안에서 지내는 시간이 많다. 소파에 누워 핸드폰이나 만지작거리는 남편을 예쁘게 봐 줄 아내가 몇이나 되겠는가. 집은 쉼터지 놀이터가 아니다. 후반부의 긴 세월을 아무 일도 하지 않고 집에서만 지낼 생각이 아니라면, 자신만의 놀이 공간과 아지트agit가 있어야 한다.

전반부가 사냥터와 둥지를 왕래하며 사는 방식이었다면, 후반부는 놀이터와 쉼터를 순환하며 사는 것이다. 후반부의 삶에서 놀이가 가진 의미를 다시 강조할 필요는 없을 것 같다. 친구들과 공동 사무실을 얻어 출근 도장을 찍어도 되고, 체력 단련과 취미 활동을 축으로 삼고 시간 계획을 짜도 된다. 일터가 곧 놀이터인 삶, 놀이터와 쉼터가 분리된 삶을 사는 것이 최선의 방책이다.

· 사랑의 언어 ·

인간의 몸은 남성과 여성 호르몬을 같이 분비한다. 다만 남성은 남성 호르몬, 여성은 여성 호르몬의 분비량이 더 많을 뿐이다. 그런데 갱년기에 접어들면서 이 흐름이 바뀐다. 남성은 남성 호르몬의 분비량이 줄고, 여성은 여성 호르몬의 분비량이 준다. 이 말은, 남성은 여성 호르몬의 점유율이 높아지고 여성은 남성 호르몬의 점유율이 높아진다는 뜻이기도 하다.

중년기 남성이 길을 걷다가 예쁜 꽃을 보고 걸음을 멈추거나 드라마를 보면서 눈물을 흘리는 모습, 젊은 시절엔 차분한 성격의 여성이 나이를 먹으면서 괄괄한 성격의 아줌마로 돌변하는 현상은 이런 이유 때문이다. 충동적 성향이 나타나고, 감정의 기복이 심해지며, 만사가 시들해져 자극적인 쾌락을 좇기도 한다. 남녀 모두 '제2의 질풍노도疾風怒濤 시기'를 맞이하고 있는 셈이다.

이 시기에 부부 관계가 틀어지는 경우가 많다. 호르몬 변화로 인한 신체적, 심리적 변화가 부부 사이를 소원하게 만드는 요인으로 작용하는 것이다. '두 번째 사춘기'라 부르는 갱년기를 지날 때 부부 사이가 나빠지지 않도록 해 주는 열쇠가 소통이다. 서로의 감정과 마음 상태를 표현하는 게 중요해진다. 상대가 잘 인지하지 못하는 부분을 알려 주어 메타인지metacognition 능력을 키우는 것이다.

메타인지란 상황을 객관화해서 바라보는 것을 말한다. 부부 싸움이 생겼을 때 원인을 제공한 사람이 나인지, 상대가 잘못한 것인지, 혹은 다른 외부적 요인 탓인지를 분별하는 것이다. 이 인지 능력이 발달한 부부는 대화를 통해 분쟁을 해소하지만, 그렇지 않은 부부는 서로의 탓을 하며 소모적인 감정 싸움에 휘말릴 가능성이 높다. 이성이 감정을 통제할 힘을 잃는 것이다.

인지 능력이 좋아도 싸우는 건 무슨 이유일까? 언어 때문이다. 상대를 자극하는 거친 말들이 오가면 이 능력은 무력화된다. 반대로 인지 능력이 나빠도 서로에게 고운 말을 쓰면 싸움의 빈도는 줄어든다. 존중과 배려의 느낌이 담긴 말을 듣고도 상대를 공격하는 사람은 없다. 말과 언어가 가진 힘이다. 사랑의 언어는 마음을 녹인다.

C씨(53세)와 L씨(52세) 부부는 평상시에 대화할 때 존댓말을 쓴다. 처음부터 그랬던 건 아니다. 40대 중반 무렵, 이런저런 일로 부부 싸움이 잦아지자 경어敬語를 사용하면 사이가 좋아지지 않을까라는 기대감으로 시작했다. 문장 뒤에 글자 하나를 추가했을 뿐인데 변화는 컸다. 말다툼이 현저하게 줄었고, 화가 난 상태에서도 존댓말로 대화를 나누다 보면 감정이 저절로 가라앉았다고 한다.

크고 작은 결정을 할 때 부부는 서로의 의사를 먼저 확인한다. 무언가를 요청할 때도 직설적인 표현은 잘 쓰지 않는다. 태도와 표현이 중요하다고 믿기 때문이다. 이 부부는 갱년기를 무사히 잘 넘겼다. 존댓말을 쓰면서 자연스럽게 서로를 존중하는 태도가 만들어진 덕분이다. 그는 내용이 형식을 규정하기도 하지만, 반대로 형식이 내용을 규정할 수 있다고 말한다.

지금도 부부 관계는 무척 좋다. 바쁜 와중에도 대화하는 시간을 많이 가지려고 노력한다. 애정을 표현하는 문자 메시지도 자주 보내는 편이다. 가끔 친구들이 정색하며 놀리지만 그는 개의치 않는다. 도리어 애정 표현에 인색한 이들을 나무라기도 하고, 존댓말이 주는 효과에 대해 가르쳐주기도 한다.

부모가 존댓말로 대화하니 아이들도 반말을 쓰지 않는다. 아이들과 대화할 때도 경어를 쓰려고 애쓰는 편이다. 예를 들면, 문자를 보낼 때 '아들, 오늘 늦어?'가 아니라 '오늘 언제쯤 오시나요, 아드님?'이라고 쓴다. 부부는 어릴 때부터 부모의 존중을 받으며 성장한 아이가 삐뚤어질 가능성은 없다고 믿는다. 이들의 대화를 지켜보면서 신기해하는 이도 많다고 한다.

부수려고 하지 말고, 더 나은 그림을 보여 주라는 말이 있다. 지적하지 말고, 상대가 깨달을 수 있도록 도와주라는 뜻이다. 다른 이의 말이 귀에 거슬리거나 옳지 않다고 판단하면 어김없이 채찍을 꺼내 휘두르는 사람이 있다. 설사 그 판단이 객관적으로 옳다고 하더라도 이런 식의 대응은 상대를 교정시키기는커녕 반발심만 키우기 마련이다.

데일 카네기Dale Carnegie는 결혼 생활의 무덤을 파는 가장 빠른 길은 잔소리와 불평을 늘어놓는 것이라고 말한다.[*] 잔소리는 화자話者 입장에선 조언이고, 청자聽者 입장에선 '지적질'이다. 아무리 바른말이어도 잔소리로 들리면 사람들은 귀를 닫는다. 중요한 건 상대의 마음을 여는 것이지, 옳고 그름을 따지는 것이 아니다. 악기에서 흘러나오는 선율은 아름다운 음악이 될 수도, 불쾌한 소음이 될 수도 있다.

표현도 악기처럼 학습과 훈련이 필요하다. 말로 할 때는 상대를 배려하는 언어를 사용하는 게 좋고, 글로 할 때는 따뜻한 느낌을

[*] 데일 카네기, 임상훈 옮김, 《데일 카네기 인간관계론》, 현대지성, 2019.

주는 단어를 넣는 게 좋다. 눈으로 할 때는 상대방과 초점을 맞추는 게 좋고, 몸으로 할 때는 동작이 클수록 좋다. 말과 글, 눈과 몸은 마음을 표현하는 도구이지만 어떻게 쓰는가에 따라 전달력이 달라진다.

무시하는 말투, 차갑고 건조한 글, 눈을 마주치지 않는 습관, 기분을 상하게 하는 동작이 반복되면 상대는 등을 돌린다. 배려와 존중이 배어 있는 말, 따뜻한 정이 흐르는 글, 온화한 미소를 머금은 눈동자, 웃음을 자아내는 몸동작은 상대를 무장 해제시킨다. 증오의 언어는 얼음장처럼 차갑고 사랑의 언어는 이불처럼 따뜻하다. 표현은 사랑의 유통 기간을 늘릴 수 있는 강력한 수단이다.

사랑을 표현하는 방법 중 '으뜸'은 발을 씻어 주는 것이다. 발은 신체의 하중을 모두 떠안고 있는 기관으로 늘 피로에 절어 있다. 발가락은 우리 몸에서 가장 더러운 곳이다. 누군가에게 발을 맡긴다는 건 부끄러운 일이며 동시에 상대를 온전히 신뢰한다는 뜻이다. 미혼의 남성이 여성의 발을 씻어 주는 행위는 나와 결혼해 달라는 청혼과 같다.

크게 상심한 일이 생겼거나 유난히 피곤해 보이는 어느 날 남편은 아내의, 아내는 남편의 발을 씻어 주는 것이다. 상대를 의자에 앉히고 미지근한 물에 발을 담그게 한 다음 천천히 발을 닦아 주면 된다. 10분 남짓한 이 거룩한 행사는 두 사람의 친밀도를 무한대로 끌어올리는 마법을 발휘한다. 어떤 말보다 강력한 애정의 표현이다. 몸이 표현하는 언어는 말이나 글보다 힘이 센 법이다.

부부는 살면서 서로 닮아 간다. 같은 음식을 먹고 비슷한 생각을 공유하면서 오랜 시간 같이 지내다 보면 생활 방식과 습관이 유사해지기 마련이다. 함께 사는 이들은 특정한 얼굴 근육을 많이 사용하기 때문에 타인에게 풍기는 느낌과 인상이 비슷해지는 것이라는 해석도 있다. 이 동질화同質化의 범주엔 언어도 포함되어 있다.

　　거친 말을 쏟아 내는 남편 곁엔 잔소리가 습관화된 아내가 있고, 자상한 남편 곁엔 고운 말을 쓰는 아내가 있기 마련이다. 언어에도 온도가 있다. 용광로처럼 뜨거운 말과 행동은 상대에게 정서적 화상을 입히고, 얼음장처럼 차가운 표현은 상대의 마음을 돌려세우기는커녕 꽁꽁 얼어붙게 만든다.* 사랑의 언어는 따뜻한 온기를 품은 장작불처럼 은은하게 상대의 마음을 데운다.

* 이기주, 《언어의 온도》, 말글터, 2016.

6

관계 맺음의 미학

삶은 만남과 헤어짐의 연속이다. 만남은 좋은 것이지만 헤어짐을 아쉬워할 필요는 없다. 퇴직과 정년, 은퇴를 거치면서 사회에서 맺은 인연은 대부분 먼지처럼 흩어진다. 특히 업무로 알게 된 사람과 만남을 이어 가는 경우는 드물다. 업무는 '거래'가 기본인데, 주고 받을 게 없어지면 관계가 자연스럽게 끊어지게 된다. 핸드폰에 저장된 이름 중 9할은 그런 사람일 것이다.

우연히 길에서 마주친다 해도 인사를 나누는 것으로 족하다. 인연이 다한 것이다. 인연因緣은 본래 불교 용어다. 사람과 사람의 연결(人連)이라고 생각하는 이가 많지만 의미가 다르다. 인因은 우주

만물이 작동하는 내적 원인을, 연緣은 그 원인을 돕는 외적 환경을 말한다. 씨앗이 인이고, 물과 햇빛이 연이다. 꽃이 인이고 나비가 연이다. 열매는 인연이 만들어 낸 자연의 결과물이다.

누군가와 인연을 맺는다는 건 묶일 만한 이유가 있다는 뜻이다. 씨앗이 물과 햇빛의 힘으로 싹을 틔우듯, 서로에게 의미 있는 존재가 됨을 말한다. 억겁億劫의 인연이 쌓여야 만날 수 있다는 부부가 대표적이다. 생명이 주어진 것처럼, 강제로 묶여 버린 인연도 있다. 혈연血緣이 그러하다. 핏줄로 연결된 인연은 좋든 싫든 사는 동안 숙명처럼 안고 가는 끈이다.

전반부를 살며 일과 업무로 만난 이들 중에는 당장이라도 끊고 싶었지만 어쩔 수 없이 인연을 이어 간 사람도 있었을 것이다. 궁합이 잘 맞지 않는 직장 상사, 머리를 한 대 쥐어박고 싶은 부하 직원, 끊임없이 갑질을 일삼던 거래처 담당자 등등. 후반부는 더는 보고 싶지 않은 이들과의 악연惡緣을 정리할 수 있는 절호의 기회다. 마침내 인간관계를 내 뜻대로 재구성할 수 있게 된 것이다.

전반부의 관계 맺음은 '깊이'보다 '넓이'를 추구했다. 소수의 사람과 깊은 인연을 맺기보다 인맥을 최대한 넓히는 게 현명한 처세술이었다. 이곳이 어디인가? 연緣이 지배하는 사회(대한민국은 혈연, 학연, 지연 등 '연'이 지배하는 공화국이다), 망의 넓이가 성공의 발판이 되는 나라 아닌가. 요소요소, 구석구석에 아는 사람이 많다는 건 아쉬울 때 비빌 언덕이 있다는 뜻이다. 당신도 나도 이 원리를 충실히 따르며 명함을 수집했다.

하지만 후반부에 들어서면 이 인연들의 대부분은 무용지물이 된다. 우리 시대의 인연이란 무척 가볍고 볼품없는 것인지도 모른다. 그렇다면 어떤 관계를 맺어야 하는 걸까? 넓이는 의미가 없으니 깊이를 추구하면 되는 걸까? 씨앗이 햇빛을 만나고, 꽃과 나비가 만나는 소중한 인연의 끈을 이어 갈 길은 없는 것일까? 좋은 삶의 네 기둥 중 하나인 관계를 잘 만들어 갈 방법은 무엇일까?

· 관계 지향 구도 ·

〈그림 2-18〉은 인생 후반부의 인간관계 지향성을 표현한 것이다.
가로축은 시간의 흐름을, 세로축은 관계의 폭/넓이를 뜻한다. 후반부에 접어든 이들의 관계 지도를 살펴보았는데 크게 4가지 유형이 존재한다는 것을 알 수 있었다.

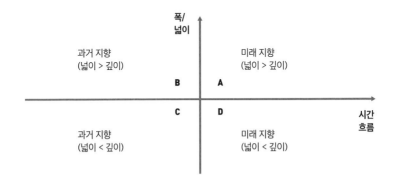

<그림 2-18> 후반부 인간관계 지향성 구도

A: 미래 지향형, 깊이보다 넓이를 추구

B: 과거 지향형, 깊이보다 넓이를 추구

C: 과거 지향형, 넓이보다 깊이를 추구

D: 미래 지향형, 넓이보다 깊이를 추구

A는 미래 지향적 관점에서 새로운 관계망을 형성하는 유형이다. 기호와 취향이 같은 사람들과 얇고 넓은 관계를 맺는 것이 특징이다. 특정한 가치에 얽매이지 않고 새로운 일에 도전하는 걸 즐기는 유목민nomad 기질을 가진 이가 많다. 동호회가 대표적이다. 회원들끼리 정기적으로 만나 책을 읽거나, 사진을 찍으러 다니거나, 공을 차는 등 '놀이'를 매개로 망이 형성된다.

만남의 목적이 분명하고 지향하는 방향이 같아 불필요한 잡음이 끼어들 여지가 적다. 누가 어느 대학 출신이고 어느 정당을 지지하는지, 과거에 무슨 일을 했는지는 중요치 않다. 놀이를 위해 만나는 것이어서 놀이가 싫어지거나 사이가 틀어지면 언제든 관계를 청산할 수 있다(인간이 만든 모든 조직이 그러하듯 이끄는 자leader와 따르는 자follower 사이에 반목이 생기면 모임이 깨지는 경우가 많다). 가벼운 만큼 부담감이 적지만 농도가 옅어서 형식적 관계를 벗어나지 못하는 단점이 있다.

B는 전반부에 맺은 인연을 중심으로 망을 확대해 가는 유형이

다. 지연, 학연으로 연결된 망을 키우고 확장하는 데 관심이 많다. 향우회, 동창회, 동문회, 직장 OB 모임 등에 빠짐없이 출석하는 사람들이 이 부류에 속한다. 추억을 공유하고 있다는 점, 높은 친밀도와 일체감을 느낄 수 있다는 점 때문에 산업화 세대와 베이비붐 세대가 가장 선호하는 관계 형성 방식이기도 하다.

C는 과거 인연을 중심으로 관계를 맺지만 넓이보다 깊이를 추구하는 유형이다. 마음이 잘 통하는 소수의 사람과 깊은 관계를 형성하는 걸 좋아한다. 세상을 바라보는 관점이 비슷해 마음이 잘 통하고 오랜 시간 교류를 이어 온 덕에 서로에 대한 신뢰가 두텁다. 새로운 사람을 만나 사귀는 건 한계가 있으므로 오랫동안 알고 지낸 이들과 교류하며 우정을 쌓아 가는 것이 좋은 관계 맺음이라고 생각한다.

D는 미래를 공유하는 사람들과 밀도 있는 인간관계를 맺어 가는 유형이다. 기호와 취향, 세계관이 비슷한 이들끼리 만난다는 점에서 A와 차이가 없지만, 다수의 사람과 얇고 넓은 관계를 맺기보다 소수의 사람과 깊은 관계를 유지해 가는 걸 선호한다. 학문과 예술 등 전문성이 요구되는 분야에 관심을 가진 사람이 많다. 진입 장벽이 높아 폐쇄적인 속성을 지닌다.

이 분류 기준은 기계적인 해석일 뿐 실제로는 복수의 유형에 속해 있는 경우가 많았다. A에 속한 이가 C에 포함되어 있었고, B에 포함된 이가 D에 속해 있었다. 4가지 유형에 모두 발을 걸치고 있는 경우도 존재했다. 당연한 현상이지만 2개의 봉우리를 넘는 쌍

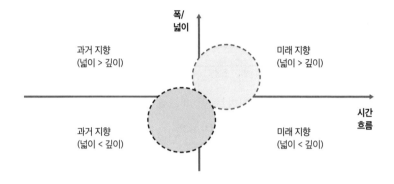

폭/
넓이

과거 지향
(넓이 > 깊이)

미래 지향
(넓이 > 깊이)

시간
흐름

과거 지향
(넓이 < 깊이)

미래 지향
(넓이 < 깊이)

<그림 2-19> 후반부 인간관계 지향성 분석

봉낙타는 A 또는 D에, 하나의 봉우리만 넘는 단봉낙타는 B 또는 C
에 속한 경우가 훨씬 많았다.

이 관계 지도를 펼쳐 놓고 당신의 위치가 어디인지 살펴보길 바
란다. 만약 B/C가 전부이고 A/D에 발을 들이지 않고 있다면, 당신
은 과거의 시간 속에 머물러 있을 가능성이 크다. 당신의 관계망
속에는 미래 지향이 없다. 만약 A/D가 주요 활동 무대이고 B/C에
머물지 않는다면, 당신은 과거의 인연은 큰 의미가 없다고 믿는 사
람일 것이다.

필자의 견해를 묻는다면 오랜 시간 알고 지낸 지인들과는 '깊은'
관계를 맺는 것이, 새로 사귀는 사람과는 '얕은' 관계를 맺는 게 좋
다고 생각한다. 전자는 추억이라는 공감대가 있어서 긴장하지 않
고 만날 수 있는 사이라 좋고, 후자는 내 기호나 추구하는 삶의 방
향을 공유하는 사람들이므로 즐거운 시간을 함께 보낼 수 있으니

말이다. 어느 한쪽으로 쏠리는 것보다 사람에 따라 만남의 형태를 다원화하는 게 더 낫지 않을까.

동창 모임에 가서 이야기를 나눠 보면, 예전에 친했던 사이라 해도 살아온 세월의 '더께'만큼 생각의 차이가 크다는 걸 알게 된다. 지지하는 정당이 다르고, 사회 문제를 바라보는 관점이 다르다. 차이를 넘어서는 우정을 키워 갈 수도 있지만 그런 수고를 기울일 동기가 느껴지지 않을 수 있다. 결국 후반부에 깊은 관계를 맺는 이들은 이런 제약에서 자유로운, 소수의 사람일 가능성이 크다.

만나면 늘 반가운 친구, 존경하는 선배와 아끼는 후배, 가족의 이름과 얼굴을 아는 사이, 언제든 부담 없이 연락할 수 있는 관계. 당신이 세상을 떠났을 때 장례식장에 제일 먼저 달려올 사람이 그들이다. 좋아하는 사람과 즐거운 시간을 갖는 것만큼 큰 기쁨이 어디 있겠는가. 많든 적든 이들과 더불어 살아가는 것이 곧 행복일 것이다. 그런 시간을 갖기에도 남은 시간은 턱없이 부족할지 모른다.

· 아무나 만나지 마라 ·

퇴직과 정년, 은퇴의 강을 건넌 이들은 이중의 외로움을 겪는다. 하나는 물리적이고 하나는 감정적이다. 물리적 외로움은 사회적 관계망의 단절에서 온다. 하루하루가 약속과 회의 등 사람과의 대면으로 채워져 있던 직장인의 삶에서 떨어져 나와 홀로 남게 되면 고립감이 밀려든다. 어딘가에 속하고 싶고, 누구와 같이 있고 싶다는 마음이 뭉게뭉게 피어오른다.

감정적 외로움은 인정 욕구need for approval와 관련이 깊다. 인간은 누구나 타인에게 인정받고 싶어 한다. 전반부에 당신은 성실한 남편, 훌륭한 상사, 멋진 선배라는 찬사를 받으며 살았을지 모른다. 하지만 후반부에 들어서면 내 존재를 인정받을 기회가 흔치 않다. 존재감이 사라지면서 외로움이 밀려온다. 타인의 눈으로 자신을 평가하는 경향이 있는 사람일수록 강도는 세다.

현직에서 물러난 이가 옛 동료와 후배에게 전화를 걸어 안부를 묻거나 특별한 일이 없음에도 만나기를 청하는 건 외로움을 달래기 위한 몸짓이다. 외로움을 떨치기 위해 사람의 숲으로 가고 싶은 것이다. 이런 행동은 자연스러운 현상이기도 하지만 위험성도 내포하고 있다. 홀로 지내는 고독감이 두려워 사람들 속으로 도망가면 진짜 자기와 마주할 기회를 놓칠 수도 있기 때문이다.

중장년과 시니어 중에는 인간관계에 유난히 집착하는 사람들이 있다. 이들의 일상은 만남과 어울림으로 가득하다. 누군가와 함께 있어야만 편안함을 느낀다. 식당에서 혼자 밥 먹는 걸 어색하고 불편하게 여긴다. 영화관에 혼자 가거나 나 홀로 여행을 떠나는 일은 절대로 하지 않는다. 이들은 타인과의 관계 안에서 '나'라는 존재를 발견하고, 그들의 평가와 인정을 영양분 삼아 삶을 꾸려 간다.

하지만 후반부에 접어들면 어쩔 수 없이 혼자 있는 시간이 늘어난다. 매끼의 식사를 늘 누구와 함께할 순 없다. 반려자가 언제까지 곁에 머물러 있는 것도 아니다. 나이 들수록 혼자 있는 시간에 익숙해져야 한다. 외로움을 달래려고 아무나 만나 시간을 죽이기보다 홀로 지내는 훈련을 해야 한다. 던지면 다시 돌아오는 부메랑처럼, 고독을 피하려다 더 깊은 고독의 늪으로 빠져들지 모른다.*

　독일의 철학자 쇼펜하우어의 철학을 빌면, 사람은 혼자 있을 때 진정한 자신이 될 수 있다. '나'를 돌아보고 성찰하는 시간을 가져야 한다. 고독은 인간적 상호 작용의 압박에서 벗어나 진정한 나 자신이 될 기회를 제공한다. 인간관계를 끊고 혼자 지내라는 뜻이 아니다. 세상과 나 사이에 억지로 사람을 끼워 넣지 말라는 것이다. 세상과의 관계 맺음은 사람을 통해야만 달성되는 게임이 아니다.

　　J씨(62세)는 올해부터 학교 동창 모임에 나가지 않는다. 정년퇴직 후에 몇 번 모임에 참석했지만 의미를 찾기 어려웠다. 같은 학교에 다니며 인연을 맺은 친구들이 모여 우정을 키우는 건 좋은 일이지만, 수십 년 동안 다른 세계에서 살아온 탓에 공감대를 만들기가 힘들뿐더러 '차이'를 넘어서는 노력을 하는 것이 부질없다는 생각이 들었다.

　　어느 모임이나 생각이 다른 사람은 있기 마련이지만 상대에는 관심이 없고 자기만 앞세우는 친구, 여럿이 모인 자리에서 혼자서만 말을 독점하려는 친구, 특정 종교나 정당에 대한 신념이 너무 강한 나머지 부담을 주는 친구, 과시욕이 넘쳐 나고 배려심이 부족한 친구들을 대하며

---

* 프로이트는 이를 '억압된 것의 회귀(return of the repressed)'라는 개념으로 설명한다. 어떤 심리 상태에서 벗어나려는 감정을 억압하면 다시 원래 상태로 돌아온다는 뜻이다.

마음이 불편했다. 문득 '이 자리에서까지 감정 노동을 해야 하나?'에 생각이 미치자 아까운 시간을 소모하고 있다는 느낌이 들었다.

그는 요즘 혼자 있는 시간을 많이 가지려고 하는 편이다. 자신과 마주한다는 게 여전히 낯설게 느껴지지만 점점 익숙해지고 있다. 지금까지 타인과 많은 시간을 함께 보냈지만 순간의 쾌락을 누리려는 것이었을 뿐이지 정작 남는 건 없었다는 생각이 든다. 이제는 타인에게 잘 보이기 위해 억지로 가면을 쓰는 일 따위는 하고 싶지 않다.

그는 고독감을 느끼지 않고 혼자서 지내는 힘을 기르는 중이다. 인간관계를 끊기 위해서가 아니라 그로부터 자유롭기 위해서다. 가끔 외롭다는 생각이 들기도 하지만 자신과 대화하면서 예전에는 잘 몰랐던 것을 아는 기쁨도 크다. 마음을 충전시키려면 좋은 만남을 가져야 한다는 것. 관계의 폭을 줄일수록 밀도가 높아져 좋은 만남을 이어 갈 수 있다는 사실을 깨우치고 있다.

이솝 우화 중 인간의 성격 변화를 다룬 재미있는 이야기가 있다 《말과 소와 개와 사람》). 제우스 신이 처음 사람을 만들 때는 짧은 생명을 주었다고 한다. 사람은 머리를 써서 집을 만들어 살고 있었는데, 추위가 극심한 어느 날 말이 찾아와 피난처를 제공해 달라고 요청했다. 사람은 수명을 주면 그렇게 하겠다고 했고 말은 그 제안을 수용해 자기 수명의 일부를 주었다.

얼마 후, 밖에서 겨울을 나기 힘들었던 소가 찾아왔다. 사람은 같은 조건을 제시했고 소도 수명의 일부를 주고 집 안에 들어올 수 있었다. 마지막으로 개가 찾아왔는데 마찬가지로 수명 일부를 건네주고 피난처를 제공받았다. 결과는 어떻게 되었을까? 최초로 받은 수명 기간 동안 인간은 착하고 순수한데, 말이 준 수명에 이르면 큰소리를 치고 허세를 부린다. 소가 준 수명에 이르면 위풍당당해지고, 개가 준 수명에 이르면 걸핏하면 화를 내고 짖어 댄다고 한다.

나이를 먹을수록 남의 이야기를 들으려 하지 않는 늙은이를 빗댄 우화일 것이다. 2000년 전이나 지금이나 인간의 모습은 변함이 없는 것 같다. 별것 아닌 일에도 예민하게 반응하며 화를 내는 중장년과 시니어를 주변에서 흔하게 볼 수 있다. 노인들이 화를 자주 내는 이유는 뇌의 전두엽이 퇴화하기 때문이라고 한다. 전두엽은 생각, 감정, 행동을 조절하고 통제하는 역할을 담당하는 기관이다.

전두엽 발달이 지연되어 생기는 대표적인 증상이 주의력결핍 과잉행동장애, 즉 ADHD다. 노인들이 화를 참지 못하는 건 인내심이 부족해서가 아니라 물리적인 퇴화가 원인이라는 뜻이다. 여성보다 남성의 전두엽 손상이 더 빠르다고 하지만 이는 일반적 설명일 뿐 개인에 따라 차이가 있다. 연배가 높아도 자애심이 가득한 어르신도 많다.

사람들과 접촉해 보면 누구를 피하는 게 좋을지가 훤히 보인다. 오랜 관계의 경험에서 터득한 지혜라고 할까? 전반기에 이룩한 성과를 뽐내며 끊임없이 자기 자랑을 늘어놓는 사람, 대화할 때 상대의 말허리를 습관적으로 끊는 사람, 속물근성이 물씬 풍기는 사람,

만나고 나면 에너지를 빨려서 피로감이 엄습하는 사람과는 다시 대면하지 않는 게 정신 건강에 좋다.

과거의 눈으로 현재와 미래를 바라보는 사람도 멀리하는 게 좋다. 이들은 이미 유효 기간이 끝난 지식과 세계관을 방패 삼아 세상을 멋대로 재단한다. 낡은 생각의 틀을 깨기는커녕 그 속에 안주하며 의미 없는 잡설을 쏟아 내기 일쑤다. 지난 시절의 추억을 회상하며 소주잔을 기울이는 건 한두 번이면 족하다. 젊은이들에게 꼰대 소리를 듣는 이들이 이 유형이다. 새로움이 없고 진부하다.

누구와 가까이 지내면 좋을까? 이미 많은 걸 갖고 있음에도 겸손할 줄 아는 사람, 자기 생각을 강요하지 않고 경청할 줄 아는 사람, 자신을 드러내지 않아도 품격이 느껴지는 사람, 공감 능력이 좋아서 상대의 말에 추임새와 맞장구를 넣어 주는 사람, 지식을 자랑하지 않으면서도 깨달음을 주는 사람, 만나고 나면 에너지가 충전되는 느낌을 주는 사람일 것이다.

공부하는 사람이 곁에 있다면 당신은 운이 좋은 사람이다. 이들은 변화하는 세상을 관찰하며 낡은 지식을 갱신하는 데 열심이다. 새로움을 좇고 다른 각도에서 사물을 보려 한다. 과거에 깨우친 삶의 지혜와 현실의 지식을 더해 자신만의 관점을 정립하고자 힘쓴다. 이런 부류를 만나면 따로 책을 읽지 않아도 저절로 공부가 된다. 만남이 거듭될수록 배움이 깊어진다.

무엇보다 자신을 돌아볼 필요가 있을 것 같다. 나는 타인의 눈에 어떤 사람으로 비칠까? 유교의 경전 중 하나인 《역경易經》은 인간의 종류를 군자, 대인, 소인, 비인非人으로 구분한다. 소인은 자기 이익만을 좇는 사람이고, 비인은 사람의 자격을 갖추지 못한 사람을 말한다.[*] 대인으로 평가받지는 못할지언정 비인이 되어서는 곤란하지 않겠는가. 잘 늙어 간다는 건 무척 어려운 일임이 틀림없다.

· 혈연이라는 특수성 ·

'위급 상황 발생 시, 아이 먼저 구해 주세요.'

　자동차 후면 유리창에 붙어 있는 이런 문구를 한 번쯤 보았을 것이다. 부모의 내리사랑을 가장 상징적으로 보여 주는 증표다. 세상의 모든 부모는 다 같은 심정이리라. 자식을 살리고자 하는 마음은 생명체의 본능이다. 혈연, 즉 핏줄로 연결된 인연은 강철처럼 단단해 어떤 힘으로도 쉽게 제압할 수 없다.

　한편, 인간 사회에서 혈연만큼 복잡한 애증 관계도 없는 것 같다. 형제자매 사이가 솜사탕처럼 부드러운 가족이 있는가 하면, 관계가 틀어져 남보다 못한 사이가 된 집도 부지기수다. 자식에게 버림받는 부모가 있고, 자녀들의 극진한 보살핌을 받으며 평화롭게 눈을 감는 이가 있다. 친척들과 왕래가 빈번한 일가도 있고, 초상이 나도 얼굴을 비치지 않는 집안도 있다.

　혈연은 강제로 부여된 묶음이다. 관계를 인위적으로 단절한다고

---

[*] 강기진, 《오십에 읽는 주역》, 유노북스, 2023.

연이 끊어지는 게 아니다. 부모가 이혼해 다른 가정을 꾸려도 자식들과의 관계는 이어지기 마련이다. 자녀의 성공을 위해 온갖 정성을 쏟은 부모가 훗날 자식들에게 홀대받는 처지가 되어도 어쩔 도리가 없다. 물이 위에서 아래로 흐르듯, 피붙이를 키우고 돌봐야 하는 건 부모의 운명이다.

그렇다면 어디까지가 부모가 책임져야 할 영역일까? 부모 역할을 잘했다고 말할 수 있는 선은 어디까지일까? 노후 자금을 헐어 자녀 교육 자금에 붓는 건 현명한 판단일까? 결혼하는 자녀를 위해 꼭 주택 자금을 마련해 주어야 하나? 성인이 된 자녀는 생존 능력이 부족해도 독립시키는 것이 맞을까? 노후에 자녀에게 생활비를 요구하는 건 부끄러운 일일까? 한 번쯤 던져 보았을 질문일 것이다.

H씨(63세)는 최근 이사하려던 계획을 접었다. 장성한 두 아들이 분가하면 지금 사는 집을 팔고 작은 평수의 아파트로 옮길 계획이었는데, 아이들의 결혼과 독립이 요원한 상황이어서 별수 없이 그대로 머물기로 했다. 큰아들은 취업해 직장을 다니고 있는데 당분간 결혼할 계획이 없다. 둘째는 취업 준비생으로 집에 머무르며 아르바이트로 용돈을 버는 중이다.

애초엔 자녀를 독립시킨 후 작은 집으로 옮기고 매매 차액은 아이들 주택 자금으로 쓸 생각이었다. 집을 사 줄 형편은 안 되지만 전세 자금은 지원해 주려고 부부는 오래전부터 생각해 왔다. 자신들이 결혼할 때 부모한테 받은 게 없어서 신혼집 장만에 고생했기 때문이다. 하지만 아이들이 집을 언제 떠날지 알 수 없으니 이 계획도 수정이 불가피해졌다.

그는 정년퇴직 후에 아직껏 일자리를 구하지 못하고 있다. 큰아들이 돈을 벌긴 하지만 네 식구가 살아가려면 정기적인 수입이 필요한 상황이다. 당장은 보유한 돈으로 메우고 있지만 마음이 편치 않다. 큰 평수의 아파트라 관리비도 많이 든다. 주택 연금을 받을까도 생각해 봤지만 살아갈 날이 많이 남았는데 너무 이르다는 생각이 든다.

자식이 크면 부모 곁을 떠나 독립하는 게 자연스러운 일인데, 홀로서기가 만만치 않은 상황이니 결혼을 강요할 수도 없다. '그렇다고 언제까지 아이들을 끼고 살아야 하는가'에 생각이 미치면 가슴이 답답해진다. 주변을 둘러봐도 캥거루족으로 사는 이가 무척 많은 것 같다. 요즘 친구들을 만나면 '자식이 결혼은 안 해도 좋으니 독립해서 나갔으면 좋겠다'라는 이야기를 자주 한다.

가족의 틀로 보면, 베이비붐 세대의 상당수는 삼중고三重苦를 안고 살아간다. 삼중고란 부모를 봉양하고, 자식을 양육하고, 노후의 삶도 책임져야 하는 짐을 말한다. 형편이 넉넉한 소수를 제외한 대다수는 배 어딘가에 구멍이 뚫린 채로 힘겨운 항해를 이어 가고 있다. 노후 준비는 언제나 마지막 순위로 밀린다. 부모 봉양과 자식 양육은 당장 해결해야 할 과제지만 노후는 발등에 떨어진 불이 아니기 때문이다.

이 세대는 대학 간판이 곧 성공의 보증 수표라는 사실을 삶으로 체험했다. 동시에 부모 봉양이 얼마나 고된 일인지를 잘 알고 있다. 자식의 성공을 위해 가진 재산을 아낌없이 털어 넣으면서도, 부모 봉양의 짐을 자식들에게 지우고 싶지 않다는 심리가 함께 작동한다. 이 눈물 나는 노력을 통해 두 마리 토끼를 잡을 수 있을지 몰라도, 세 번째 토끼를 잡기란 역부족인 것 같다.

부양을 바라보는 인식은 연령대별로 어떤 차이가 있을까? 한 시장 조사 전문 기업이 20~50대 연령층을 대상으로 조사한 바에 따르면 연령대가 높을수록 부모 부양에 대한 책임감이 높은 반면, 자식에게 부양 의무를 지우고 싶지 않은 마음 역시 큰 것으로 나타났

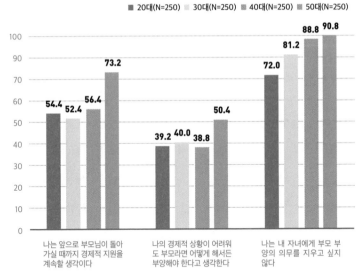

(Base: 전체, N=1,000, 단위: 동의율 %)

자료: 〈부모 부양과 인지 장애(치매) 관련 태도 조사〉, 엠브레인트렌드모니터, 2023.

〈그림 2-20〉 연령대별 노후 보장 관련 인식 평가

다. 부모에 대한 경제적 지원(73.2%), 부양 책임감(50.4%), 독립적 노후 생활(90.8%) 측면에서, 50대 비율이 가장 높다.

　반면 20대 연령층의 경우, 세 측면 모두 가장 낮아지는 현상을 볼 수 있다. 부모에 대한 경제적 지원은 54.4%, 부양 책임감은 39.2%, 자녀에게 부양 의무를 지우고 싶지 않은 마음은 72%다. 아래로 내려갈수록 부모에 대해 느끼는 부양 의무는 옅어지고 있다는 것을 알 수 있다. 결국 50대 이상의 연령층은 노후를 자녀에게 의존할 마음도 없고, 설혹 그런 마음이 있더라도 자녀의 경제적 지원을 받기는 힘들 것 같다.

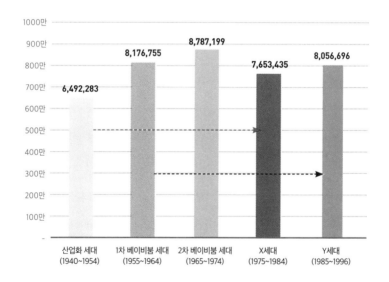

자료: 〈세대 간 자산 격차 분석〉, 서울연구원, 2021.

<그림 2-21> 세대 구분 및 인구수(2020년 기준)

세대 기준으로 보면 50대는 2차 베이비붐 세대, 40대는 X세대, 30대는 Y세대(1985~1996년에 태어난 세대를 말하며 흔히 밀레니얼 세대millennial generation라고 부른다)다. 산업화 세대의 자녀 세대가 X세대이고, 1차 베이비붐 세대의 자녀 세대가 Y세대에 속한다. 이런저런 이유로 Y세대의 독립이 늦어지면서 미출가 자녀의 삶까지 떠안고 있는 베이비붐 세대가 늘어나고 있다.

같은 세대와 연령대 안에도 다양한 층위가 존재한다. 자녀 세대에 부와 권력을 대물림하려는 이들도 있고, 노후를 자녀에 의지하지 않으면 삶이 위태로운 이들도 있다. 사회학자 신진욱의 말처럼 직업, 소득, 재산, 학력, 성별, 지역 등의 차이를 무시하고 한 세대를 동일 묶음으로 바라보는 건 우리 사회가 안고 있는 사회 경제적 모순을 왜곡, 은폐하는 오류를 범할 수 있다.*

분명한 사실은, 자녀의 성공을 위해 노후를 희생하는 방식은 위험한 접근법이라는 점이다. 이 방식은 자신들의 노후 기반을 약하게 만들어 결과적으로 자식의 부담을 키우는 결과를 초래할 수 있다. 자식을 미래의 보험으로 바라보고 있다면 '미필적 고의'이고, 그렇지 않다면 위험이 닥쳤을 때 머리를 땅에 묻는 타조처럼 '확실한' 미래를 알고도 눈을 감아 버리는 것이라는 점에서 어리석다.

'자식에게 줄 돈이 있으면 차라리 건강에 투자하라'는 말이 있다. 안 아프고 사는 게 진짜 자식을 위하는 길이라는 뜻이다. 일리 있

---

*신진욱, 《그런 세대는 없다》, 개마고원, 2022.

는 지적이지만 현실에선 실행하기 어려운 선택지다. 부모의 지원 여부가 자식의 앞날을 결정하는 이 살벌한 전쟁터에서, 어느 부모가 그런 결정을 쉽게 내릴 수 있겠는가. 자식에게 디딤돌이 되고자 하는 마음을 내려놓지 못하는 한, 이 땅의 부모들은 힘겨운 삶을 걸을 수밖에 없다.

· 호혜의 공동체 ·

나무는 따로 서 있지만 다른 나무들과 더불어 숲을 이룬다. 사이가 너무 가까우면 뿌리가 땅속의 영양분을 흡수하지 못해 더디게 자란다. 하나가 너무 웃자라면 햇빛을 가려 다른 하나의 성장을 방해한다. 나무는 서로 경쟁하면서도 함께 공존할 수 있는 방법을 찾아내며 수천 년 동안 진화해 왔다. 숲은 '따로 또 같이'의 질서를 보여주는 실험장이다.

개미들은 군집의 다른 개미가 먹이를 달라고 요청하면 이미 삼켜 소화를 끝낸 먹이조차 나눠 준다. 거절하는 법이 없다. 배고픈 동료 개미를 위해 음식을 게워 내는 일은 개미의 특징이다. 만약 먹이를 충분히 먹은 개미가 동료에게 나눠 주기를 거절하면, 적이나 혹은 적보다 더 나쁘게 취급된다.[*] 혹독한 자연환경 속에서 상호부조相互扶助를 통해 공생하는 법을 체화한 것이다.

[*] 표트르 A. 크로포트킨, 김영범 옮김, 《만물은 서로 돕는다》, 르네상스, 2005.

많은 동물이 포식자의 존재를 경고하기 위해 스스로 위험에 빠진다. 다른 개체의 양육을 돕느라 생식을 포기하고 자신의 굶주림을 달래 줄 음식을 남과 공유한다.* 자신에게 엄청난 피해가 발생하는 경우조차 다른 개체를 위해 희생하고 보살피는 동물은 많다. 인간도 그중 하나다. 미국의 수학자이자 진화생물학자인 마틴 노왁Martin Nowak은 '인간은 태어나면서부터 상호적이고 협력은 진화의 산물'이라고 말한다.

진화에는 변이mutation와 선택selection이라는 2개의 원칙만 존재하는 게 아니다. 변이는 유전적 다양성을 일으키고, 선택은 주어진 환경에서 가장 적합한 개체들을 솎아 낸다. 진화의 창조적 측면을 이해하려면 협력cooperation이라는 원칙을 추가해야 한다. 선택을 위해 변이가 필요하듯, 협력을 위해선 선택과 변이 모두가 필요하다.** 협력의 코드는 인간의 유전자에 깊이 새겨져 있다.

인간은 이기적임과 동시에 이타적이다. 2개의 속성이 병존한다. 남이 잘해 주면 나도 잘해 준다. 남이 이기적으로 나오면 나도 그렇게 대응한다. 홀로 존재하는 개체는 약하지만 여럿이 손을 잡으면 강력한 연대의 힘이 발휘된다. 각자도생의 생존 게임이 아니라 공존동생共存同生의 지평을 열어 갈 수 있다. 인류가 걸어온 길에는 경쟁과 다툼만 있었던 것이 아니다. 상호 돌봄의 역사도 새겨져 있다.

* 헬레나 크로닌, 홍승효 옮김, 《개미와 공작》, 사이언스북스, 2016.
** 마틴 노왁, 로저 하이필드, 허준석 옮김, 《초협력자》, 사이언스북스, 2012.

고난과 시련이 닥쳤을 때 서로 돕고 살아가는 호혜의 질서는 공동체를 지키는 원동력으로 작용했다. 호혜란 서로 돕는다는 뜻이다. 손을 잡고 같이 걸어가는 것. 상호 돌봄. 우리 선조들의 귀중한 전통인 상부상조의 정신이 호혜다. 혼자서는 힘겨운 세상을 견디기 힘드니 서로에게 기대고 의지하며 살아가는 우정의 관계망을 만드는 것이다. 점dot에서 선line, 선에서 면space으로 진화하는 관계 방정식이다.

호혜는 어떻게 작동되는가? A가 B에게 무언가를 준다. 받기를 원하면 교환exchange이고, 그냥 주면 기부donation다. 그런데 A가 B에게 무언가를 건네면서 나에게 갚지 말고 '다른 이'에게 주라고 한다. 어째서 A는 보상을 바라지 않고 다른 이에게 주라고 했을까? 언젠가 자신이 힘들고 어려울 때 '다른 이'로부터 도움을 받을 수 있을 것이라는 기대감 때문이다. 이것이 호혜reciprocity다.

그런데 이 방식에는 한 가지 허점이 있다. B에게 도움을 받은 이가 훗날 A에게 보답할 것이라고 어떻게 확신한단 말인가? 그렇다.

<그림 2-22> 관계 맺음의 3가지 유형

기대할 순 있지만 강제할 수는 없다. 이 허점을 뛰어넘는 힘이 호혜의 정신에서 나온다. 도덕적 강제와 신뢰의 끈이라는 '보이지 않는 손'이 공동체 안에 작동하는 것이다. 결핍된 사람들끼리의 동행 同行이 이루어지는 원리다.

마음의 빗장을 내리고 사는 오늘날에도 이 방식이 실현될 수 있을까? 물론 가능하다. 마음이 맞는 사람들끼리 공동체를 만들면 된다. 친구들끼리 계 모임을 구성해도 되고, 주말농장을 같이 운영해 수확물을 나누어도 된다. 동등한 권리와 지분을 가진 동업자들끼리 회사를 설립해 이익을 똑같이 배분하는 방식도 있다. 방법은 다양하다. 공동의 목표를 세우고 함께 걸어가면 된다.

P씨(59세)는 독신이다. 평생 혼인하지 않았고 앞으로도 그럴 계획이다. 그는 대학 시절부터 사회 문제에 관심이 많았다. 졸업 후 환경 운동 단체에서 일하는 것을 시작으로 30년 넘는 세월을 '활동가'로 살았다. 얼마 전에 은퇴했고, 태어나고 자란 고향으로 돌아와 돌아가신 부모님이 살던 집을 수리해 개와 고양이를 키우며 살고 있다.

그는 지금 술을 빚는다. 집 근처에 양조장을 짓고 토종 쌀을 원료로 막걸리를 제조하고 있다. 은퇴한 후에는 좋아하는 일을 하면서 사는 게 좋다고 해서, 내가 진짜 좋아하는 게 뭘까 더듬어 보니 '술과 사람'이라는 결론에 이르렀다고 한다. 좋은 술을 만들어 사람들과 나누는 것을 새로운 삶의 목표로 정한 것이다.

양조장 지을 돈이 부족해 절반은 은행에서 빌리고 절반은 후배들에게 갈취했다고 한다. '너희들도 얼마 후엔 은퇴할 것이고, 가난한 활동가가 노후 준비를 제대로 할 가능성이 희박하니 미래를 위해 지금 투자해라. 같이 힘을 합해 좋은 술을 만들어 보자.' 약간의 지분과 미래 일자리를 담보로 투자를 받은 셈이다.

많은 시행착오를 거쳐 얼마 전에 시제품이 나왔는데 투자자들의 반응은 좋다고 한다. 다음 달부터는 후배 한 명이 같이 합류하기로 했다. 그는 자신의 역할을 '척후병'이라고 말한다. 위험을 무릅쓰고 적진의 동향을 살피러 최전선에 서는 일이라는 뜻이다. 사업이 망하면 술독에 빠져 죽을 계획이라면서 환하게 웃었다.

호혜는 곧 협력이다. 목적지를 향해 함께 배를 저어 가는 것이다. 곤충도, 동물도 공생共生을 위해 서로 협력한다. 하지만 가장 고등한 동물인 인간은 언제부터인가 싸움과 경쟁의 원리만을 추종하며 살고 있다. 손을 잡고 함께 살아가는 것보다 원자화된 점으로 존재하는 방식에 더 익숙하다. 협동의 유전자가 퇴화하고 있다.

삶의 후반부에 들어서면 관계의 끈이 끊어지면서 훨씬 고립된 상황에 내몰릴 가능성이 높다. 사람과 따뜻한 정을 나누고 살아가려면 벗이 필요하다. 협력은 먼저 자기 것을 내려놓는 것에서 시작된다. 함께 노를 저어 가려면 호흡을 맞출 줄 알아야 한다. 관계 맺음이란 내려놓음의 미학이다.

곤충의 세계에도, 인간 세상에도 무임승차자free-rider가 있다. 노는 개미의 수가 너무 많아지면 알을 돌볼 수 없게 되어 개미 집단은 멸망한다. 그렇다면 모두가 열심히 일하는 개미로 구성된 집단은 풍요로울까? 그 반대다. 일하는 개미와 노는 개미가 섞여 있는 집단이 일하는 개미로만 이루어진 집단보다 오래 존속한다고 한다. 집단 전체가 과로하면 망할 위험이 증가한다는 것이다.

일하는 개미와 노는 개미가 섞여 있는 군집에서는 개미들이 일과 휴식을 번갈아 하며 집단적 균형을 유지해 간다. 호혜의 공동체는 이 공존의 원리가 적용되는 생태계다. 동료가 힘들어할 때 내가 그의 짐을 나누고, 내가 쉬고 싶을 때 다른 동료가 내 짐을 진다. 일과 휴식이 규율로 강제되는 게 아니라 우정의 힘으로 자율 배분된다. 높은 수준의 돌봄 체계가 작동되는 것이다.

7

몇 가지 교훈

· 우리는 자연인이 아니다 ·

은퇴 후 삶의 터전을 옮겨 한적한 전원에서 살기를 꿈꾸는 이가 많
다. 생활 인프라가 잘 갖추어진 도시를 버리고 불편하고 낯선 시
골로 이주하려는 이유가 뭘까? 인공으로 조림된 빌딩 숲과 성냥갑
처럼 생긴 갑갑한 아파트에서 벗어나 자연의 품 안에서 살고픈 바
람일 것이다. 혹은 인간의 유전자 속에 각인된 수렵 채집의 본능이
꿈틀거리는 탓인지도 모른다.

중장년층이 좋아하는 공중파 방송 중 〈나는 자연인이다〉라는 프로그램이 있다. 세상살이의 풍파에 시달리며 우여곡절을 겪다가 속세를 떠나 홀로 산속에 들어가 사는 이들이 등장하는 내용이다. 대부분 냇가에서 물고기를 잡고, 산에서 약초나 나물을 캐고, 집 근처 텃밭을 일구면서 자급자족의 삶을 산다. 전기와 수도 시설을 갖춘 곳도 있지만 문명이 주는 편리와 혜택과는 거리가 먼 삶이다.

낭만적인 요소와 재미를 섞어 그럴듯하게 보일지 모르지만 실제로 자연 속에서 사는 건 무척 고단한 일이다. 날것의 자연에 발을 담그는 순간부터 추위와 굶주림, 질병과 재해, 정체를 알 수 없는 벌레들과의 전쟁이 시작된다. 낡은 고택에서 하룻밤만 묵어도 우리가 문명의 혜택을 얼마나 많이 누리고 있는지를 깨닫게 된다. 자연이 주는 기쁨보다 자연 속에서 사는 불편이 더 크게 다가오기 마련이다.

당신이 농촌 출신이고 그곳에서 어린 시절을 보냈다고 하더라도, 인생 전체를 놓고 보면 훨씬 많은 시간을 도시에서 살았을 가능성이 크다. 우리는 도시적 삶에 익숙한 도시인이다. 자연인으로 산다는 건 도시인의 생활 방식을 버린다는 뜻이다. 가진 돈이 넉넉하면 자연 속에 편리한 생활 인프라를 갖출 수 있겠지만, 그렇다 하더라도 삶의 방식을 크게 바꾸어야 한다.

무엇보다 몸과 마음의 준비가 되어 있어야 한다. 몸의 준비란 예방 주사를 맞는 것처럼 도시를 떠나 살아 봄으로써 자연 친화적 삶을 체화體化하는 과정을 말한다. 마음의 준비란 기회비용을 치르고

라도 자연 속으로 가고자 하는 이유와 목적을 명확히 정립하는 것을 말한다. 이 과정이 생략되면 기대와 달리 힘든 난관에 직면하게 될지 모른다.

독립가옥에서 살려면 쉼 없이 몸을 움직여야만 한다. 크고 작은 개보수 공사부터 냉난방, 식사 준비에 이르기까지 직접 해결해야 할 일이 태산이다. 도시에 살 때처럼 누군가에게 대신 맡길 수 없다. 물론 이 과정을 즐길 수도 있겠지만 무척 고단한 일이다. 게다가 노동 강도가 무척 센 일이다. 편안한 전원생활을 기대했는데 종일 분주하게 뛰어다니며 집을 관리하는 집사가 되어 버렸다는 생각이 들지 모른다.

비용도 잘 따져 봐야 한다. 예를 들어 아파트 관리비 중 일반 관리비, 청소비, 소독비, 승강기 유지비 등 공용 관리비는 발생하지 않겠지만 전기와 수도, 난방, 보안 등 개별 사용료는 매달 치러야 하는 비용이다. 노후 자금이 충분하면 상관없겠지만 생활비를 충당해야 하는 처지라면 자연에서 소득을 창출하기란 여간 힘든 일이 아니다.

의료 혜택을 받을 기회가 줄어든다는 문제도 있다. 늙어 갈수록 병원 신세를 져야 할 일이 많이 생기게 된다. 도시에 살면 10분 안에 당도할 수 있는 병원과의 물리적 거리가 멀어지면 응급 상황이 생겨도 대처하기 힘들어진다. 가볍게 넘길 주제가 아니다. 쇼핑센터나 백화점, 극장이나 전시관이 없어서 생기는 불편과는 성격이 다르다.

원주민들과의 '소통'도 이주를 망설이게 하는 요인 중 하나다. 고향으로 귀환하거나 주변에 지인이 살고 있다면 장벽을 해소하는 데 도움이 되겠지만, 이방인 신분으로 정착하려면 심리적 진입 장벽을 뛰어넘는 데 상당한 시간과 노력이 필요하다. 장벽을 높게 쌓고 섬처럼 고립된 삶을 희망하는 것이 아니라면 이웃과 좋은 관계를 유지하며 살아가야 한다.

　하지만 차가운 도시에서 익명의 존재로 지내는 데 익숙한 이들에게 이런 환경은 힘겹게 느껴질 수 있다. 공동체성community이 상대적으로 강한 시골에서 산다는 건 이웃과 정情을 나누며 지낸다는 뜻이다. 시골은 사람과 사람 사이의 '거리'가 도시보다 훨씬 가깝다. 따라서 이웃과의 소통이 간섭으로 느껴진다면 시골살이가 잘 맞지 않을 수도 있다. 불편함을 감내하면서까지 살 이유는 없기 때문이다.

　가족의 반대도 넘어야 할 산이다. 아직 출가하지 않은 미혼 자녀와 함께 살고 있다면 아이들이 독립하기 전까지 도시 탈출은 쉽지 않을 것이다. 제일 큰 걸림돌은 아내다. 도심에서 태어나 성장한 여성에게 시골살이는 낯설게 다가올 수밖에 없다. 특히 독립가옥에서 생활해 본 경험이 없다면 설득하기가 더욱 힘들 것이다.

　여성들은 나이를 먹으면서 남편보다 친구나 지인들과의 인간관계가 삶의 중요한 요소로 작용한다. 도시를 떠난다는 건 이들과의 인간관계가 사실상 단절된다는 뜻이다. 게다가 아파트 생활의 편리함을 포기하고 자연에 맞서야 한다. 꼭 가야 할 절박한 이유가 있다면 모르되 보통의 아내들은 이런 환경 변화를 달가워하지 않을 가능성이 크다. 자연 가까이에 터를 잡는다는 건 이런 장애물들을 극복해야 한다는 뜻이다.

P씨(58세)는 주말이면 어김없이 별장으로 향한다. 서울 집에서 약 2시간 거리에 있는 강원도 산골에 그의 보금자리가 있다. 국립 공원 근처의 작은 야산과 집터를 매입한 건 5년 전이다. 맘에 드는 터를 찾기 위해 3년간 전국을 돌아다녔고, 첫 삽을 뜬 지 4년 만에 준공을 끝마쳤으니 '세컨드 하우스 프로젝트'에 7년 이상의 시간을 들인 셈이다.

대지 100평의 땅에 자리 잡은 2층짜리 주택 곳곳에는 그의 손때가 묻어 있다. 독립가옥의 작동 원리를 잘 알아야 유지 보수를 직접 할 수 있다고 생각해 설계 단계부터 전기 배선, 상하수 시설, 태양광 패널 설치 등 집 짓는 과정에 깊숙이 개입했다고 한다. 덕분에 집에 하자가 생겨도 웬만한 일은 혼자서 거뜬히 처리할 수 있는 자신감이 생겼다.

마을 주민과도 친하게 지낸다. 국립 공원 경계에 100호 남짓한 주민들이 살고 있는데, 땅을 매입한 후 먼저 찾아간 곳이 이장 댁이었고 올 때마다 들러 인사를 나눈다고 한다. 약간의 마을 발전 기금도 쾌척했다. 덕분에 마을 공동체의 식구로 인정을 받았다고 한다. 이장의 조언에 따라 산에 산양삼 씨앗도 뿌렸고, 주민들이 곰취 재배로 쏠쏠한 수입을 얻는다는 사실도 알게 되었다.

지금은 주말에만 머물지만 정년퇴직 후에 그는 주로 이곳에서 살 계획이다. 아내도 직장을 다니고 있다. 부부가 도시 생활을 완전히 청산하고 이곳에 정착하려면 시간이 더 필요할 것이다. 도시를 떠나 자연과 가까운 곳에서 사는 건 그의 오랜 바람이었다. 그는 이 꿈을 실현하기 위해 장애물을 하나씩 제거해 나가고 있다.

도시를 떠나 자연에 잘 정착해 사는 이들의 공통점은 이주 전에 충분한 시간을 들여 준비했다는 점이다. 자연인이 되고픈 도시인의 꿈은 막연한 기대가 아니라 해찰이 필요한 과업임을 알려 준다. 떠날 것인가, 머물 것인가. 간단치 않은 과제다. 자연은 준비된 자에겐 선물을 내어 주지만, 그렇지 않은 이에겐 시련을 안겨 준다.

크고 작은 장애물에도 불구하고 남은 생애를 전원에서 보내고 싶은 수컷 늑대들의 꿈은 여전히 식지 않고 있는 것 같다. 연어가 바다에서의 긴 삶을 마치고 자신이 태어난 강으로 다시 돌아와 죽는 것처럼, 자연의 품으로 돌아갈 시간이 가까워지니 회귀 본능이 작동하는 것일까? 이들은 팍팍한 도시의 삶을 청산하기 위해 호시 탐탐 기회를 노린다. 그래서 더 자연인의 삶을 다루는 방송에 열광하는 것인지도 모른다.

· 공부, 세상과의 거리 좁히기 ·

우리나라 사람들은 책을 잘 읽지 않는다. 〈그림 2-23〉은 독서 인구와 독서량을 표시한 것이다. 2023년 기준 독서 인구 비율은 평균 48.5% 수준이다. 우리 국민 절반 이상이 지난 1년간 책을 한 권도

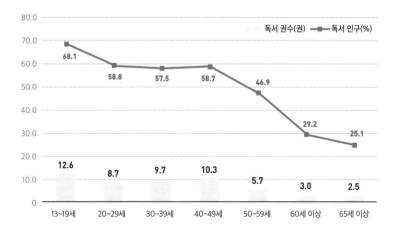

<그림 2-23> 1년간 우리나라 독서 인구(복수 응답)

읽지 않았다는 뜻이다. 연령대가 증가할수록 독서 인구는 줄어든다. 40대는 58.7%, 50대는 46.9%, 60~64세는 29.2%, 65세 이상은 25.1%에 불과하다.

1인당 독서량도 평균 7.2권 수준이다. 10대를 제외하면 40대가 연 10.3권으로 가장 많고, 50대가 되면 절반(5.7권)으로 줄어든다. 60세 이후는 연 3권이 넘지 않는다. 독서 인구와 독서량 모두 나이가 들수록 감소하는 현상이 뚜렷하게 나타난다. 한국의 독서 생태계는 사막화된 지 오래다.

한국인은 왜 책을 읽지 않을까? 독서 선호도 조사 내용을 살펴보면 그 이유를 알 수 있다. 우리나라 성인 100명 중 독서를 좋아하는 사람은 약 20명이고, 싫어하는 사람은 그 2배인 40명이다. 중년 이상을 살펴보자. 40대가 정확히 평균치다. 50대부터 '좋음'은 줄고 '싫음'은 늘어난다. 50대와 60대의 약 절반이 책 읽기를 싫어한다. 시간 부족이나 시력 감퇴, 매체 다양화 등 외부적 요인과 무관하게 그냥 싫은 것이다.

이런 현상의 배경에는 독서(공부)를 오직 '출세의 수단'으로 바라보는 인식도 영향을 미치고 있는 것 같다. 좋은 대학에 들어가기 위해, 전문가 자격증을 따기 위해 청년기까지는 미친 듯이 공부하지만 사회에 진출한 다음부터는 책과 이별하는 어른이 부지기수다. 책을 읽는 목적이 오로지 입신양명立身揚名이다. '세상 돌아가는

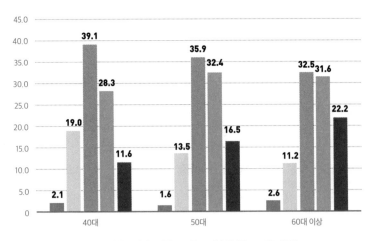

자료: 2021년 국민 독서 실태 조사, 문화체육관광부, 2022.

<그림 2-24> 연령대별 독서 선호도

이치를 깨닫고 지혜를 얻기 위함'이라는 본래의 뜻에서 많이 벗어나 있다.

책을 읽지 않아도 세상 돌아가는 이치를 아는 데 문제가 없다고 생각할지 모르겠다. 하지만 뉴스나 방송 같은 매체가 전달하는 단편적인 정보만으로는 복잡한 세상의 흐름과 그 밑에 깔린 진짜 속살을 헤아리기 힘들다. 그마저도 사실fact과 주장opinion이 뒤섞여 있다. 어디까지가 사실이고 주장인지를 구별하기가 쉽지 않다. 사실의 일부만을 발췌해 실체적 진실인 것처럼 포장된 내용들이 사회관계망을 통해 무차별적으로 유포된다.

과거에는 사실과 주장을 구분하는 일이 지금보다 훨씬 수월했다. 지식과 정보를 전달하는 통로가 많지 않았고, 의견이나 주장도 몇 개의 정론正論으로 수렴되어 옳고 그름을 판단하는 데 큰 어려움이 없었다. 지금은 만인이 만 개의 콘텐츠를 생산해 세상에 유포하는 시대다. 객관적인 관점에서 판단할 '눈'이 없으면 보고 싶은 것만 보는 확증 편향confirmation bias에 빠지게 된다.

신념이 강할수록, 공부를 게을리하는 사람일수록 이 함정에 빠지기 쉽다. 콘텐츠 플랫폼의 알고리즘algorithm은 이런 오류를 확대 재생산하는 촉매제 역할을 한다. 유튜브와 페이스북은 당신이 보고 싶어 하는 것만을 선별해 보여 준다. 진실과 사실, 참과 거짓이 뒤범벅된 정보의 바다에서 '진짜'를 길어 올리기란 무척 어려운 일이다. 나이를 불문하고 공부가 중요한 이유다.

독서가 진실에 도달할 수 있는 유일한 방법은 아니지만, 책이 세상을 깊이 있게 관찰할 수 있는 좋은 수단임은 분명하다. 오늘날 기성세대가 보여 주는 경직된 사고와 상상력의 빈곤, 갈등을 조정하고 합의를 도출하는 유연함의 부족, 문제 해결 능력의 결여 같은 사회적 무능함의 근본 원인은 독서 부족이 아닐까 하는 의구심을 갖게 한다. 온고溫故만 있고 지신知新이 없으면 고인 물처럼 썩게 되는 것이다.

더 심각한 문제는 나이가 들수록 '배우고 익히는' 행위를 의식적으로 배척한다는 점이다. 정년퇴직한 이가 대학원에 가 볼까 생각 중이라고 말하면 '그 나이에 학위 따서 어디에 써먹으려고 하는가?'라고 타박을 준다. 생계에 보탬이 되지 않는 공부, 투자 대비 회수가 적은 학습은 무가치하다고 생각하는 것이다. 인문적 소양을 키우고 인식의 지평을 넓히기 위한 학습과 공부는 사치스러운 무엇으로 치부되기 일쑤다.

'공부'라는 관점으로 중장년과 시니어들을 살펴보았는데 차이가 무척 컸다. 세상에 대한 호기심과 배우려는 자세를 가진 이들이 한쪽 편에 있었고, 세상의 흐름에 무관심하고 배움을 멈춘 사람들이 다른 편에 있었다. 전자는 배우고 익히는 것을 즐거워했고, 후자는 학습과 공부를 싫어했다. 전자에게 공부는 평생 하는 것이었고, 후자는 학습을 '학교'라는 공간에서만 이루어지는 것으로 여겼다.

가령 요리나 목공, 그림이나 드론drone처럼 일정한 '기술'을 익혀야만 성과를 낼 수 있는 일에 대한 학습 동기가 생겼을 때 전자는 가장 효율적인 방법이 무엇인지를 숙고하지만 배움 자체에 아무런 거리낌이 없었다. 하지만 후자는 본인의 학습 능력을 저평가하거나 체면 따위를 생각하면서 스스로 기회를 날려 버렸다. 결정적으로 두 번째 산을 오르고 있는 쌍봉낙타는 모두 전자에 속해 있었다.

가장 좋은 학습법은 '동기'가 같은 사람들끼리의 모임을 만드는 것이다. 수업료를 지불하고 검증된 교사로부터 가르침을 받는 것도 좋지만, 목표가 같은 이들이 자발적으로 모여 학습 과정을 스스로 조직화하는 것이 비용이나 효율 면에서 더 나은 접근법이다. 이런저런 시행착오를 동반하기 마련이지만 권위에 굴복하지 않고 자유롭게 탐구할 수 있는 여건이 만들어지기 때문이다.

기술의 발달로 시공간의 제약을 뛰어넘어 새로운 지식을 배울 수 있는 학습 생태계는 과거 어느 때보다 넓어졌다. 공부의 가장 큰 걸림돌은 외부가 아니라 내부에 있다. 자격증 습득이라는 제도화된 교육 과정에 매몰되어 자유 교육liberal education(오스트리아 출신의 석학 이반 일리치Ivan Illich가 제도화된 교육을 비판하며 쓴 표현이다)을 인정하지 않는 고정 관념과 나이 듦에서 오는 심리적 주저躊躇 말이다. 이 머뭇거림을 넘어설 때 우리는 훨씬 더 풍성한 삶을 살 수 있게 될 것이다.

공부는 세상과의 거리를 좁히고 진실에 다가서기 위한 노력이다. 비슷한 건 진짜가 아니라는 말처럼, 가짜의 겉은 화려하지만 속은 텅 비어 있다. 거짓은 아무리 멋진 포장지를 쓰고 있어도 악취가 풍기기 마련이다. 파리를 보고 '용'이라고 말하는 자들, 복잡한 내용을 단순화한 것들은 대부분 가짜다. 진짜와 가짜를 구분하려면 눈과 촉이 있어야 하고 그 힘은 공부에서 나온다.

후반부의 공부란 다양한 분야의 지식을 섭렵하는 과정이 아니다. 중요한 건 지식의 양이 아니라 지식을 활용하는 힘智力이다. 젊은이들은 많은 양의 지식을 흡수할 순 있지만 이를 활용할 수 있는 능력은 떨어진다. 반면, 삶의 경험이 풍부한 사람은 새로운 지식과 정보가 입력되었을 때 핵심과 맥락을 짚어 낼 줄 안다. 이미 알고 있는 것과 새롭게 알게 된 것을 어떻게 융합할지를 고민한다.

지혜의 원천은 지식이지만 지식만으로는 성과를 만들기 어렵다. 무언가를 이루고 싶다면 새로운 지식을 탐구하고 경험을 재구성하는 과정을 통해 지혜의 영역을 확장해야 한다. 지혜는 지식과 경험이 합쳐진 무엇이다. 경험이라는 흙으로 빚은 그릇을 지식의 가마에 넣어 명품을 창조하는 것이다. 그리고 이 잠재력은 나이가 젊은 사람보다 세상살이를 오래 한 사람들이 더 뛰어나다.

공자孔子는 '아는 걸 안다고 하고, 모르는 걸 모른다고 하는 게 앎知之爲知之 不知爲不知 是知也'이라 했다《논어》위정편). 젊은이가 늙은이에게 답답함을 느끼는 건 세상을 바라보는 '그들'의 시선이 고루해서가 아니다. 살아온 시대가 다르니 쓰고 있는 안경이 '우리'와 다름을 젊은이들도 인지하고 있다. 문제는 그들이 가진 생각의 틀에 우리를 가두려는 태도에 있다. 배우지 않고 살아가는 늙은이들이 배척받는 이유다.

• 다 쓰고 죽자 •

"다 쓰고 죽어라."

이 도발적인 명제는 25년 전에 미국의 한 재무 상담사가 쓴 책 제목이다.＊ 좋은 삶을 살고 가려면 똑같은 일을 죽을 때까지 하지 말 것이며quit today, 신용 카드는 낭비를 초래하는 도구이니 쓰지 말고pay cash, 은퇴하면 영원한 휴가를 즐길 수 있을 것이라는 환상에서 벗어나고don't retire, 살면서 번 돈은 남기지 말고 쓰고 가라는 것die broke이 요지다.

폐암 진단을 받았지만 오진이 밝혀지면서 인생을 다시 생각해볼 수 있는 계기가 되었다는 고백과 함께, 시한부 판정을 받고 난 후 돈에 매달려 살아왔던 인생을 후회하는 사람들의 이야기가 실려 있다. 삶은 언제 운행이 중단될지 모르니 유산을 많이 남기려는 바보 같은 짓은 그만두고 자신을 위해 돈을 쓰라는 것이다. 피붙이에게 한 푼이라도 더 물려주려고 아등바등하는 우리나라 기성세대와는 사뭇 다른 접근법이다.

부모의 유산을 놓고 자식들이 다투는 장면은 드라마에서만 볼 수 있는 것이 아니다. 상속 재산을 둘러싼 가족 간 분쟁은 계속 늘고 있다. 평화로운 나눔 협상이 깨져 법원에서 시시비비를 가르는 건수는 최근 6년 사이에 2배 이상 증가했다. 자식들의 미래를 위해

＊ 스테판 M. 폴란, 마크 레빈, 노혜숙 옮김, 《다 쓰고 죽어라》, 해냄, 2009.

남겨 놓은 유산이 서로를 원수지간으로 만드는 방아쇠trigger 역할을 하는 것이다. 돈 앞에서는 피를 나눈 혈연도 무용지물임을 알려 준다.

유산을 공평하게 나누어 상속받아도 생전에 부모에게 받은 '은혜'의 크기가 다르면 배분을 다시 하자고 다투는 일도 비일비재하다. 아들에게 유산이 불공평하게 상속되면 딸들의 유류분遺留分(상속인 중 자신이 받을 재산을 받지 못하는 등의 권리가 침해당했을 때 최소한의 상속 재산을 인정하는 비율) 청구 소송이 줄을 잇는다. 분란의 여지를 남긴 부모의 잘못도 있지만, 유산을 당연히 받아야 할 재산이라고 생각하는 자식도 많다. 자식은 부모의 재산을 당당히 물려받을 권리가 있다고 믿는 것일까?

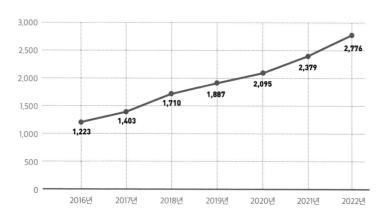

자료: 사법연감 통계(대한민국 법원)

<그림 2-25> 상속 재산 분할에 관한 처분 건수 추이

자식들은 부모의 유산에 대해 어떤 마음을 갖고 있을까? 낳아 주고 길러 준 은혜에 더해 유산까지 물려주면 진심 어린 감사함을 느끼는 자식이 있을 것이고, 당연히 받을 걸 받았다고 생각하는 자식이 있을 것이다. 가난한 아빠를 둔 아들은 부자 아빠를 가진 친구가 큰돈을 상속받았다는 이야기를 전해 들으며 자신의 운명을 원망하고 있을지 모른다.

부모로부터 상속받을 재산이 있다고 판단되면 기대감이 올라간다. 기대감이 높아지면 자신의 노력으로 이루려 하지 않고 미래의 자산에 기대려는 심리가 작동된다. 부모의 재산이 자식의 자립심을 해치는 걸림돌이 될 수 있다는 말이다. 유산이 디딤돌이 될지, 걸림돌이 될지는 부모 손에 달려 있다. 생전에 부모가 자식에게 어떤 생각과 가치를 심어 주는가에 따라 결과는 달라질 것이다.

U씨(65세)는 한 달에 한 번, 아내와 봉사 활동을 한다. 신체 활동이 부자연스러운 독거노인들의 일상생활을 지원하는 일이다. 부부는 요양보호사 자격증을 가지고 있다. 둘 중 누군가가 아파서 돌봄이 필요할 때 타인의 손을 빌리지 않고 서로를 돌보기 위해 함께 자격증을 취득했다. 노인 봉사 활동을 하는 건 배운 지식을 환기하고 임상 경험을 얻기 위한 목적도 있다.

그는 작고한 노모를 봉양하느라 고생을 많이 해서 '돌봄'이 얼마나 힘든 일인지를 잘 알고 있다. 남에게 맡기는 건 마음이 편치 않고, 직접 돌보는 건 고단한 일이다. 병든 부모를 바라보는 심정이 아무리 안쓰러워도, 변이 묻은 기저귀를 가는 일은 하고 싶지 않은 것이 곧 인간 본성이다. 봉사 활동을 하면서 돌봄은 기술과 경험이 필요한 영역이라는 사실을 절감하고 있다.

미래는 알 수 없지만 부부는 어떻게든 자식들에게 돌봄의 짐을 지우지 않으려 한다. 연명 치료를 하지 않겠다는 서약서도 이미 제출했다. 생명 유지 장치에 의존해 목숨줄을 연명하는 건 무의미한 일이라고 판단했기 때문이다. 물려줄 재산도 많지 않지만 유산을 남길 계획도 없다. 키우고 독립시킨 것으로 부모 역할은 다했다고 보고 있다. 뒤에 남는 사람이 장례비를 제외한 돈은 자선 단체에 기부하라는 유언장을 남길 계획이다. 아이들에게도 그렇게 말했다고 한다.

부부는 재산 축적보다 남을 돕는 일에 더 관심이 많다. 시간이 허락될 때마다 봉사 활동을 하는 건 그런 가치관의 영향이 클 것이다. 그렇다고 착하게 사는 모습을 남에게 잘 드러내지도 않는다. 이 부부의 자녀는 부모의 '유산 없음' 선언을 서운하게 생각할까? 그럴 것 같진 않다. 부모가 살아가는 모습에서 돈보다 큰 가치를 유산으로 받았을 것이기 때문이다.

자식에게 유산을 남기려는 부모의 마음은 자연스러운 본능이다. 평생 피땀 흘려 모은 돈을 사회에 환원하고 떠나는 이들은 이 본능을 넘어 더 큰 사랑을 실천하려는 의인義人임이 분명하다. 얼마 전, 돈은 똥과 같아서 모아 두면 악취가 나지만 흩어서 뿌리면 거름이 된다는 믿음으로 가난한 학생들을 위해 가진 재산을 아낌없이 내

준 어르신°의 일화가 소개되어 세인들에게 큰 울림을 주었다.

'나와 우리 가족만 잘살면 그만!'이라고 생각하는 이가 대다수인 각박한 세상에 이런 어른이 있다는 건 큰 축복이다. 전 재산을 장학금으로 쾌척하고 떠난 김밥 할머니. 매년 거액의 후원금을 내놓는 익명의 기부 천사. 알려지지 않았을 뿐 아낌없이 주는 나무로 살다가 간 이들의 미담 사례는 무척 많을 것이다. 노블레스 오블리주 **noblesse oblige**가 실종된 우리 사회에 이들의 존재는 별처럼 반짝인다.

우리나라 사람들은 기부나 나눔을 얼마나 실천하고 있을까? 1974년에 설립된 국제 기부 단체인 영국자선재단**CAF, Charities Aid Foundation**이 매년 발표하는 '국제나눔지수**World Giving Index** 2023'에 따르면, 우리나라는 조사 대상 국가(142개) 중 79위에 머물고 있다(2021년은 110위, 2022년은 88위로 조금씩 점수가 좋아지는 추세다). '낯선 사람을 도운 적이 있는가(57점)', '기부/후원을 한 적이 있는가(40점)', '나눔/봉사 활동을 실천한 적이 있는가(18점)'라는 3가지 질문에 대한 평균 점수(38점)로 산출된 결과다.

1위는 동남아시아의 섬나라 인도네시아다. 6년째 1위(68점) 자리를 지키고 있다. 인도네시아는 농업 사회의 오랜 전통인 호혜와 상부상조의 정신**gotong royong**이 일종의 계 모임인 아리산**arisan**이라는 방식으로 유지되고 있다(일제 강점기를 거치며 조상 전래의 계 조직이 모조리 사라진 우리와 무척 대조적이다). 우크라이나가 2위(62점), 케냐가 3위(60점)

° 〈어른 김장하〉, MBC, 2023년 1월 1일.

다. 상위 20개 국가 중 잘사는 나라보다 못사는 나라가 더 많다. 어려운 이웃을 돌보고 나눔을 베푸는 박애 정신은 경제적 부와 상관관계가 없음을 알려 준다.

OECD 국가(38개)만을 따로 놓고 보면, 미국이 1위이고 폴란드가 꼴찌다. 한국은 24위, 일본은 36위다. 자본주의 종주국인 미국은 시장에서 경쟁할 때는 피도 눈물도 없이 싸우지만, 부를 축적한 승자는 다시 사회에 환원해야 한다는 기독교적 윤리관이 작동되는 특이한 나라다. 부자의 서열이 재산의 크기가 아니라 기부 금액으로 정해진다. 미국인이 자발적으로 기부하는 금액만 연간 500조원이 넘는다.

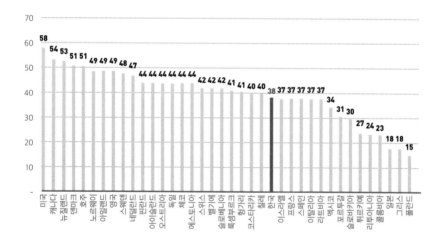

자료: 〈World Giving Index 2023〉, CAF, 2024.

<그림 2-26> 2023년 국제 나눔 지수(OECD 국가 발췌)

일본인들은 빈민 구제와 같은 복지 지원 사업은 나라의 역할이라고 생각한다. 정부도 기부를 권장하지 않는다. 역설적으로, 사회 안전망이 튼튼한 나라일수록 기부 문화가 활성화되어 있지 않다. 국가가 소득 재분배 정책을 통해 복지를 잘 실현하고 있기 때문이다. 우리는 어떨까? 자본주의의 안 좋은 점은 받아들이고 공동체주의의 좋은 점은 지워 버렸다. 그 결과가 각자도생의 질서다.

우리 사회는 돈이 많을수록, 지위가 높을수록 기부와 나눔에 인색하다. 자녀의 성공을 위해 '아빠 찬스'를 쓰고, 자손에게 부를 물려주기 위해 온갖 편법을 동원하면서도 부끄러움을 느끼지 않는다. 특권이 전수되고 부가 세습된다. 청년들이 우리 사회를 불공정하다고 판단하는 이유다.

'다 쓰고 죽자!'라는 구호는 자신의 안위만 돌보며 살라는 뜻이 아니다. 이 명제 앞에는 '가치 있는 일을 위해'라는 표현이 생략되어 있다. 가치 있다고 생각되는 일에 돈을 쓰라는 뜻이다. 모두가 김장하 어른처럼 살아갈 수는 없다. 하지만 평범한 얼굴을 가진 사람들의 작은 실천이 모이면 질서를 바꿀 수 있다고 믿는다. '당신이 존재해서 이 세상이 조금 더 나은 곳이 되었다'라는 평가보다 고귀한 삶은 없을 것이다.

3장

삶의 주인으로 사는 법

한국은 행복한 나라인가

한국인은 행복하지 않다. 유엔이 매년 발간하는 〈세계행복보고서 2023 World Happiness Report 2023〉에 따르면, 우리나라는 조사 대상 137개 국 중 57위(5.951점)에 머물고 있다.* 우리보다 '덜' 행복한 나라가 80개나 있으므로 그렇게 나쁜 점수는 아니라고 생각할지 모르겠 다. 하지만 잘사는 나라들의 집합체인 OECD 국가만 놓고 순서를 매겨 보면 결과가 달라진다.

* 2021년은 62위(5.845점), 2022년은 59위(5.935점)였다.

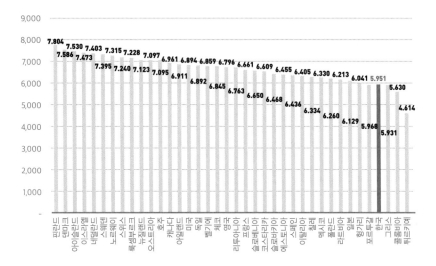

자료: 〈World Happiness Report 2023〉, UN SDSN, 2023.

〈그림 3-1〉 OECD 국가 행복 지수 순위(2020~2022년 평균)

　현재 OECD에 가입된 총 38개 나라 중 한국은 35위로 최하위권에 속한다. 우리보다 점수가 낮은 나라는 그리스(36위), 콜롬비아(37위), 튀르키예(38위)뿐이다. 핀란드, 아이슬란드, 스웨덴, 노르웨이 등 북유럽 국가들이 최상위권에 위치하고 미국, 영국, 독일, 프랑스 등 경제 규모가 큰 나라들은 중위권에 포진해 있음을 알 수 있다. 지난 수년간 우리나라의 행복 지수는 제자리 수준이다.

　이 점수 산출에는 1인당 GDP, 건강 기대 수명, 사회적 지원social support, 선택의 자유freedom to make life choices, 관용generosity, 부정부패 인식perception of curruption 등 총 6개의 지표가 활용되었다. 1인당 GDP는 세계은행의 구매력 평가PPP, Purchasing Power Parity 기준을 적용했고, 기

대 수명은 세계보건기구의 기대 수명healthy life expendency 수치를 적용했다. 나머지 4개 지표는 나라당 약 1000명을 대상으로 전화 설문 조사를 실시했다. 각 지표에 대한 평가 점수를 산출한 다음 최근 3년간(2020~2022년) 평균값을 계산해 순위를 매기는 방식이다.

사회적 지원이란 어려움에 직면했을 때 주변에 도움을 받을 수 있는 친척/친구가 있는가를, 선택의 자유란 인생의 중요한 결정을 내릴 자유를 뜻한다. 관용은 일상적인 자선/기부 실천 여부를, 부정부패 인식은 정부/기업의 부패 수준을 확인하는 것이다. 돈, 건강, 자기 주도성, 인권, 관계, 호혜, 사회적 정의가 점수 안에 녹아 있다. 한국의 지표별 점수 및 순위는 다음과 같다.

1인당 GDP : 1.853점(26위)

기대 수명 : 0.603점(3위)

사회적 지원 : 1.188점(85위)

선택의 자유 : 0.446점(112위)

관용 : 0.112점(54위)

부패 인식 : 0.163점(97위)[*]

기타 : 1.587점[**]

[*] 부패 인식은 순위가 낮을수록 부패 정도가 낮음을 뜻한다. 역으로 순서를 매기면 한국은 44위에 해당한다.
[**] 최악의 국가를 가상으로 설정하고 보정한 점수임(Ladder score in Dystopia).

내용을 살펴보자. 돈(1인당 GDP)과 건강(기대 수명) 순위는 상대적으로 높지만, 관계(사회적 지원)와 주도성(선택의 자유) 순위는 매우 낮음을 알 수 있다. 가난한 나라에 비해 부유한 편이고 훨씬 오래 살지만, 사회적 연대망이 헐겁고 자기 주도적인 삶을 사는 데 제약이 많다는 뜻이다. 돈과 건강에서 획득한 점수를 관계와 주도성이 까먹고 있다.

나눔(지난 한 달 동안 자선 단체에 기부한 경험이 있는가?)도 인색한 편이다. 각자도생의 질서에서 힘겹게 버티느라 타인에게 눈길을 줄 여유가 없다는 뜻이다. 기업/정부에 대한 신뢰도(정부와 기업에 부패가 널리 퍼져 있는가?)도 높지 않다. 우리 사회가 정의롭지 못하다고 느끼는 이가 많다는 뜻이다. 행복 격차, 그러니까 행복하다고 느끼는 사람과 그렇지 못하다고 느끼는 사람의 차이도 큰 편이다(한국은 45위다. 순위가 높을수록 행복 불평등이 낮다는 뜻이다).

이제 한국과 우루과이의 점수를 비교해 보자. 우루과이는 남아메리카 남동부에 있으며 면적은 한반도의 0.8배, 인구는 약 340만 명이다. 우루과이를 비교 대상으로 삼은 이유는 경제력이 행복에 미치는 영향을 살펴보기 위함이다. 우루과이는 1인당 GDP가 2만 3088달러로 우리나라(3만 4165달러)의 약 3분의 2 수준이다.[*] 〈그림 3-2〉는 두 나라의 행복 지표 점수를 나타낸 것이다. 1인당 GDP/기대 수명/관용은 우리가 앞서지만, 사회적 지원/선택의 자유/부

---

[*] GDP per capita, current prices, IMF, 2024.

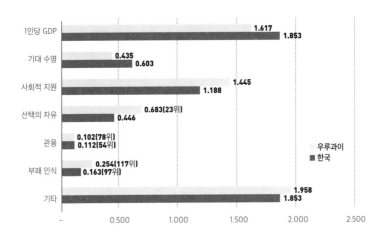

자료: ⟨World Happiness Report 2023⟩, UN SDSN, 2023.

⟨그림 3-2⟩ 한국과 우루과이 행복 지표 점수 비교

패 인식 점수는 우루과이가 우리보다 높은 것을 알 수 있다.

두 나라의 순위는 어떨까? 우루과이가 우리보다 무려 29계단이나 앞에 있다. 우루과이는 OECD에 소속된 나라도 아니고, 기대 수명(67.5세)도 우리(73.3세)보다 5.8세나 짧다. 하지만 2개의 지표는 우리보다 훨씬 앞선다. 사회적 지원(주변에 도움을 청할 사람이 있는가?)과 선택의 자유(무엇을 할지 선택할 자유에 만족하는가?)다. 돈과 건강이 행복에 영향을 미치는 주요 변수지만 그것이 전부가 아님을 알려 준다.

1인당 GDP가 어느 한계점에 이르면 행복감은 증가하는 것이 아니라 도리어 감소한다는 행복의 역설paradox of happiness이 작용하는 탓일까. 자신의 의지대로 삶을 선택할 자유와 사회적 관계망이 행복한 인생을 사는 데 무척 중요하다는 것을 일깨우고 있다. 뒤집어서

	한국	우루과이
1인당 GDP	26위	52위
기대 수명	3위	38위
사회적 지원	85위	26위
선택의 자유	112위	23위
관용	54위	78위
부패 인식	97위	117위
전체 순위	57위	28위

<그림 3-3> 한국과 우루과이 행복 지표 순위 비교

말하면, 한국인의 대다수가 삶의 주도권을 상실한 채 주변에 의지할 사람도 없이 외롭게 살아가고 있다는 뜻이다. 행복하고 싶은가? 그렇다면 돈과 건강에 매몰되지 말고 놀이와 관계로 삶의 지평을 확장해야 한다.

후반부에는 어떤 가치를 추구할 것인가

이따금 나이를 초월해 살아가는 어르신들을 소개하는 기사가 신문에 실린다. 10킬로그램이 넘는 배낭을 메고 6박 7일 동안 250킬로미터를 달리는 고비사막 마라톤을 완주해 세계 사막 마라톤 그랜드 슬램을 달성한 75세 남성, 87세에 석사 과정에 진학해 92세에 사회학 박사 학위를 취득한 여성, 81세에 모델 활동을 시작해 14년째 현역으로 뛰고 있는 95세 여성 시니어 모델 등.

젊은이 못지않은 패기와 열정으로 노익장을 과시하는 이들의 사연은 옷깃을 여미게 한다. 무엇이 저들의 열정에 불을 지폈을까? 체력의 한계를 뛰어넘는 도전을 가능케 한 요인은 무엇일까? 궁금해진다. 어떤 바람, 어떤 소망, 어떤 간절함이 있었을 것이다. 우리가 부러워해야 하는 건 그들이 무엇을 성취하였는가가 아니라 삶을 대하는 자세와 애정이다.

사람들은 영웅의 이야기를 좋아한다. 높은 고지에 올라 위풍당당하게 서 있는 이들을 흠모하고 추앙한다. 자신이 도달할 수 없는 위치에 선 주인공에게서 대리 만족감을 얻고, 객석에서 박수갈채를 보내는 것으로 현실의 불만을 달랜다. 타인의 삶을 소비하는 대신 내 삶을 지운다. 조작된 이미지의 매트릭스martix에 갇혀 살며 우리는 '삶을 사랑할 힘을 잃었는지 모른다.'*

이 강요된 수동의 껍질에 쌓여 있는 한 우리는 자신의 삶을 살아가지 못할 것이다. 능동이 주는 자유를 누리지 못한 채 생을 마감하게 될 것이다. 진정으로 자신의 삶을 살고자 한다면, 남의 거울에 비추어 나를 보는 게 아니라 자신의 거울에 비친 모습을 보며 화장을 고쳐야 한다. 타인의 걸음걸이에서 지혜와 영감을 얻을 순 있지만 따라가선 안 된다. 삶은 복제할 수 없다.

삶을 사랑하는 사람은 남에게 보여 주기 위한 삶을 살지 않는다. 가장 자기다운 방식으로 세상과 소통하며 그 안에서 기쁨과 보람을 얻는다. 누군가의 그림자를 따라가지 않고, 누군가를 흉내 내려고 애쓰지 않고, 고유한 색깔과 모양으로 인생이라는 작품을 조각해 나간다. 그들은 '자기 자신이 되는 법becoming who you are'을 아는 사

---

* 에리히 프롬, 장혜경 옮김, 《우리는 여전히 삶을 사랑하는가》, 김영사, 2022.

람이다.*

인간은 같지 않다. 이 고유함이 각자의 존재를 별처럼 빛나게 한다. 자신 안에 나비의 유전자가 잠재되어 있음을 모르는 채 땅바닥을 기다가 삶을 마감하는 애벌레가 되지 않으려면, 남들이 가는 길을 따라가다가 절벽에서 추락하는 나그네쥐의 운명을 맞지 않으려면, 내 안에 숨겨진 자아를 찾고 나의 삶을 살아야 한다. 나로 산다는 것. 이 간명한 진리를 방해하는 것들을 인정사정없이 날려 버려야 한다.

인생은 시간, 돈, 꿈의 함수다. 시간과 돈이라는 재료로 꿈이라는 음식을 만드는 요리와 같다. 레시피는 똑같지 않다. 누가 어떻게 요리하는가에 따라 맛은 달라질 것이다. 맛있는 음식을 만들려면 재료를 잘 써야 한다. 이 방정식에는 3개의 변수가 있고 각각의 변수는 독립적이다. 이미 짐작했겠지만 앞의 둘은 수단이고 맨 뒤에 있는 것이 목표다.

인생 = f(시간, 돈, 꿈)

Life = f(Time, Money, Dream)

---

* 프리드리히 니체, 《차라투스트라는 이렇게 말했다》, 1883.

인간은 시간의 감옥에 갇힌 수인囚人 신세다. 삶과 죽음은 종이의 두 면처럼 맞닿아 있다. 생명은 하찮고 삶은 덧없다. 인생에 의미를 부여하려는 시도는 어리석은 짓인지도 모른다. 하지만 이 하찮음과 덧없음은 거꾸로, 허락된 시간을 허투루 낭비해선 안 된다는 자각을 일깨운다. 순간을 영원처럼 사는 이들이 보여 주는 강한 생명의 에너지는 그 깨달음이 분출하는 불꽃이다.

이 에너지의 원천은 '밖'이 아니라 '안'이다. 외부의 자극이 아니라 내면의 힘에서 비롯한다. 박제된 삶, 게으른 영혼은 생명의 기운을 내뿜을 수 없다. 삶은 수동태가 아니라 능동태다. 거실 소파에 앉아 타인의 인생을 관조하는 삶은 '진짜'가 아니다. 삶의 주인으로 살아가려면 자신의 목소리로 노래를 불러야만 한다. 당신이 있어야 할 곳은 어두운 객석이 아니라 조명이 비추는 무대다.

돈의 자리에 다른 걸 넣고 싶다. 돈이 모든 걸 지배하는 현실에서 대체재가 있을까? 사랑은 어떨까? 사랑이 넘치면 고단한 삶을 극복할 수 있을 것이다. 이 비루한 세상에서 인간을 구원할 수 있는 유일한 탈출구가 사랑밖에 더 있겠는가. 하지만 이 유약한 감정이 현실의 '밥'을 대체할 수 있을까? 인간의 필요와 욕망을 채워 줄 힘이 있을까?

돈은 탁란托卵된 뻐꾸기알과 같다. 뻐꾸기 새끼가 먹이를 독차지하기 위해 다른 새끼들을 모조리 둥지 밖으로 밀어내는 것처럼, 돈의 힘은 다른 요소들을 무력화시킬 만큼 크고 강력하다. 이 물신物神이 지배하는 질서에서 벗어날 방법은 없는 걸까? 잘 모르겠다. 필자의 빈약한 상상력으로는 돈을 대체할 무언가가 잘 떠오르지 않는다. 누군가 이 칸을 채울 답을 찾는다면 필자에게도 알려 주시길 바란다.

인생 = f(시간, ○○○, 꿈)

Life = f(Time, ○○○, Dream)

이 칸은 그냥 비워 두도록 하자. 각자의 꿈을 이루는 데 필요한 것을 찾아내 인생 공식을 완성하시기 바란다. 돈을 대체할 특별한 무언가를 찾아내 이 항등식을 완성했다면 당신은 행운아다. 세상을 지배하는 거대한 힘에서 자유로운 삶을 살 수 있을 것이다. 하지만 대체재를 찾지 못했다면, 돈을 귀하게 다루되 돈에 지배당하지 않도록 정신을 바짝 차려야 한다.

돈을 추앙하면 돈보다 소중한 가치를 잃어버리게 될 것이다. 수단과 목적이 뒤집히면 삶은 건조한 사막처럼 변한다. 돈을 무시하면 뻐꾸기 새끼에 의해 둥지 밖으로 떨어져 비참한 최후를 맞게 될지 모른다. 정신 승리는 아무것도 이루지 못한다. 물질 숭배와 정신 승리라는 두 대척점 사이에서 넘어지지 않고 균형을 유지할 수 있는 지혜가 필요하다. 아, 이것은 얼마나 어려운 일인가.

어느 방향으로 배를 몰아갈 것인가? 꿈이다. 꿈을 향해 나아가야 한다. 바람, 소망, 희망, 혹은 다른 이름으로 불러도 된다. 남은 생애 동안 당신이 이루고 싶은 것을 향해 달려가면 된다. 목표가 이끄는 삶을 사는 것이다. 후반부의 목표는 어린 시절에 가졌던 맹랑한 꿈과는 다르다. 성공을 위해 피나는 노력을 동반해야 하는 게임도 아니다.

좋아하고, 즐거움을 동반하며, 지치지 않고 오랫동안 할 수 있는 일이어야 한다. 간단히 말해, 후반부 20년의 '놀거리'를 찾아야 한다는 뜻이다. 후반부는 전반부의 데칼코마니decalcomania가 아니다. 다른 항로를 밟고 가는 탐험이다.

두 번째 봉우리의 개척자들

조니 미첼Joni Mitchel(본명은 로버타 조앤 앤더슨Roberta Joan Anderson)이라는 캐나다 출신의 여가수가 있다. 1943년생이니 올해로 만 80세다. 가수이면서 시인, 작곡가, 화가로도 활동한 뛰어난 예술가다. 그녀가 1969년에 발표한 두 번째 앨범에 수록된 곡 중 〈both sides now〉라는 노래가 있다. 삶의 양면성을 유려한 가사로 풀어낸 이 곡을 들어 보면 20대 후반의 젊은 여성이 자아내는 맑고 청아한 목소리가 귀에 감긴다.

새천년이 시작되던 2000년에 이 노래가 실린 리메이크 앨범이 출시된다. 30년의 시차를 두고 같은 가수가 같은 노래를 불렀는

데 질감은 확연히 다르다. 26세에 부른 노래는 투명하지만 가볍고, 57세에 부른 노래는 탁하지만 무겁다. 오래 숙성된 술의 은은한 향처럼 삶의 연륜이 배어 있다. 시간의 더께가 쌓이지 않으면 만들기 힘든, 그윽한 맛과 향기가 묻어난다.

나이를 먹으면 잃는 것도 많지만 얻는 것도 있다. 열정과 패기는 줄지만 경험과 연륜은 두터워진다. 시력은 나빠지지만 세상을 보는 시야는 깊어진다. 어디가 숲이고 어디가 늪인지를 볼 수 있는 지혜가 생기고, 시간의 밀도를 높이는 방법을 알게 된다. 삶을 오래 산 이들만이 얻을 수 있는 특별한 능력이다. 이 힘이 후반부 삶의 디딤돌이 되어 준다.

우리는 사계 중 어느 계절을 살고 있을까? 가을을 지나는 중일 것이다. 생명의 기쁨과 환희로 가득했던 봄과 작열하는 태양 아래 그을렸던 여름을 지나왔고 오곡백과가 무르익는 결실의 계절에 이르렀다. 로마 시대의 웅변가이자 문인이었던 키케로Cicero는 인생주기에 대해 '유년기는 연약하고, 청년기는 격렬하며, 중년기는 장중하고, 노년기는 원숙하다'*고 설명한다.

2300년 전이나 지금이나 인생 주기를 바라보는 시선은 비슷한 것 같다. 가을은 수확의 계절이지만 동시에 파종播種의 시기이기도 하다. 추운 겨울을 견디고 이듬해 봄에 열매를 맺는 식물의 씨앗은 가을에 뿌린다. 쌍봉낙타의 후예들이 그러하다. 전반부의 삶은 후

* 마르쿠스 툴리우스 키케로, 오흥식 옮김, 《노년에 관하여》, 궁리, 2002.

반부를 위한 연습일 뿐이라는 생각으로 두 번째 봉우리를 오른다. 이들에게 삶은 하나가 아니라 두 덩어리다.

이 생각의 차이가 인생의 행로를 완전히 다른 방향으로 인도한다. 새로운 무대에 서서 춤출 날을 고대하며 심신을 단련하고 자신을 성장시키면서 앞으로 나아간다. 사회적 통념과 관습에 끌려다니지 않고 스스로 운명을 개척해 간다. 이들에게 퇴직과 정년은 삶의 내리막길이 아니라 새로운 막이 열리는 출발점이다. 언 땅에서 추운 겨울을 난 채소가 훨씬 달고 맛난 법이다.

〈그림 3-4〉는 새로운 인생 곡선을 그려 가는 개척자들forerunners의 항해 지도다. 20세부터 10년(A)간 준비해 첫 번째 인생(B)을 살고, 50세부터 다시 10년(C)을 준비해 두 번째 인생(D)을 살고 은퇴하는 시나리오다. 곡선이 바뀌는 지점과 기울기는 조금씩 다를 것이다. 봉우리가 2개라는 것이 이 그림이 내포하는 핵심이다.

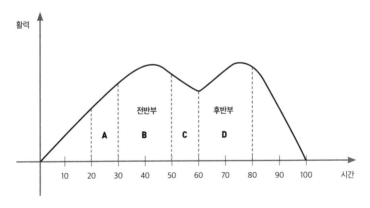

<그림 3-4> 개척자들의 인생 곡선

두 번째 봉우리의 이름이 무엇인지는 중요치 않다. 오르는 이의 삶에서 간절히 바라는 무엇일 것이다. 산 정상에 올라 정복의 기쁨을 누리면 좋겠지만 그렇지 않더라도 상관없다. 물러서는 것도, 나아가는 것도 내가 정하는 것이다. 나는 내 운명의 주인이며 내 영혼의 선장이다.*

---

* 영국 시인 윌리엄 헨리의 시 〈인빅터스(invictus)〉에 나오는 구절이다. 원문은 'I am the master of my fate, I am the captain of my soul.'

다시 무대에 오를 준비를 하자

〈최강야구〉라는 방송이 있다. 은퇴한 프로 야구 선수들이 주축이 되어 아마추어 팀과 겨루는 경기를 보여 주는 예능 프로그램이다. 7할 승률을 기준으로 잡고, 이를 달성하면 다음 시즌을 이어 가고 미달하면 폐지되는 방식으로 운영된다. 목표를 달성해야만 내년을 기약할 수 있는 선수들 사이에는 보이지 않는 긴장감이 흐른다.

감독의 나이는 83세고 선수들의 평균 연령은 40세다. 전성기가 훨씬 지났고 선수 생명이 끝난 이가 대부분이다. 팀원 중에는 현역 시절 빼어난 성적을 거둔 선수도 있고, 고만고만한 실력으로 뛰다가 나이가 들어 구단에서 방출된 선수도 있다. 운동 신경이 떨어지다 보니 삼진 아웃도 잘 당하고 실수도 자주 한다. 몸이 마음을 따라오지 못하니 자책과 한탄하는 목소리가 빈번하게 흘러나온다.

체력적으로는 훨씬 우세하지만 노련함이 부족한 아마추어 팀. 체력은 열세지만 경험이나 실력 측면에선 한 수 위인 예비역 팀. 두 팀의 쟁투는 흥미로운 볼거리를 선사한다. 나이 어린 고등학교 선수들에게 지지 않으려고 열심히 치고 달리는 모습, 예상치 못했던 의문의 패배를 당한 후 망가진 자존심을 회복하기 위해 구슬땀을 흘리며 연습에 매진하는 장면은 보는 이에게 묘한 감동을 준다.

경기가 잘 안 풀리거나 사기가 떨어져 있을 때 이들이 이구동성으로 서로에게 던지는 구호가 있다. '즐기면서 하자!'라는 말이다. 현역 시절, 승패의 명암이 극명하게 갈리는 거친 프로의 세계에서 야구 경기를 즐기면서 하기란 어려웠을 것이다. 이 표현은 단순히 긴장을 풀고 임하자는 뜻이라기보다 '유니폼을 입고 경기장에 서 있는 이 순간을 즐기자'라는 의미로 들린다.

즐긴다는 건 무엇일까? 구속이나 제약에서 벗어나 '자유롭게 놀이하자'라는 뜻이리라. 운동이 좋아서 야구 선수가 되었을 것이고, 이 운동에 인생을 걸었을 것이고, 프로 구단에 들어가 선수로 뛰었으므로 꿈을 이루었다고 볼 수 있다. 하지만 현역 시절, 자신들이 좋아하는 야구를 즐길 기회는 많지 않았을 것이다.

그런데 지도자가 아닌 선수로, 운동장에 다시 설 기회가 찾아왔다. 마침내 놀이를 즐길 때가 온 것이다. 인생 후반부를 살아가는 이들, 두 번째 봉우리를 넘는 이들도 마찬가지일 거라 생각된다. 우리에게 삶을 즐길 기회가 있었을까? '삶을 즐긴다'라는 문장이 여전히 낯설고 어색하게 느껴진다면, 당신은 아직 전반부의 관성에서 벗어나지 못한 상태라고 보면 된다. '열심히 살아야 한다'라는 관성 말이다.

현재의 삶이 고단할수록 이 즐김의 철학은 빛을 발한다. 총알이 빗발치는 전쟁터에서 병사들의 숨통을 트이게 하는 건 승리가 아니라 참호 옆에 핀 키 작은 들꽃의 자태다. 경제적 여유가 있어야 즐길 수 있다는 생각은 절반만 맞는 말이다. 결핍은 종종 마음의 여유를 빼앗는 원인이 되지만, 걱정과 근심이 가득한 사람은 돈이 아무리 많아도 즐길 줄을 모른다.

무엇이든 붙잡고 있는 것이 많은 사람일수록 마음의 여백은 비좁기 마련이다. 손에 쥔 것을 내려놓을 때 마음의 여유가 만들어진다. 경쟁에서 이기고 싶은 욕망, 산정 높이 올라 위용을 뽐내고 싶은 바람, 나보다 못한 사람이 큰 성과를 만들었을 때 느껴지는 질투심 같은 것들이 마음에 가득하면 삶을 온전히 즐길 수 없다. 즐김은 내려놓음이 주는 선물이다.

인터뷰를 진행하면서 다양한 중장년층을 만나 이야기를 나누었다. 쌍봉낙타 그림을 보여 주었을 때 사람들의 반응은 조금씩 달랐다. 이미 봉우리를 오르는 중이라고 답한 이가 있었고, 자기 생각과 같다고 뜨겁게 호응하는 이가 있었다. 맞는 말이라고 고개를 끄덕이면서도 먼 나라 이야기처럼 여기는 이가 있었고, 한 개의 주기로도 충분하다며 부정적인 입장을 표하는 이가 있었다.

생각의 차이에도 불구하고 필자가 만난 이들 대다수는 다시 무대에 오르기를 갈망하고 있었다. 누군들 그렇지 않겠는가. 우리는 모두 인생의 주인공이기를 바란다. 정말로 중요한 건 지도가 아니라 보물섬을 향해 나아가려는 용기인지 모른다. 그렇다면 이렇게 물어야 하지 않을까? '당신은 다시 무대에 오를 준비가 되어 있는가?'라고.

많은 사람이 사회가 만들어 놓은 기준과 경로, 질서에 결박되어 있다. 퇴직과 정년, 은퇴를 둘러싼 제도와 통념도 그중 하나다. 당신의 신체 나이가 실제 나이보다 10살이나 젊고, 높은 전문성을 보유하고 있어 젊은 사람보다 높은 생산성을 창출할 능력을 지녔고, 준비가 부족해 앞으로 10년은 더 돈을 벌어야 하는 처지라 해도, 나이가 정년에 이르면 다니던 직장을 떠나야 한다.

그런데 정년은 왜 정년인가? 그렇게 하기로 정했으니 정년이다. 세금은 왜 세금인가? 내라고 하니까 내는 것이 세금이다. 이 기준이 맘에 들지 않는다고 해서 개인이 규칙을 바꾸거나 무너뜨릴 수는 없다. 공통의 규약과 질서는 존중되어야 한다. 그렇다면 남은 길은 하나뿐이다. 이 굴레에서 벗어날 길을 스스로 찾아 나서야 한다. 필자가 이 책을 통해 전하고자 하는 이야기의 전부다.

어떻게 살고 죽을 것인가

〈플랜 75〉(2022)라는 일본 영화가 있다. 인구 고령화로 인해 나라 재정이 말라 가고 노인 혐오 범죄가 기승을 부리자, 국가가 청년 세대의 부담을 줄이기 위해 75세 이상의 노인에게 안락사를 권유하는 충격적인 내용을 담은 작품이다. 영화적 설정이긴 하지만 초고령화가 인간과 사회에 어떤 파장을 불러일으키는지 섬뜩하게 그려 내고 있다.

'플랜 75'는 정부가 주도하는 노인 안락사 프로젝트의 이름이다. 제도를 알리는 홍보 게시물에 '죽음을 선택할 권리'라는 표어와 '당신의 마지막을 도와드립니다!'라는 문구가 새겨져 있다. 신청자에게는 10만 엔의 돈이 지급되고 전담 상담사가 배치되어 죽음을 유도한다. 국가 폭력과 인간 존엄성, 나아가 '생의 마지막을 누구와, 어디서, 어떻게 맞이할 것인가'라는 묵직한 화두를 던져 주고 있다 (영화의 주인공인 78세의 독신 여성은 동료가 고독사하는 것을 목격하고 안락사 신청서를 작성한다).

바로 '죽음의 자기 결정권'에 대한 문제다. 존엄한 죽음을 맞이한다는 것, 아름다운 이별을 한다는 건 무엇일까? 고독사를 세상에서 가장 슬픈 죽음이라고 하지만 보통 사람들도 별반 차이가 없는 것 같다. 우리나라 사람 10명 중 9명은 병원이나 요양 시설 침상에서, 약에 취하거나 생명 유지 장치에 의지한 채로, 사랑하는 이들과 마지막 인사를 나누지도 못하고 삶을 마감한다.

무의미한 생명 연장을 거부하겠다는 의향서(정식 명칭은 '사전연명의료의향서')를 제출하는 사람도 늘고 있고, 죽음이 임박한 시점에 본인 장례식을 열어 친구들과 작별 인사를 나누겠다고 말하는 이도 있다. 영화 속 이야기처럼, 시한부 판정을 받게 되면 연명 치료를 포기하고 스위스행 비행기표를 편도로 끊겠다는 사람도 있다(스위스는 외국인에게 안락사를 허용하는 유일한 나라다). 아프지 않고 살다가 잠이 든 채로 숨이 멎는 것이 최선이라고 말하기도 한다.

해마다 30만 명이 넘는 사람이 세상을 등진다. 누군가의 어머니, 누군가의 남편 혹은 누군가의 친구이며 이웃인 사람들이다. 사람이 온다는 것이 어마어마한 일이듯,* 사람이 간다는 건 살아 있는 하나의 우주가 소멸하는 거대한 슬픔이다. 생의 첫 순간이 축복으

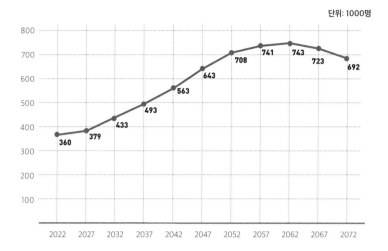

단위: 1000명

자료: 〈장래인구추계〉,통계청, 2024.

〈그림 3-5〉 2022~2072년 연도별 사망자 수 추계

로 가득해야 하는 것처럼, 생의 마지막 순간도 아름답고 숭고해야
한다고 생각한다.

　우리는 매일 죽음을 접하면서도, 죽음을 정면으로 응시하지 않
으려 한다. 왜 그럴까? 경험해 보지 못한 미지의 세계에 대한 두려
움 때문일 것이다. 죽은 자는 사후의 세상을 알려 주지 않으니 죽
음 저 너머에 무엇이 기다리고 있는지는 아무도 모른다. 내세來世
를 기대하며 신앙에 의지하려는 것도 이 두려움과 공포에서 벗어
나려는 몸부림일 것이다.

● 정현종의 시 〈방문객〉에 나오는 구절이다.

죽음은 늘 이인칭이거나 삼인칭으로 다가온다. 죽음이라는 자연 현상을 의식적으로 회피하고 부정하려는 심리가 작동하는 탓에 일인칭 죽음을 생각하기가 쉽지 않다. 그런데 자신을 죽음의 당사자로 놓고 전후를 살펴보면 여러 가지 단상이 떠오른다. 어디서 죽을 것인가, 어디에 묻힐 것인가, 삶의 흔적을 어떻게 남길 것인가, 사랑하는 이에게 유언을 전한다면 뭐라 쓸 것인가.

이런 생각들은 결국 '삶'이라는 주제로 환원된다. 좋은 삶과 좋은 죽음은 동전의 양면처럼 붙어 있다. 하나가 있어야 다른 하나가 성립되는 관계다. 생명 활동이란 결국 '삶과 죽음의 이중주'다. '죽음을 산다'라는 모순된 역설이 성립한다. 죽음을 다루는 숱한 이야기들이 전하는 핵심은 메멘토 모리memento-mori, 즉 항상 죽음을 기억하고 살아가라는 것이다.

죽음을 곁에 두고 살아라. 생의 유한함을 깨달을 때 비로소 군더더기를 버리고 본질적인 것에 집중할 수 있으니, 죽는다는 사실을 기억하며 사는 것이 곧 잘 사는 길이라는 뜻이다.* 그렇다면 길은 하나뿐이다. 삶을 죽도록 사랑하는 것, 살아 있음을 만끽하는 것, 내일 죽을 것처럼 오늘을 사는 것이다. 삶이 우리를 고난의 구렁텅이에 몰아넣더라도, 포기하지 않고 삶을 살아 내는 것이리라.

무엇을 해야 하는가? 스코틀랜드 철학자 알래스데어 매킨타이어Alasdair MacIntyre는 '무엇을 해야 하는가?'라는 물음에 답하려면 그

---

* 한스 할터, 한윤진 옮김, 《죽음이 물었다, 어떻게 살 거냐고》, 포레스트북스, 2023.

전에 '나는 어떤 이야기의 일부인가?'에 답할 수 있어야 한다고 말했다. 지구의 긴 역사에서 인간은 찰나의 순간을 살다가 간다. 우리는 모두 시대에 묶여 있으며 그 안에서 각자의 이야기를 써 가고 있다.

무엇을 할 것인가? 어떻게 살 것인가? 어떻게 죽을 것인가? 내가 어떤 이야기의 일부인지를 아는 것, 이 서사적 탐색이 우리의 삶을 올바른 방향으로 인도해 줄 것이라 믿는다. 언젠가 이 세상을 떠날 날이 오겠지만 그때까지 우리에게 허락된 날들을 소중히 여기도록 하자. 어떤 상황에서도 웃음을 잃지 말고 당당하고 유쾌하게 각자의 길을 걸어가도록 하자. 좋은 삶을 사는 것이다.

태어나서 처음으로 사막(social desert)에서 벗어나, 거울 속의 나를 바라보면서 내 사고의 원천이 무엇인지를 차분히 들여다볼 기회를 얻고 있다. 지난 시간의 숱한 선택들이 오늘의 나를 만들었다. 그 선택은 옳았을까? 만일 그때 다르게 선택했다면 내 현재는 바뀌었을까? 잘 모르겠다. 가지 않은 길의 미래를 더듬어 보는 건 바보 같은 짓이다. 지나온 시간은 돌이킬 수 없다. 우리가 할 수 있는 건 앞으로 나아가는 것뿐이다.

　무엇을 하려는가? 마음의 길을 따라가고자 한다. 유예된 꿈들, 하기를 바랐으나 손을 내밀지 못했던 일을 찾아 남은 시간을 쓰고 싶다. 오래전 부모님이 지어 주신 이름에 일찌감치 내 운명*이 새

---

* 문(文)을 진정성 있게(鎭) 지키라(守).

거져 있었는지도 모르겠다. 소외된 것들을 살피고 돌보면서 내가 할 수 있는 일을 하려 한다. 어디서나 볼 수 있는, 평범한 이웃집 아저씨로 남고 싶다. 아주 먼 길을 돌아온 느낌이다.

글을 쓰면서 많은 분의 도움을 받았다. 귀한 시간을 할애해 삶의 깊은 내면을 살필 수 있도록 허락해 준 인터뷰이에게 감사의 말씀을 드린다. 이분들의 도움이 없었다면 이 책은 세상에 나오기 힘들었을 것이다. 글의 방향을 정립하는 데 가르침을 준 희용, 글의 품격을 올릴 수 있도록 조언을 아끼지 않은 지원에게 특별히 고맙다는 인사를 전한다.

졸고의 가능성을 높게 평가해 준 한겨레출판과 김수영 부사장, 언제나 따뜻한 배려로 필자를 편안하게 해 주고 거친 원고를 맵시 있게 다듬어 준 최진우 팀장에게도 큰 은혜를 입었다. 35년이 넘는 세월 동안 변함없이 곁을 지켜 주고 있는 아내, 늠름하게 자신의 길을 걸어가는 아들 석현, 늘 환한 미소로 우리 내외를 즐겁게 해주는 며느리 도연의 격려와 응원 덕분에 이 글을 무사히 마칠 수 있었다.

끝으로, 나누고 싶은 시 한 편을 올리며 글을 맺는다.

인빅터스Invictus*

윌리엄 헨리

* '지치지 않는, 정복되지 않는, 불굴의'라는 뜻의 라틴어.

나를 감싸고 있는 밤은
온통 칠흑 같은 암흑.
나는 어떤 신에게든 감사한다.
내게 정복당하지 않는 영혼을 주셨음을.

잔인한 환경의 손아귀에서도
나는 움츠리거나 소리 내 울지 않았다.
운명의 몽둥이에 두들겨 맞아
내 머리는 피투성이지만 굴하지 않노라.

분노와 눈물의 이 땅을 넘어
어둠의 공포만이 어렴풋하다.
오랜 재앙의 세월이 흘러도
나는 두려움에 떨지 않을 것이다.

비록 문은 좁을지라도
아무리 큰 형벌이 기다린다 해도 중요치 않다.
나는 내 운명의 주인.
나는 내 영혼의 선장.

돈

1. 소득 창출을 위한 노력(노동)을 하지 않을 만큼 노후 자금은 충분한가?

① 매우 그렇다 ② 그렇다 ③ 보통이다 ④ 그렇지 않다 ⑤ 매우 그렇지 않다

2. 현재 소득 창출을 위한 활동을 하고 있는가?

① 매우 그렇지 않다 ② 그렇지 않다 ③ 보통이다 ④ 그렇다 ⑤ 매우 그렇다

건강

3. 스스로 건강하다고 느끼고 있는가?

① 매우 그렇다 ② 그렇다 ③ 보통이다 ④ 그렇지 않다 ⑤ 매우 그렇지 않다

4. 건강 관리를 위한 활동(운동)을 하고 있는가?

① 매우 그렇다 ② 그렇다 ③ 보통이다 ④ 그렇지 않다 ⑤ 매우 그렇지 않다

놀이

5. 즐거움을 동반하는 활동(놀이)을 하고 있는가?

① 매우 그렇다 ② 그렇다 ③ 보통이다 ④ 그렇지 않다 ⑤ 매우 그렇지 않다

6. 놀이 활동이 삶의 활력을 준다고 생각하는가?

① 매우 그렇다 ② 그렇다 ③ 보통이다 ④ 그렇지 않다 ⑤ 매우 그렇지 않다

관계

7. 속마음을 터놓고 이야기할 상대가 충분한가?

① 매우 그렇다 ② 그렇다 ③ 보통이다 ④ 그렇지 않다 ⑤ 매우 그렇지 않다

8. 평소 외롭다는 생각 혹은 고립되어 있다는 느낌이 드는가?

① 매우 그렇다 ② 그렇다 ③ 보통이다 ④ 그렇지 않다 ⑤ 매우 그렇지 않다

- 총 4개 범주(돈/건강/놀이/관계), 8개 문항으로 구성.

- 범주별 기준 점수는 25점이며 가중치는 적용하지 않았음.

- 문항별 점수 배분은 최대 12.5점을 기준으로 -2.5점씩 감하였음. (① 12.5점 ② 10점 ③ 7.5점 ④ 5점 ⑤ 2.5점)

참고 문헌

강기진, 《오십에 읽는 주역》, 유노북스, 2023.

강수돌, 《살림의 경제학》, 인물과사상사, 2009.

기시미 이치로, 전경아 옮김, 《아무것도 하지 않으면 아무 일도 일어나지 않는다》, 2016.

김병권, 《사회적 상속》, 이음, 2020.

김병권, 《기후를 위한 경제학》, 착한책가게, 2023.

다니엘 골먼, 리처드 J. 데이비드슨, 미산, 김은미 옮김, 《명상하는 뇌》, 김영사, 2022.

데일 카네기, 임상훈 옮김, 《데일 카네기 인간관계론》, 현대지성, 2019.

로버트 스키델스키, 에드워드 스키델스키, 김병화 옮김, 《얼마나 있어야 충분한가》, 부키, 2013.

룰루 밀러, 정지인 옮김, 《물고기는 존재하지 않는다》, 곰출판, 2021.

마르쿠스 툴리우스 키케로, 오홍식 옮김, 《노년에 관하여》, 궁리, 2002.

마이클 샌델, 이창신 옮김, 《정의란 무엇인가》, 김영사, 2010.

마틴 노왁, 로저 하이필드, 허준석 옮김, 《초협력자》, 사이언스북스, 2012.

문진수, 《은퇴 절벽》, 원더박스, 2016.

박원순, 《세상을 바꾸는 천 개의 직업》, 문학동네, 2011.

스테판 M. 폴란, 마크 레빈, 노혜숙 옮김, 《다 쓰고 죽어라》, 해냄, 2009.

신진욱, 《그런 세대는 없다》, 개마고원, 2022.

쓰지 신이치, 장석진 옮김, 《행복의 경제학》, 서해문집, 2009.

아비지트 배너지, 에스테르 뒤플로, 《가난한 사람이 더 합리적이다》, 생각연구소, 2012.

앙토냉 질베르 세르타양주, 이재만 옮김, 《공부하는 삶》, 유유. 2013.

에리히 프롬, 황문수 옮김, 《사랑의 기술》, 문예출판사, 2019.

에리히 프롬, 장혜경 옮김, 《우리는 여전히 삶을 사랑하는가》, 김영사, 2022.

에밀 뒤르켐, 황보종우 옮김, 《자살론》, 청아출판사, 2008.

요한 하우징어, 이종인 옮김, 《호모 루덴스》, 연암서가, 2010.

이기주, 《언어의 온도》, 말글터, 2016.

이반 일리치, 안희곤 옮김, 《학교 없는 사회》, 사월의책, 2023.

정태인, 이수연, 《정태인의 협동의 경제학》, 레디앙, 2013.

정혜신, 《당신이 옳다》, 해냄, 2018.

표트르 A. 크로포트킨, 김영범 옮김, 《만물은 서로 돕는다》, 르네상스, 2005.

토마스 무어, 노상미 옮김, 《나이 공부》, 소소의책, 2019.

트리나 폴리스, 김석희 옮김, 《꽃들에게 희망을》, 시공주니어, 1999.

하정우, 《걷는 사람 하정우》, 문학동네, 2018.

한스 로슬링, 올라 로슬링, 안나 로슬링 뢴룬드, 이창신 옮김, 《팩트풀니스》, 김영사, 2019.

한스 할터, 한윤진 옮김, 《죽음이 물었다, 어떻게 살 거냐고》, 포레스트북스, 2023.

헬레나 크로닌, 홍승효 옮김, 《개미와 공작》, 사이언스북스, 2016.

헬렌 니어링, 이석태 옮김, 《아름다운 삶, 사랑 그리고 마무리》, 보리, 1997.

〈2022년 한국인의 행복 조사〉, 국회미래연구원, 2022.

〈정년제도와 개선 과제〉, 국회미래연구원, 2023.

〈사법연감 통계〉, 대한민국 법원, 2022.

〈2021년 국민 독서실태 조사〉, 문화체육관광부, 2022.

〈한국인을 위한 신체활동 지침서〉, 보건복지부, 2023.

〈대한민국 중년의 실시간 행복 보고서〉, 서울대 행복연구센터, 2017.

〈세대 간 자산 격차 분석〉, 서울연구원, 2021.

〈부모 부양과 인지장애(치매) 관련 태도 조사〉, 엠브레인트렌드모니터, 2023.

〈소상공인 실태조사〉, 통계청, 2022.

〈2023년 사회조사 결과〉, 통계청, 2023.

〈노인 일자리 창출 건수〉, 통계청, 2023.

〈가계금융복지조사〉, 통계청, 2023.

〈성/연령대별 고의적 자해 사망자 수〉, 통계청, 2023.

〈2023년 출생/사망 통계〉, 통계청, 2024.

〈2022년 상담 통계〉, 한국가정법률상담소, 2023.

〈2020년 노인 일자리 및 사회활동 통계 동향〉, 한국노인인력개발원, 2021.

〈World giving index 2023〉, CAF, 2024.

〈Global pension index 2023〉, Mercer CFA institute, 2023.

〈Regulation of lifespan by neural excitation and REST〉, 《NATURE》, 2019.

〈Pension at a glance 2023〉, OECD, 2023.

〈World Population Aging 2020〉, UN, 2020.

〈World Happiness Report 2023〉, SDSN, 2023.

〈Human Development Report〉, UNDP, 2022.

〈World Inequality Report 2022〉, World Inequality Lab, 2021.